Wiesław Myśliwski · Der nackte Garten

Wiesław Myśliwski

Der nackte Garten
Roman

Aus dem Polnischen von
Caesar Rymarowicz

btb

Die Originalausgabe erschien unter dem Titel
»Nagi sad« bei PIW, Warschau

»Der nackte Garten« erschien erstmals 1974
im Aufbau Verlag, Berlin und Weimar.
Abdruck der Übersetzung mit freundlicher Genehmigung.

Umwelthinweis:
Dieses Buch und der Schutzumschlag wurden auf
chlorfrei gebleichtem Papier gedruckt.
Die Einschrumpffolie (zum Schutz vor Verschmutzung)
ist aus umweltfreundlicher und recyclingfähiger PE-Folie.

btb Bücher erscheinen im Goldmann Verlag,
einem Unternehmen der Verlagsgruppe Bertelsmann

1. Auflage
Copyright © der Originalausgabe 1967
by Wiesław Myśliwski
Copyright © der deutschsprachigen Ausgabe 2000
by Wilhelm Goldmann Verlag, München,
in der Verlagsgruppe Bertelsmann GmbH
Satz: Uhl + Massopust, Aalen
Druck: Presse-Druck, Augsburg
Bindung: Großbuchbinderei Monheim
Printed in Germany
ISBN 3-442-75052-0
www.btb-verlag.de

I

Wohl nie werde ich die merkwürdige Überzeugung
los, der sogar meine Erinnerung widerspricht,
daß ich in dieses Dorf, mein Heimatdorf, in dem ich
meine Kindheit, meine Jugend, und nun kann ich auch
schon sagen: mein ganzes Leben verbracht habe, von irgendwoher aus der weiten Welt gekommen bin, und es
war das an dem Tage, als mich mein Vater vom Studium
in der Stadt nach Hause brachte; es war die bisher einzige Heimkehr in meinem Leben, deshalb hat die Zeit
diesen Tag bis jetzt nicht zu trüben vermocht. Obwohl
es kaum zwanzig Kilometer von der Stadt zum Dorf waren oder, wie man noch in meiner Jugend sagte: drei
Meilen, und als mein Vater jung war: achtzehn Werst zu
Pferde und eine Werst weniger zu Fuß – über Feldraine
und Stege, vom Kreuz an gerechnet, das vor dem Dorf
gegen Gewitter aus dem Süden aufgestellt war, bis zur
Judenschenke, wo die Stadt begann.

Während jener Fahrt, die mir damals lang vorkam,
fühlte ich mich wie ein Mensch, der zum erstenmal an
den Ort fährt, welcher von da an seine Bestimmung werden soll, und auf die Menschen, die Häuser, das Leben

gespannt ist und sich nach dem Ackerboden, nach den Ernten und nach Neuigkeiten erkundigt, im Herzen aber eine Taubenangst davor hat, worauf er so neugierig ist. Aber um die Wahrheit zu sagen, ich hätte mir nicht vorstellen können, anderswohin als in mein Heimatdorf zu fahren, denn nur dieses sah ich in der Welt.

In der Welt war ich übrigens nur insofern gewesen, als ich die Schule besucht hatte, und irgendwie hatte ich mich nicht an sie zu gewöhnen vermocht. Vielleicht war die Zeit zu kurz gewesen zum Eingewöhnen, oder vielleicht war ich an einer unguten Stelle mit der Welt in Berührung gekommen, nämlich in der Schule. Aber ich glaube, ich kenne diese Welt recht gut. Schon als Kind hatte ich viel von ihr gehört, und sie besaß bei den Leuten keinen guten Ruf. Wer immer in die Welt hinauszog, nahm einen Beutel Erde mit, als schiede er von dieser Erde, manchmal kam es vor, daß einer auf halbem Wege umkehrte, ein anderer stach sich ein Auge aus oder hackte sich die Hand ab, wieder ein anderer hängte sich in seiner alten Scheune auf, um der Welt zu entgehen, und so mancher verlor sich in der Welt für Ewigkeiten; selbst die Kinder schreckte man mit dieser Welt, wenn sie keine Angst mehr vor der Hölle hatten. Deshalb auch weckte die Welt nie Vertrauen in mir, und das bewahrte mich vor dem Gedanken, mich von hier wegzurühren, und bildete zugleich die sicherste Quelle meines Wissens über die Welt.

Übrigens, was hätte ich denn tun sollen irgendwo in der Welt, allein unter fremden Menschen. Das Heimweh hätte mich aufgefressen, wie es schon so manchen aufgefressen hat. Woher soll ich wissen, was mir anderswo zugestoßen wäre – was einem aber erspart bleibt, ist gewöhnlich schlimmer als das, was man erlebt. Hier habe ich wenigstens mein Leben in der Überzeugung gelebt, daß dies der einzige Platz auf Erden ist, wo mir nichts anderes widerfahren kann als das, was jedem widerfahren muß. Wo sollte ich mich übrigens wohler fühlen als hier, unter meinesgleichen, wo man alle kennt und von allen gekannt wird, wo sie einen schon vom Urgroßvater her kennen, aus der eigenen Bestimmung heraus, wie aus einem Gemeindebuch, aus sich selbst gewissermaßen, noch bevor man geboren wird, und man selbst die anderen kennt, bevor sie geboren werden. Dort aber, wo man geboren wurde, ist einem alles freundlich zugetan, der Vogel und der Stein, und Tag und Nacht teilen sich nicht nach Licht und Dunkelheit, sondern nach Schlaf und Wachzustand eines Menschen. Und das Unglück, obzwar schmerzlich, ist dem Menschen nicht feind, es ist nur unvermeidbar, und selbst der Tod ist nicht fremd und böse, wie manche ihn anschwärzen möchten, sondern gleichsam zur Familie gehörig, und obwohl er nicht aufs Feld geht, wacht er doch über das Gewissen und lebt mit allen auf so vertrautem Fuß, daß er zu jeder Tages- und Nachtzeit Zutritt zu jedem Haus hat; selbst seine Gestalt ist die eines Menschen, und sein Werkzeug stammt aus dem menschlichen Lebenskreis, geradewegs aus der Scheune, vom Hofacker oder aus der Hand des Menschen. Vielleicht kehren deshalb die Leute in ihre heimatlichen Gefilde zurück zu diesem Tod, hoffend, er möge mit ihnen wie mit Bekannten verfahren.

Obschon, aus meinem ganzen Leben ist mir nur das eine geblieben – die Anhänglichkeit. Aber in dieser Anhänglichkeit – ich fühle das öfter – steckt mehr von jener einstigen, noch kindlichen Angst vor der Welt denn Zufriedenheit und sicherlich auch viel von jenem kindlichen Vertrauen zur eigenen Phantasie, denn vielleicht bindet sich der Mensch in Wahrheit nicht an den Ort seiner Existenz, sondern an die eigene Zuversicht.

Selbst damals, als mich mein Vater von der Schule nach Hause fuhr, freute mich nicht so sehr, daß ich in mein Heimatdorf, sondern vielmehr, daß ich zu meiner unterbrochenen Jugend zurückkehrte. Ich hoffte, daß sie treu und ebenso sorglos wie früher meiner harrte; ich verspürte sogar Lust, meinen Vater danach zu fragen, aber ich scheute mich, das Schweigen zu brechen, das zwischen uns herrschte, seit wir die Stadt verlassen hatten, und dessen Ursache ich selbst war. Schließlich wurde auch mein Vater dieses Schweigens überdrüssig, denn noch vor der Brücke schüttelte er plötzlich seine Nachdenklichkeit ab und sagte, indem er offenbar laut einen langen Gedankengang beendete, dessen Knäuel er während des Schweigens in seinem Innern aufgewickelt hatte, so als würfe er einen Stein in die Stille: »Ich werde dir eine Bank in der Kirche aufstellen müssen. Die Esche ist groß genug.«

»Welche Esche?« fragte ich schüchtern.

»Gibt es denn noch eine andere? Wir haben doch nur die eine. Wie viele Jahre ist es her, daß ich sie gepflanzt habe«, seufzte er. »Du warst noch nicht auf der Welt. Und niemand glaubte mehr, daß es dich geben würde. Aber ich glaubte fest daran, daß du sein würdest, und ich glaubte, daß du es sein würdest. Da habe ich jenes Bäumchen gepflanzt, damit ich nicht so allein war in meinem Glauben. Und jetzt hat es fast schon eine große Krone.«

»Wird es dir nicht leid tun?« fragte ich vorwurfsvoll, denn irgendwie tat es mir selbst leid.

»Ach was, leid oder nicht«, sagte er, um meinen Einwand abzuwehren.

»Du hast oft davon gesprochen, sie sei bei uns schon heimisch geworden«, sagte ich. »Was bleibt uns jetzt? Die Esche hat uns von den anderen Leuten unterschieden. Zu Fremden sagte man immer, wenn man uns meinte: ›Dort, wo die hohe Esche steht.‹ Und die Leute beneideten uns im Sommer um den schönen Schatten, den sie warf.«

»Weil sie dachten, ich hätte sie wegen des Schattens gepflanzt.«

Mir wurde unbehaglich, so als hätte mein Vater nicht den Baum zum Untergang verurteilt, sondern etwas, was in meinem bisherigen, noch nicht sehr langen Leben unerschütterlich gewesen war. Ich hätte jedoch nicht gewagt, ihn von seinem Vorhaben abzubringen, ich wollte mir nur Mut machen, denn ich fühlte, wie sich eine seltsame Angst in mir einschlich, oder vielleicht war mein

Bedauern so heftig, daß ich, übrigens leise, leiser als das Quietschen des Wagens, sagte: »Ich glaube nicht mehr an Gott.«

Obwohl ich mir damals dessen noch nicht so sicher war. Vielleicht waren meine Gedanken schon verwegen, aber den Worten war ich, scheint's, noch nicht gewachsen. Daher klangen sie mir irgendwie fremd, und mich befiel danach sogar eine gewisse Besorgnis, daß gleich etwas geschehen werde – das Pferd würde vielleicht durchgehen, ein Gewitter aufkommen, die Lerchen würden vom Himmel herabfallen wie Vogelscheuchen und uns totpicken –, und ich blickte ängstlich zum Vater, aber er zeigte nicht das geringste Erstaunen, als habe er meine Worte gar nicht gehört, und mich schmerzte das mehr, als wenn er mir ins Gesicht geschlagen hätte.

»Ich kann nicht einmal mehr das Vaterunser«, sagte ich aufdringlich und zitterte zugleich vor Angst. »›Im Namen des Vaters und des Sohnes‹... Das ist alles. Von der ganzen Religion nur soviel. Wir mußten immer ein Pfand geben, wenn uns einer beim Beten ertappte. Und wer kein Pfand hatte, mußte den anderen füttern oder ihm dienen oder auch vor ihm auf den Knien rutschen.«

Ich war sicher, daß mein Vater meine Lästerung verdammen würde, ich hoffte sogar, er werde es tun, er werde mich verwünschen, mir wütend die Peitsche um die Ohren schlagen, aber er blickte nicht einmal auf, sondern sagte, als habe er das vorausgesehen, wie er die Esche auf dem Hof pflanzte: »Ich zwinge dich ja nicht, gläubig zu sein. Das bleibt dir überlassen. Du wirst nur hingehen und unter den Leuten sitzen, das ist mehr wert, als wenn du dort betest, wo keine Menschen sind.«

Vielleicht waren meine stillen Vorwürfe gegen ihn auch ungerecht, denn er hatte ja alles getan, damit meine Heimfahrt des Wissens würdig war, das ich in der Stadt mitbekommen hatte, obwohl ich mich in Wirklichkeit mehr darüber freute, daß ich die Studiererei endlich hinter mir hatte, mit der ich in all den Jahren nicht hatte warm werden können, geschweige denn auf vertrautem Fuße stand. Immerhin wurde ich abgeholt, zwar nur mit einem Kastenwagen und nicht mit einem Korbwagen oder mit einer Britschka, aber ich selbst hatte ja an einen Fußmarsch gedacht. Und ich hatte sogar einen Sitz für mich; er war hoch, aus Haferstroh, mit einer Pferdedecke ausgelegt, wie für eine bedeutende Person, und der Kutscher auf dem Vordersitz brachte mir soviel Liebe und Ehrerbietung entgegen, als kutschierte er einen Steuerbeamten von Hof zu Hof oder einen Pfarrer zu seiner Pfründe, so daß er lieber »Herr« denn »Sohn« zu mir gesagt hätte. Vor allem aber war das Pferd für diese Gelegenheit ein würdiges Paradestück. Keine elende Schindmähre, vom Pflugschar ausgespannt, träge und räudig, mit eiternden Augen, sondern ein echtes Gutspferd, schwarz wie der Abgrund, das auf seinen Stielbeinen so geziert einherschritt, als verachte es den Erdboden. Übrigens stieß es den ganzen langen und schartigen Weg über immer wieder gegen die sperrige Deichsel, schreckte mit dem Zuggurt, scheute vor irgendwelchen Gespenstern, die für unser Auge unsichtbar blieben, schüttelte stolz den Kopf, und alles aus Unzufriedenheit darüber, daß es in einem gewöhnlichen Bauerngespann gehen mußte, das schwer war und wie das menschliche Leben ächzte. Kein Wunder übrigens, denn es war an eine Kutsche gewöhnt, an die knallende, langstielige Peitsche eines livrierten Kutschers, überhaupt an andere Menschen, als wir es waren, und auch nicht an den gewöhnlichen Alltag, sondern an die fröhlichen, feierlichen Anlässe, wo sich die Erregung der Menschen den Pferden mitteilt, und vielleicht kam ihm die Welt auch so vor, ein Bauernwagen indes verlangt vom Zugtier ebensoviel Demut und Einsicht wie von einem Menschen.

Was war das aber auch für ein Pferd! Wenn ich mir jetzt die jämmerlichen Reste dieser Gattung ansehe, die kaum noch Pferden, eher ihren Schatten gleichen, all ihres Glanzes beraubt, sogar der menschlichen Anhänglichkeit, und die nur noch die letzten, alltäglichen Dienste leisten, wie im Vorgefühl ihres nahen Endes, dann denke ich mir, daß der Tag noch kommen wird, da die Menschen sich nach den Pferden zurücksehnen werden. So mancher hatte doch Pferde eher zur Freude und zum Trost als für den Acker gehalten, denn Land besaß man oft gerade soviel, als mit der Hacke bestellt werden konnte.

Aber es war damals die Zeit der Pferde, und zwischen den Pferden taten sich ebenfalls Abgründe auf, wie zwischen den Menschen. Dieses hier, das uns aus der Stadt nach Hause fuhr, war wie ein Herr, der sich zu einem einfachen Menschen herabließ. Und obwohl es nur ein Tier war, ohne jeden Verstand, genierten wir uns, daß es uns zog. Nicht ein einziges Mal wagte mein Vater, es mit der Peitsche zu schlagen oder es anzutreiben, nicht einmal straffte er die Zügel, er saß da wie verzaubert von dem leuchtenden schwarzen Hintern, der sich vor seinen Augen wiegte.

Ich wußte nicht, ob Schüchternheit meinen Vater dazu bewog oder ob er absichtlich gestattete, daß das Pferd uns nach eigenem Ermessen lenkte, jedenfalls tat er mir leid, weil er sich bei dieser Gelegenheit, die sich ihm einmal in seinem ganzen Leben bot, nicht wie ein Kutscher, sondern wie ein Untertan des Pferdes fühlte. Obwohl er bestimmt den ganzen Weg über davon geträumt hatte, das feurige Blut des Pferdes zu erproben, das satt leuchtende Fell wenigstens einmal mit der Peitsche zu geißeln, diese Überheblichkeit mit der Leine zu zügeln, diesen Stolz zu brechen.

Ich wollte ihm irgendwie helfen, denn seine Demut vor dem Tier oder vielleicht auch die Unterwürfigkeit gegenüber seiner eigenen Verzauberung, der er sich so leicht gefügt hatte, quälte mich, und ich stellte mir vor, das Pferd sei plötzlich zügellos geworden, als sei es unserer Demut auch überdrüssig, es habe Flügel bekommen, uns von der Erde fortgerissen, und wir rasten so Hals über Kopf dahin. Ich nahm mir das sogar dermaßen zu Herzen, daß ich ängstlich meinen Vater ansah, doch er war nicht mehr der gleiche, er saß aufrecht da, hielt die Peitsche und die Zügel fast auf der Brust, als drücke er sie voll Dankbarkeit ans Herz, versunken in die Betrachtung dieser rasenden Fahrt, so als lausche er dem Spiel der Orgel im Kirchenchor und bemerke nicht einmal mich neben sich, was mich, wenn ich ehrlich sein soll, etwas schmerzte. Es ist übrigens schwer zu sagen, ob diese unsere tollkühne Jagd nicht echter und wahrscheinlicher war als das demütige Dahinschleppen.

Die Bauernwagen am Horizont gaben uns voller Panik die Spur frei, und die Fuhrleute blickten beschämt auf ihre jämmerlichen Gäule, auf ihr so gewöhnliches Vieh, und standen dann noch lange Zeit da, träumten und scheuten sich weiterzufahren, solange die Erinnerung an uns nicht gewichen war. Dieser unser Galopp mußte wohl sehr verbissen sein, wenn mein Vater nicht einmal den alten Pächter bedauerte – der sich wie ein Pferd vor seinen Handwagen gespannt hatte und sich mit einer gewöhnlichen Pferdepeitsche und mit Kutscherflüchen anspornte, mit denen er sich selbst, als Zugvieh, reichlich bedachte – und hochmütig an ihm vorbeifuhr, ohne auch nur im geringsten darauf zu achten, wie jener schmeichlerisch rief: »Grüß Gott! Doch nicht Euch! Nicht Euch! Eure Fahrt!«

Mit einemmal schrie mich mein Vater durch das Prasseln der Hufe, das Krachen des aus allen Fugen fliegenden Wagens und durch das Gepolter der Räder in den Schlaglöchern an: »Halt dich fest!«

Darauf erhob er sich, packte ordentlich die Zügel, so

daß er dem Pferd fast das Maul heruntergerissen hätte,
schwang einmal und noch einmal die Peitsche, und das
Pferd spürte, daß sich mein Vater zum Fest rüstete, denn
es galoppierte plötzlich los, daß der Wagen vom Boden
abprallte, und ergriff vor uns die Flucht. Mein Vater
aber konnte sich nicht lassen vor Freude, doch er wartete, er wartete noch, stemmte sich nur fester gegen
die Leine, gegen den über die Äcker gestreckten Kopf
des Pferdes, um nicht herunterzufallen, und weinte im
Fahrtwind, als weinte er vor Glück. Nie im Leben hatte
er ein Tier so geliebt wie in diesem Augenblick dieses
Pferd, das ihm nicht gehörte.

Plötzlich hieb er aus lauter Freude so heftig mit der
Peitsche auf den flachen schwarzen Rücken ein, daß er
beinahe vom Wagen gestürzt wäre. Das Pferd warf das
Maul nach vorn, streckte sich, galoppierte, als habe ihm
Hochzeitsmusik die Sporen in die Flanken gebohrt, als
fühlte es betrunkene Hochzeiter über sich, und die Räder konnten nicht mehr mithalten.

Aber auch mein Vater war nach jenem ersten Peit-
schenschlag wie entfesselt und schlug nunmehr ein ums
andere Mal zu, auf die Flanken, auf den Rücken, langte
bis zum Maul, fegte über die Stielbeine, die er nur zufällig traf, denn sie verschwanden bei dem rasenden Galopp irgendwo, und schließlich auch unter den Bauch,
in die Weichen, traf das Empfindlichste, was beim Tier
und beim Menschen am meisten schmerzt – ganz so,
wie sich brutale Fuhrknechte an den Pferden zu rächen
pflegen.

15

Ich sah meinen Vater an. Er saß geduckt, verharrte vielmehr in der Geduld, die er sich aufzwang, klein und unscheinbar, obwohl er doch ein stattlicher Mann war, aber Geduld besaß er genug, an Geduld war ihm keiner im Dorf gewachsen. Peitsche und Zügel hielt er im Schoß, gar nicht wie ein Kutscher, und gab nur auf seine schweren Hände acht, damit das Pferd nicht spürte, daß er Peitsche und Zügel darin hielt. Es konnte scheinen, als sinne er nach über die langsamen, gleichsam gnädigen Schritte des Pferdes.

Ich glaubte ihm nicht. Ich fühlte, wie die Angst in mir wuchs. Ich hatte Lust, seine Hand zu packen und zu rufen: »Laß uns nicht so schnell fahren! Zügele es! Wir haben den Boden unter den Rädern verloren! Das ist kein Pferd, es ist ein böser Geist, der uns trägt!«

Mir fiel jedoch ein, daß er vielleicht schon längst das Pferd nicht mehr lenkte, es mir nur nicht gestehen wollte, um mich nicht noch mehr zu ängstigen, und daß meine Worte lediglich seine Ratlosigkeit entblößen würden, die ihn auch so genug schmerzte. Als wir die steile Anfahrt vor dem Wald nahmen, war das Pferd so wütend darüber, weil wir es ihm etwas schwerer gemacht hatten, daß es plötzlich abbog und es im Wagen krachte, dann stellte es sich auf die Hinterbeine und wieherte so sonderbar, daß wir vor Angst erstarrten. So mußte mein Vater es wie ein bösartiges Geschöpf verprügeln, damit wir weiterfahren konnten. Ich schloß die Augen, um nicht meines Vaters Wut zu sehen. Das Pferd nahm alles hin, aber es rächte sich schlimm an uns. Kaum hatte es

uns auf die Anhöhe geschleppt, stürzte es hinunter, riß
meinem Vater die Gewalt aus den Händen, verlor den
Boden unter den Hufen, und wir waren ihm auf Gedeih
und Verderb ausgeliefert. Es hatte die Grenze zwischen
Geduld und Freiheit überschritten, indem es sich unvermittelt aus der schmerzhaften Raserei befreite, die die
Peitsche ihm gebot, und sich selbst einen Galopp aufzwang, den die Peitsche nicht hätte erzwingen können
und bei dem eine Peitsche, selbst die ausgeklügeltste,
eine wie ein Rosenkranz in Knoten gebundene, ihren
Sinn verlor, denn das war die einzige Möglichkeit der
Freiheit. Es raste Hals über Kopf, mit Todesverachtung,
aber frei, und einem befreiten Pferd kann nichts weh
tun, weder eine Peitsche noch ein Fluch, und auch nicht
ein auseinandergerissenes Maul. Ein solches Pferd ist
stärker als sein Schmerz.

Ich begriff, wir konnten lediglich Geduld bewahren,
konnten uns dies und jenes erzählen, wie man es unterwegs zu tun pflegt, durften uns nicht die eigenen Gedanken eingestehen und mußten die einzige Hoffnung
darin sehen, daß sich das Pferd schließlich unser erbarmte, wenn nicht, so würden wir früher oder später
zerschellen.

Mein Vater war so unerwartet mit Pferd und Wagen
gekommen, um mich abzuholen, daß es mich nur ver-
stimmte, statt mich zu freuen, und mich mit einer seltsamen Angst erfüllte, denn wir hatten ja zu Fuß zurückkehren wollen, und so fuhren wir gleichsam zerstrit-
ten aus der Stadt ab, obwohl ich selbst nicht wußte,

was sich hinter meinem Groll gegen meinen Vater verbarg.

Der Weg war doch weit, und zu Fuß hätten wir ihn nicht so leicht geschafft, zumal ich ein volles Köfferchen und ein großes Bündel Bettzeug zu schleppen hatte, obendrein herrschte seit dem frühen Morgen eine solche Hitze, daß meinen Vater, sobald wir nur die Schatten der Bäume und Häuser hinter uns gelassen hatten und uns auf der weiten Flur der Äcker befanden, plötzlich Zweifel zu befallen schienen, ob es uns auch gelingen werde, sicher durch die Hitze zu kommen, denn er hielt das Pferd an und schaute in die Runde, als suchte er nach einer Furt.

Man konnte geradezu schwer unterscheiden, was Sonne und was Erde war. Auf den Feldern reifte weit und breit das Getreide, und am Himmel brannte weiße Glut. Der Himmel hatte sich getrübt wie abgestandenes Weihwasser in einer Flasche am Fenster. Der Dunst des Reifens und der Sonnenglast trieben einem Tränen in die Augen, der Verstand verdunkelte sich, Salz zog die Lippen zusammen, doch wir konnten uns nicht einmal Mitgefühl mit uns selbst leisten. Wir wußten nicht, ob das dampfende Getreide uns so sengte oder die Sonne, die uns Schritt für Schritt folgte, rachsüchtig, gelb ölig, und die auf uns niedertropfte. Wir fuhren mitten durch das stickige Reifen, und das Schweigen war unser einziger Schatten.

Die Hitze steigerte meinen Groll gegen meinen Vater, vielleicht rechtfertigte sie ihn sogar. In dieser Hitze reizte

18

jeder Laut, man hörte, wie der Wagen quietschte und das Zaumzeug am Pferd scheuerte, wie der Zuggurt an der Deichsel klirrte und die Hufe in dem lockeren Sand dumpf klatschten. Das geringste Schwanken des Wagens drückte sogar im Rückgrat.

Das alles warf ich meinem Vater vor, der doch nichts dafür konnte. Ich freute mich, daß das Pferd gar nicht zu ihm paßte, es zu schön, zu hoffärtig war und er irgendwann seine kurze Illusion bedauern würde. Er hätte wissen müssen, daß ein solches Pferd nicht dazu geschaffen war, um den erstbesten zu ziehen, sondern wohl nur, um in Nachsinnen zu versinken, in Sälen umherzuirren, Zucker aus der Hand zu fressen und Mitleid mit dem viehischen Los der anderen, der echten Pferde zu haben.

Doch mein Vater saß geduckt über seinen Händen, die die Peitsche und die Zügel hielten, und seine Augen hatte er vor der Helligkeit zusammengekniffen, die von den Feldern strahlte – oder vielleicht auch, weil der Schlaf ihn quälte und die Gedanken ihn plagten.

Um mich ein wenig von dem Eindruck, daß er mich mit dem Pferd abgeholt hatte, zu befreien, hätte ich ihm gern eingeredet, er habe das Pferd nicht geliehen, um mich abzuholen, sondern nur die Gelegenheit genutzt, um zu erleben, wie es sich mit solch einem Pferd kutschiere, aber offenbar war das nicht so, wie er es erwartet hatte, denn in seinem Blick, der voll des leuchtenden schwarzen Fells war, lag, sobald er zu mir herüberschaute, nicht so sehr das Verlangen, ich möchte die

Schönheit des Pferdes preisen, sondern die Bitte, ihm beizustehen. Aber wer weiß, vielleicht versuchte ich hinter diesen Vorwürfen gegen meinen Vater, den ich der Ratlosigkeit zieh, meine eigene Scheu zu verbergen, die gewöhnliche Hasenangst, die im Menschen ihr eigenes Leben lebt, aus nichts herrührt, die sich selbst mit sich schreckt, aber vielleicht ist sie es, die uns so stark an das Leben bindet. Denn mein Vater, dieser sonst schweigsame Mann, hatte lediglich Vertrauen zu seiner eigenen Phantasie, zu der Welt, die er sich selbst geschaffen hatte, in der er wahrhafter zu leben vermochte als in der wahren Welt – auf die wahre Welt blickte er nur von Zeit zu Zeit wie durch ein Fenster auf eine verschneite Winterlandschaft –, dort, in der eigenen, legte er selbst die Gesetze fest, auch die Ängste, auch das schöne Wetter, dort besäte er den Acker aus leerem Sätuch, erntete aber Weizen, vertrieb die Steuereinnehmer wie Spatzen vom Hof und lebte mit dem Herrgott auf ewigen Kredit. Hieraus schöpfte er vielleicht auch seinen unbeugsamen Willen, eine eigene Welt zu besitzen, nur für sich allein, die er nicht einmal zu verstehen brauchte, man kann sogar sagen, daß er sich gegen ein Verstehen wehrte, das ihm seine Welt ja nur verdarb, daher wies er es weit von sich, denn so verständig war er, daß er wußte, wie eng die Grenzen sind, die das Leben dem menschlichen Wollen setzt.

Ich hatte schon seit dem frühen Morgen Ausschau nach ihm gehalten. Zunächst voller Erregung, die sich an diesem letzten Tag sogar den toten Gegenständen mitteilte, und dann voller Unruhe, weil er spätestens mittags hätte dasein müssen. Ich hielt Ausschau nach ihm wie ein Kiebitz nach Regen, wie die Seele nach der Messe. Zumal die anderen alle schon heimgefahren waren, sie verschwanden um die Wette, denn keiner wollte als letzter fahren, und eine Leere hinterlassen hatten wie nach einer Pest, und darin war ich unfreiwillig allein geblieben mit meinem quälenden, immer länger werdenden Warten.

Das verlassene Zimmer schien davon zu zeugen, daß seine Bewohner in Panik geflüchtet waren. Überall lagen Papierfetzen herum, einzelne Buchseiten, Stroh aus den Strohsäcken, irgendwelche Lappen und Schmutz, während die Wände und die Möbel, die bislang behaglich gewesen waren, jetzt all ihre Gemütlichkeit verloren hatten. Mir war, als habe sich das Zimmer schamlos vor mir entblößt und seine Gebrechen, seine Verkommenheit, seine Zerstörung und sein Alter enthüllt. Alle die Kratzer, Risse, Spinnweben, Staubschichten, die Dunkelheit in den Winkeln und die Fäulnis muteten plötzlich nahezu menschlich an. Sicherlich fühlte ich mich deshalb so merkwürdig fremd darin, um so mehr, als Mittag schon vorüber war und mein Vater sich noch immer nicht blicken ließ.

Schließlich erschien er, aber er war nicht wie sonst, das fiel mir gleich auf. Er kam mit Worten zur Tür herein, die er sich zuvor bereit gelegt hatte, denn ehe ich mich bei seinem Anblick vom Bett erheben konnte, sagte er: »Ich bin mit dem Wagen gekommen, um dich abzuholen, Sohn.«

Und er sah mich an und wartete auf meine Freude, die er sich unterwegs ausgemalt hatte.

»Wieso?« fragte ich erstaunt.

»Mit einem Pferd«, sagte er, und ein Lächeln huschte über sein Gesicht. »Komm, sieh hinaus.«

Ich wußte nicht, was ich sagen sollte. Ich klammerte mich an die verschwommene Hoffnung, daß er vielleicht gar nicht mit einem Pferd gekommen sei, sondern sich das nur ausgedacht habe, um dann ein wenig belustigt, aber auch etwas bitter darüber zu lachen. Und selbst als ich dieses Pferd schon erblickt hatte, das vor dem Haus stand, gefangen in einem gewöhnlichen Wagen, gefangen, nicht: eingespannt, und sich, mit dem schwarzen Schweif fächelnd, Linderung vor der Hitze verschaffte, wehrte ich mich noch dagegen, obwohl ich selber nicht wußte, weshalb.

Ich spürte meines Vaters durchdringenden Blick, glaubte fast zu hören, wie sehr er wünschte, daß ich mich damit zufriedengab, wie sehr er mich mit seinem Wunsch gnädig stimmen wollte, mich beschwatzte, bat, und obschon ich mir über die Unsinnigkeit meines Widerspruchs im klaren war, wehrte ich mich noch, vielleicht weniger gegen meinen Vater, als vielmehr gegen die Überraschung, denn ich liebte es nicht, überrascht zu werden, sogar dann nicht, wenn bezweckt werden sollte, mir Freude zu bereiten; ich empfand es als Vergewaltigung, als ein Nachspionieren, eine Auskundschaftung meiner Schwäche, ja als ein lästiges Eindringen, weit über die Grenzen des Selbstempfindens hinaus, wo man im allgemeinen nicht mehr zu sein glaubt, sondern wo jeder bereits eine Vermutung, jemandes Einschätzung, jemandes Vorstellung, somit wider Willen er selbst ist.

»Woher hast du das Pferd?« fragte ich vorwurfsvoll und erschrak in dem gleichen Moment darüber, weil mir mein Vater womöglich ernsthaft antworten würde, um mein Mißtrauen lächerlich zu machen.

Er tat jedoch, als habe er es nicht gehört. Er holte einen Lappen unter dem Sitz hervor und wischte damit dem Pferd sorgfältig den Schweiß ab.

»Wie erhitzt es ist. Wie erhitzt es ist«, sagte er vorwurfsvoll und bitter zu sich. »Dabei habe ich es gar nicht angetrieben. Ich bin gefahren, wie es das selber wollte. Ich habe mich sogar überholen lassen, nur um es nicht zu erhitzen. Und die Leute haben mich überholt, weil sie sahen, daß das Pferd aus irgendeinem Grund gehemmt ist. Ha, und wie sie mich überholt haben! Wie tolle Hunde, und mich packte nicht einmal die Wut, ihm wegen dieses ständigen Überholtwerdens eins überzuziehen. Sie schlugen auf ihre Pferde ein und schrien: ›Aus dem Weg!‹ Sogar alte Weiber haben mich hinter sich gelassen, obwohl sie sich selbst nur mit Mühe vorwärts schleppten. Ja, sogar ein Hinkebein ist bis zu mir herangehumpelt. Aber meinetwegen.«

Und nach einer Weile: »Du wirst dich dorthin setzen. Ich habe dir einen Sitz zurechtgemacht. Sieh nur! Da wirst du den Weg gar nicht spüren. Kannst sitzen wie in einer Britschka. Ich habe zwei Bund Stroh genommen, damit es höher ist, und zwar Haferstroh, damit du es weich hast. Wegen dieses Strohs mußte ich das ganze Dorf abklappern, und die Leute haben mich ausgelacht, als sei ich von Sinnen. Sie haben nicht einmal mehr Roggenstroh, von Weizenstroh ist längst keine Spur mehr da, sie reißen die Dächer ab, um Futter daraus zu häckseln, Streu für das Vieh gibt es auch nicht mehr. Und die Decke hat deine Mutter von der Wirtschafterin des Herrn Pfarrers besorgt. Man wird dafür helfen müssen, beim Pfarrer den Mist auszubreiten«, sagte er so obenhin, während er die Flanken des Pferdes mit größerem Eifer abrieb.

Dann knöpfte er den Futtersack von der Deichsel los und warf ihn auf den Wagen. Und als ich ihm sagte – eigentlich schrie ich es fast –, daß ich mich nicht auf den Extrasitz setzen wolle, hielt er in seinem Tun gar nicht inne. Seelenruhig streichelte er das stolze, gereizte Pferdemaul, während er es für den Zaum vorbereitete, dann packte er es wie mit Krallen an den Nüstern und zog mit einem Griff den Zaumbügel durch die Zähne. Zuletzt klopfte er zum Dank begütigend auf das Maul.

»Das wirst du mir nicht antun«, sagte er. »Wie sähe das aus, wenn du neben dem Kutscher sitzt.«

Ich erwiderte nichts. Eigentlich hatte ich auch nichts dazu zu sagen. Meine Worte besaßen keine Bedeutung mehr. Er hatte alles gesagt, für sich wie für mich. Obwohl ich wußte, daß ich ihm nicht nachgeben durfte, weil mir mein Gefühl sagte, das würde sich einst rächen, vielleicht nicht gleich, aber irgendwann, zu einer Zeit, die damals nicht einmal in der Vorstellung auszumachen war, später einmal, wenn mich nur noch die Erinnerungen bedrohen würden, aufdringlich wie Wespen, die selbst den Tod vergiften können und erst recht das Leben.

»Na, steig auf«, sagte er in einem Ton, als fiele es ihm ebenfalls nicht leicht.

Er kroch auf den Wagen, schüttelte den Sitz auf und sank mitten darauf nieder, ohne neben sich Platz für mich zu lassen. Dann wickelte er die Zügel von der Wagenrunge, ergriff die Peitsche und wartete. Ich wurde verlegen, kam mir lächerlich vor, um nicht zu sagen: jämmerlich. Was bedeutete schon mein unverständiger jugendlicher Edelsinn gegenüber seiner Demütigung. Ich vermochte nicht einmal zu begreifen, daß er das Pferd, den Wagen, die Decke und das Stroh für den Sitz gar nicht ausgeliehen hatte, damit wir unsere Kräfte schonten. Solche Kosten konnte er sich gar nicht leisten.

»Dagegen kann man nichts machen, das ist nun einmal so«, sagte er. »Selbst der Pfarrer mit dem Herrgott sitzt nicht neben dem Kutscher. Der Kutscher vergibt sich nichts, und der Herrgott hat mehr davon. Was würden denn die Leute über so einen sagen, der neben dem Kutscher sitzt? Schade um das Pferd, würden sie sagen. Ein unbedeutender Mann, ein Niemand. Und auch der Kutscher hat nichts davon, wenn er ihn fährt.«

Ich lehnte am Wagenkasten und zögerte. Dieses Zaudern, ein passiver Zustand der Ungewißheit, der zu nichts führt, erschien mir segensreich – könnte man ihn doch für immer festhalten!

»Du brauchst nicht zu denken, ich wüßte nicht, um was es hier geht«, sagte plötzlich mein Vater voller Ungeduld, während er sich mir zuwandte. Und gleich darauf rutschte er an das andere Ende des Sitzes, um mir neben sich Platz zu machen, womit er mir sogar etwas Mut einflößte, und er trieb mich auch nicht mehr an und ließ keine Ungeduld mehr erkennen. Er holte den Tabaksbeutel aus der Tasche, drehte sich eine Zigarette, steckte sie an und blickte unwillig in die Runde, hatte schon beinahe ein Kreuz darüber gemacht, was zwischen uns geschehen war, und als ich mich neben ihn setzte, nahm er das ganz gewöhnlich hin, zerrte an den Zügeln, und wir fuhren los.

Von Anfang an fühlte ich, daß das alles unecht, ersonnen war, obwohl vielleicht das einzige, was uns blieb. Deshalb war ich traurig, obzwar das schöne, sonnige Wetter zur Freude, zur Sorglosigkeit, zur Eigenliebe ermunterte, und als wir beinahe schon im Dorf waren, denn die Deichsel reichte bereits an die ersten Katen heran, erfaßte mich Angst, nicht vor der menschlichen Neugier, durch die wir uns, so vermutete ich, wie durch ein Dickicht würden hindurchschlagen müssen – obgleich die Arbeit die Leute glücklicherweise wie die Pest auf die Felder getrieben hatte und das Dorf, wie tot in der Glut, öd und verlassen lag, so daß man nicht einmal einen Hund oder Geflügel sehen konnte, während die hie und da vor den Türen hockenden Greise, Gebete murmelnd, schon einer anderen Welt angehörten und selbst unser Pferd sie nicht weckte –, und auch nicht Angst vor der Neugier der Geschöpfe, der Häuser oder der Bäume, sondern vielmehr Angst vor meinem eigenen Leben, als sollte es von nun an erst richtig beginnen. Eine Angst, die keineswegs so erhaben war, daß ich mich ihrer rühmen könnte. Eine ganz gewöhnliche, gemeine Angst, so wie ich sie immer empfand, wenn ich in den Pfarrersgarten Äpfel stehlen ging, und ich fürchtete dann nicht so sehr die Wirtschafterin, die Hunde oder den Knecht als vielmehr den Pfarrer, der irgendwo zwischen den Bäumen das Brevier las.

Vielleicht begriff ich an diesem Tag der Heimkehr zum erstenmal, daß ich meinen Vater würde beschützen müssen, damit er nie jenen Glauben verlor, der sich in ihm eingenistet hatte, daß er sich unbewußt auf meine Nachsicht verließ, ich aber wußte damals noch nicht, was sie ist, somit auf meine gutwillige Nachgiebigkeit, der ich mich, so recht ich konnte, in Liebe zu ihm zu fügen bemühte, woraus ich für mich nur den Trost schöpfte, daß es leichter ist, stark als nachgiebig zu sein.

Dabei hätte es scheinen mögen, ich sei in seiner Obhut, er lasse kein Auge von mir und denke immer an mich, unaufhörlich gerührt über meine gewöhnliche, klägliche Existenz, und dies eine fülle vollends sein Leben aus.

Er lauerte auf seinem Vordersitz, damit ich mich wie ein Herr fühlte, und als wir im Dorf einfuhren, sah er sich nach mir um, als wollte er mir Mut machen, oder vielleicht hatte ihn auch selbst Angst erfaßt, denn woher sollte ich noch die Kraft haben, mich zu fürchten – es war eher Erschöpfung, die mich überwältigte, wie ich mich jetzt erinnere.

Der Weg war doch lang und eintönig, länger als der, den ich so gut kannte, länger, als ich ihn zu Fuß, das Bettzeug auf dem Rücken und den kleinen Koffer in der Hand, hätte gehen können. Man konnte vergessen, daß man irgendwohin fuhr, und sich nur darein schicken, daß man überhaupt fuhr. Dieses erhabene Pferd hatte den Weg so in die Länge gezogen. Obendrein marterte uns die Hitze, als wären wir verdammte Seelen, so daß wir kaum ein Wort miteinander wechselten, denn nicht nur die Worte, sondern auch die nichtigen Gedanken quälten uns wie Kummer. Die Erde roch angesengt, obwohl mein Vater sich rechtfertigte, er sagte, sie röche immer so, wenn das Getreide reife. Und als wir schließlich den Hügel vor dem Dorf hinauffuhren, von wo aus man das Dorf wie auf der flachen Hand vor sich sieht, bat er mich nicht, umzusteigen, nein, er redete mir nicht zu, er hielt nur das Pferd an, vielleicht aber blieb das Pferd auf meines Vaters Gedanken hin von allein stehen, denn ich hatte nicht gemerkt, daß er an den Zügeln gezogen hätte, oder aber er war im Geist mit dem Pferd einverstanden gewesen. Er sagte: »Das ist schon das Dorf.«

Ich hege keinen Groll gegen ihn. Aber ich kann mir nicht verzeihen, daß ich damals nachgegeben habe. Ich beging doch einen Betrug an ihm, über den ich mir im klaren war, indes, mir fehlte der Mut, es einzugestehen. Nicht er verurteilte mich zu seinem Glauben, sondern ich ihn zu jener Illusion, die sich letztlich so sehr an ihm rächte.

Lange Zeit lebte ich in der Überzeugung, ich opfere mich für ihn auf, wie ein Sohn sich für seinen Vater aufopfert, ich vergelte ihm Liebe mit Liebe, ich bewahre ihm lediglich deshalb die Treue, damit er sich nicht so hilflos fühle. Was konnte es Würdigeres geben als Nachgiebigkeit? Er hatte doch nichts im Leben kennengelernt außer Wünschen. So war ich denn damit einverstanden, daß er an mich glaubte, aber an mich, wie ich in seiner Welt der Träume und der freien Wahrheiten aussah, an mein unwahres Abbild in ihm, so wie er es sich wünschte. Ich vermutete nicht einmal, wie schwer ich es mit diesem Wissen um seinen großen Glauben haben würde – zumal dann, wenn es ihn nicht mehr geben wird –, einen so gierigen Glauben, als handelte es sich nicht um mich, sondern um das Vieh, um das Land, um die Erlösung.

Aber vielleicht habe ich wirklich nie als ein Mensch existiert, der das Gefühl der eigenen Existenz aus sich selbst nimmt, denn ich erlaubte mir ja nicht einmal, ein eigenes Gewissen zu haben, ich fühlte mich nur als Verkörperung seines Glaubens, als dessen Schatten und Sonne, als jemand, der lediglich deshalb auf die Welt gekommen ist, um diesen Glauben zu bezeugen, denn ich denke, obwohl das für mich bitter ist, daß er nicht so sehr an mich als vielmehr durch mich glaubte.

Ich fühlte mich gewöhnlich schuldig, sooft mir einfiel, daß er seinen Glauben durch mich verlieren könnte. Daher war meine Fügsamkeit oder, wie ich mir manchmal schmeichle, meine Nachgiebigkeit ebenso unmenschlich wie sein Glaube. Aber schließlich verdanke ich ihm auch diese Fügsamkeit, von der ich behaupten kann, daß sie meine einzige Tugend und mein Verdienst war, und das ist nicht wenig, wenn man bedenkt, daß ich durch sie mein ganzes Leben seinem Leben zuschreiben kann, andernfalls könnte ich nicht einmal das von mir sagen.

Es steht mir nicht an, zu urteilen, als was sich letztlich dieser sein Glaube erwies – als Verwüstung oder vielleicht als meine Errettung vor der erniedrigenden Zufälligkeit –, jedoch fühle ich mich davon etwas müde, so als hätte ich ein etwas zu langes Leben, reich an Freuden, Gram und Hoffnungen, gelebt, und ich komme mir selbst merkwürdig alt vor, älter als er, mein Vater. Ist es jetzt nicht Zeit für mich? Vielleicht gibt sich das Alter auf diese Weise zu erkennen? Doch wäre es nur das Alter, ich würde mich gewiß nach Ruhe, nach Erleichterung sehnen. Nichts besänftigt doch die Ermüdung so gründlich wie der Tod, der behaglicher ist als ein Federbett.

Übrigens habe ich selbst diese Fügsamkeit gegenüber seinem Glauben an mich gewählt, und ich lebe davon, wie ich behaupten kann, bis zum heutigen Tag, sie bildet meinen einzigen Halt und mein Altenteil. Ich könnte mich nicht mehr davon befreien, obwohl ich weiß, daß er mir einen freien Willen, daß er mir meine Freiheit gelassen hat, die ich nutzen könnte, ohne ihm zu schaden, um zumindest am Ende meines Lebens ich selbst zu sein, aber das ist doch alles, was mir von ihm und somit von mir bleibt – wenig und viel zugleich.

Manchmal rede ich mir ein, er brauche meine Treue jetzt mehr als zu seinen Lebzeiten, denn sie bewahrt nicht nur das Andenken an ihn, sondern auch sein unerforschliches Verlangen, unter dem er wie unter einer Krankheit litt, von dem er vielleicht nichts weiter erwartete als meine Treue.

Er vertraute sich übrigens niemandem an, doch so war er eben, wortkarg, schriftunkundig, er fürchtete, die Worte könnten ihn betrügen, selbst wenn es seine eigenen waren, und er glaubte nur dem Schweigen, dieser einzigen ungelogenen Möglichkeit, sich zu bekennen.

Und wenn er schon etwas sagen mußte, was ihn quälte, dann trug er es gewöhnlich so lange mit sich herum, bis eine ruhige Zeit anbrach: Er wartete ab, bis die Ernte, bis das Pflügen und die Aussaat vorüber waren, denn wer eine solche Geduld wie er besitzt, der mißt sich nicht an der Zeit, sondern an der Erfüllung. Und er hatte nur zum Abend Vertrauen, denn er brauchte für die paar Worte, die er sprach, eine ungetrübte Stille, wie sie nur abends eintritt, eine Stille in der Stube, im Gehöft, im Dorf, denn nur die Stille ist der Worte wert, nur in der Stille bedeuten die Worte das, was man durch sie erstrebt. Und wer die abendliche Stille gut kennt, der weiß, daß sie sich selber in den Menschen hineinhört, in sein Schweigen, in seine Gedanken, seine Wünsche. In dieser Stille hört man, wie der Tisch steht, wie die Bilder an den Wänden hängen und wie die Töpfe auf dem Küchenherd trocknen, wie die Milch in den Tonkrügen säuert, man hört, wie es nachts friert und wie das Feuer unter der Herdplatte glüht, wie sich das Petroleum in der Lampe mit der Flamme leckt und wie sich die Küken in der Schwinge unterm Tisch aus ihrer Erstarrung heraus, durch die Eierschalen picken. In solch einer Stille entstehen Ahnungen, Geräusche verwandeln sich in Warnungen, und Schläfrigkeit schlägt um in den Tod.

Solch eine Stille brauchte mein Vater gewöhnlich, um zwei, drei Worte zu sagen. Aber es kam vor, daß er das, was er zu sagen hatte, auf den Sonntag verschob. Obwohl er am häufigsten schwieg. Er liebte dieses Schweigen, fand darin Hilfe, Trost, Rat, häufiger als bei den Menschen.

Ich liebte es nicht, wenn mein Vater dasaß und schwieg oder mit mir ging und schwieg. Ich war damals nicht imstande, ruhig zu denken oder mich mit etwas zu befassen, und ich konnte mich auch nicht zur Gleichgültigkeit aufschwingen. Ich fühlte mich gezwungen, das, was er schwieg, zu erraten, Vermutungen anzustellen und Verdächtigungen, ich wurde wachsam, mißtrauisch, sein düsteres Schweigen reizte mich und machte mich zugleich neugierig. Mir dünkte, daß es, scheinbar gleichmütig, übermüdet und vage, dennoch voller wichtiger Reden, Ahnungen und Beschwörungen, Vorhersagen, voll von einer eigenen Weisheit sei, die er vor der Welt verheimlichte, und daß natürlich darin von mir die Rede sei.

Schon als Kind verspürte ich ängstliche Besorgnis, wenn er so dasaß, in dieses Schweigen versunken wie in einen Halbschlaf, und sich nicht vom Fleck rührte und die Behelligungen durch meine Mutter geduldig ertrug, bis er sein Denken beendet hatte. Ich fürchtete mich sogar, in der Stube zu verweilen, wenn die Mutter nicht da war, sondern nur er auf der Bettkante oder auf einem Schemel vor dem Küchenherd saß, niemals am Tisch – seit ich zur Schule ging, war der Tisch für das Lernen und für die Mahlzeiten bestimmt –, und auf seine Art schwieg.

Ich bemühte mich damals, so still wie nur möglich zu sitzen, damit er meine Anwesenheit vergaß. Ich legte den Federhalter weg, weil ich fürchtete, er könne zu laut knirschen, und nahm mir ein Buch vor, nur um dieses Zusammensein mit ihm irgendwie zu überstehen. Aber auch mit dem Lesen kam ich nicht voran, ich starrte auf die Buchstaben und betete unterdessen, daß meine Mutter zurückkehren möge.

Er holte den Tabaksbeutel hervor, blies in das Zigarrettenpapierbüchlein, um ein Blättchen zu lösen, dann wühlte er mit zwei Fingern lange und umständlich in dem Beutel, so daß ich schon unruhig überlegte, was er wohl dort suchen mochte. Und mit diesen zwei Fingern trug er eine Prise Tabak über dem Fußboden zu dem Blättchen, das er etwas entfernt in der anderen Hand hielt, so als habe er sich diese Entfernung selbst auferlegt, um auszuprobieren, ob es ihm gelänge, nicht ein Krümelchen fallen zu lassen. Aber die Mutter wollte, wie zum Trotz, nicht kommen.

Manchmal suchte ich den erstbesten Anlaß, um aus der Stube zu entwischen, auch wenn mich hinterher das Gewissen plagte, ob ich ihm nicht unrecht getan habe. Und wenn er mittags vom Feld nach Hause kommen sollte, erfaßte mich ebenfalls Angst, daß er vielleicht allein heimkehren würde, während er meine Mutter zurückließ, damit sie noch Grünfutter pflückte. Sobald ich also aus der Schule gekommen war, steckte ich ein paar gekochte Saubohnen in die Tasche und flüchtete in den Obstgarten. Dort kletterte ich auf den alten Birnbaum, der so hoch wie eine Kirche war, bis hinein in den Wipfel, wo die Blätter einen grünen Schwarm bildeten, und darin versteckte ich mich wie in einem Nest, bis meine Mutter kam.

Dieses Nest war voller Wespen, zumal wenn die Birnen reiften. Sie wüteten dann summend, als sei auch für sie die Zeit gekommen, und schlüpften vor meinen Augen aus den Birnen, aus den Blättern, aus den Zweigen, so daß man sich leicht irren und meinen konnte, nicht die Birnen, sondern die Wespen seien die Früchte. Die klebrige Süße, die die Baumkrone erfüllte, mußte sie offenbar reizen, denn sie verhielten sich aggressiv und schwirrten nur umher, um zu stechen. Ich duckte mich auf meinem Ast aus Angst vor ihnen und hülste sogar die Saubohnen heimlich aus, damit mich keine bemerkte.

Erst meine Mutter vermochte mich aus dieser Angst herauszureißen, indem sie plötzlich am Rande des Obstgartens erschien, als habe die Ahnung, daß mir eine Gefahr drohe, sie herbeigeführt und nicht die Essenszeit, und sie rief mich mit lauter Stimme, und diese ihre Stimme hallte wie Gesang, vervielfältigt durch die Pflaumen-, Birn- und Apfelbäume wie durch Heiligenfiguren und Altäre; in dieser Stimme klangen Litaneien, Psalmen, Stundengebete mit, so daß sie von der Stelle aus, an der sie stand, den ganzen Obstgarten und die benachbarten Gärten und die Flußufer durchstöberte. Ihr Gesang brachte mir die Befreiung.

Aber es kam vor, daß mein Vater in den Obstgarten trat, und zwar geradewegs vom Acker. Er kam wie in der Absicht, sich irgendwo im Schatten von der Hitze abzukühlen, die ihn auf dem Feld durchdrungen hatte, wie um sich zu erholen, vielleicht, um bis zum Mittagessen zu schlummern.

Ich erkannte seine Schritte, noch bevor er um die Scheune bog, seine Schritte – gedämpft, vorsichtig, tappend, wie wenn jemand einen Berg hinuntersteigt, und so achtsam, damit er ja keinen Zweig zertrat. Er ging nicht, er schlich. Wenigstens hörten sich diese Schritte in der Mittagszeit so an, in jener Ohnmacht, die selbst den Obstgarten befiel. Und wenn er hinter der Scheune hervorgekommen war, wurden die Schritte leiser, nur das Knacken der trockenen Zweige verriet, daß er bereits über Gras ging.

Der Garten war nicht groß, und der einzige beachtenswerte Baum darin war der Birnbaum. Von seinem Wipfel sah der Garten noch kleiner aus. Aber der Vater betrat den Garten wie einen großen, unbekannten Wald. Er zögerte, schaute auf die Bäume, blickte hinter sich, um sich zu vergewissern, daß er allein in diesem Wald sei.

Er ging von Baum zu Baum, stahl sich fast heran, und wenn er auf einen trockenen Ast trat, blieb er ängstlich stehen und lauschte, ob ihn das Knistern nicht verraten habe. Nach einer Weile, wenn sich die Unruhe in ihm gelegt hatte, ging er weiter und schaute in die Bäume, als schaute er in Nester. Er rief mich nicht, wie meine Mutter es tat, daß jeder es hören konnte, sondern wandte sich flüsternd, in schmeichelndem Ton an jeden einzelnen Baum: »Bist du da? Bist du's?«

Man hätte meinen können, daß er kam, jeden freien Augenblick vor dem Mittag nutzend, um mit mir so zu spielen, wie eben ein Vater mit seinem Sohn, denn unbekümmerte Rast konnte er sich nur kurz vor dem Mittagessen leisten. Der Obstgarten war ja zu klein, um darin wirklich jemanden zu suchen. Er eignete sich eben nur für solche väterlichen Späße, für Verstellung, Unbekümmertheit. Ein paar Jungstämme wuchsen darin, die nach jedem Winter und nach den Wunden, die die Hasen ihnen zufügten, immer wieder von neuem auflebten, ein paar alte Apfelbäume, einige Birnbäume, ein paar Pflaumenbäume, verwilderte Kirschen und Holunderbüsche ringsherum, statt eines Zaunes. Mein Vater verstand es jedoch sehr gut, in diesem Obstgarten einen

Wald vorzutäuschen und in diesem Wald meine Verlorenheit und seine Ratlosigkeit, obwohl er von Anfang an wußte, daß ich mich nur auf dem Birnbaum versteckt haben konnte. Aber gerade ihn überging er.

Unbewußt machte ich mit und fühlte mich, während er mich so suchte, immer sicherer vor ihm versteckt, nahezu unauffindbar. Ich vergaß sogar, daß er ja wußte, wo ich war. Aber konnte ich ihm denn widerstehen, wenn er doch vor meinen Augen aus diesem Garten einen Wald zu machen vermochte?

Er traute keinem Baum, solange er ihn nicht von allen Seiten umgangen, nicht jeden Zweig betrachtet und durch die Blätter hindurchgeschaut hatte. Erst dann trat er zum nächsten, der ihm verändert vorkam, dichter als gewöhnlich, er sah mich schon fast darauf, wie ich mich duckte, und er blickte auf diesen Baum wie auf einen Regenbogen, sah nicht den Obstgarten, sondern nur den einen Baum, dem er sich Schritt um Schritt schmeichelnd näherte.

»Bist du da? Bist du's?«

So lief er im ganzen Garten umher, nahm einen Stock zu Hilfe und zerteilte damit das Geäst, denn er traute nicht einmal mehr den Pfropfreisern, auf denen sich kein Vogel versteckt hätte, und sogar zu sich selbst verlor er das Vertrauen, denn er kehrte zu den Bäumen zurück, die er bereits abgesucht hatte, in einem plötzlichen Anflug von Hoffnung, daß er mich darin übersehen haben, daß er sich geirrt haben könnte.

Während er mich suchte, befielen mich Zweifel, ob

das wirklich ein Spiel war. Dieses Suchen begann mich zu beunruhigen. Er hätte mich schon längst finden müssen, ich wünschte es ihm von ganzem Herzen. Zusammen mit ihm ging ich im Garten umher, sah die Bäume durch, kletterte in die Wipfel, bog die Zweige auseinander. Und von unten erreichte mich dauernd seine flehende Stimme: »Sieh dort nach, du hast bessere Augen. Meine sehen schon schlecht.«

Und dann erlebten wir beide die Enttäuschung, die weder erdacht noch gespielt war wie dieses Suchen.

Vielleicht fühlte ich mich sogar müder als er und bedauerte, daß ich mich so gut versteckt hatte, daß er mich auf dem alten, großen Birnbaum nicht fand, vor dem man leichter Ratlosigkeit vortäuschen konnte als vor jedem anderen Baum im Garten. Kein Spiel darf schließlich zu lange währen und schon gar nicht in einem solchen Wald.

Ich fürchtete, er könnte vergessen haben, daß das nur ein Spiel war, denn es sah so aus, als spielte er nicht mit mir, sondern wer weiß mit wem, wahrscheinlich mit sich selbst, mit seinem eigenen Schmerz, ob der zu ertragen wäre, wenn ich mich wirklich nicht anfände; vielleicht schürte er diesen Schmerz in sich, um immer wieder zu erfahren, wie einzig ich in seinem Leben sei, und um nicht der Gewöhnung zu erliegen und zu glauben, ich sei ein Sohn wie jeder andere Sohn; aber vielleicht suchte er nicht mich in diesem Obstgarten, sondern bemühte sich nur, auf jeden Fall den Schmerz über mein Fehlen kennenzulernen, wie er aussehen sollte, damit er nicht so gewöhnlich war wie Tränen oder wie Gebete, damit er nur ihm gehörte und nie vernarbte, und er probierte aus, ob es nicht am würdigsten wäre, wenn er in freien Augenblicken so in den Garten käme und mich darin wie in einem großen Wald suchte, um mich mit den einfachen Worten zu locken: »Bist du da? Wo bist du?«

Unter den Birnbaum trat er nicht – dabei wußte er, daß ich mich nur dort versteckt haben konnte, hatte er sich doch selbst in seiner Jugend dort versteckt, um nicht die Kühe auf die Weide treiben zu müssen oder um dem strafenden Arm seines Vaters zu entgehen –, sondern er irrte stets umher, suchte, erlebte Hoffnungen und Enttäuschungen, beschuldigte die Bäume. Ich bekam Angst vor ihm. Ich wollte ihm schließlich schon zurufen, wo ich sei, aber da erfaßte mich noch größere Angst, das zu gestehen, weil ich dachte, er wüßte vielleicht wirklich nicht, daß ich im Garten war, sondern er nähme an, ich wäre irgendwo am Fluß, und er sei eben in der Hoffnung hierhergekommen, daß niemand ihn beobachte, wenn er mich in diesem großen, von ihm ersonnenen Wald suchte – vor allem ich nicht.

Als er jedoch zum wiederholten Mal an den alten Apfelbaum trat und, ein füchsisches Lächeln auf dem Gesicht, den Stamm umfing und mit ganzer Kraft daran rüttelte, rief ich: »Hier bin ich!«

Er erstarrte für einen Augenblick, dann ließ er die Arme fallen, drehte sich jedoch nicht zu mir herum. Er sah sich lässig die Bäume an, beugte sich über etwas im Gras, und erst dann schaute er zum Wipfel, aber eher so, als wollte er sich überzeugen, ob der schon gelb sei von reifen Birnen, und weniger, weil ich mich da gezeigt hatte. Unterwegs las er noch Blattläuse von einem Baum, brach an einem anderen einen trockenen Zweig ab, und als er schließlich unter den Birnbaum trat, sagte er fast gleichgültig: »Ach nein, ich wollte gar nichts.«

Und wie um diese Gleichgültigkeit zu bestätigen, bückte er sich nach einer Birne, die im Gras lag: »Ich wollte nichts weiter. Ich wollte nur wissen... ob du da bist.«

2

Manchmal fühle ich mich so, als existierte ich nicht im Leben, in dem gewöhnlichen, alltäglichen Leben, sondern in der Erdichtung meines Vaters. Obschon es auch dort nicht leicht ist, dort gibt es ebenso viele Ärgernisse und zahllose Kümmernisse, und von dem, was man sich wünscht, bleibt einem höchstens eine Feder in der Hand, wie von einem Vogel. Dort vermag man zwar einen Fluß trockenen Fußes zu überqueren, aber dasselbe gelingt nicht auf festem Boden, es ängstigt einen die Grenzenlosigkeit der Erde und ihre Sicherheit.

Ich bin frei, dennoch fühle ich einen Mühlstein an meinen Füßen, mein Leben liegt nicht mehr hinter mir oder vor mir, sondern ist mit mir, vollends in sich gegenwärtig wie das Jetzt, vollständig in seiner stattlichen Gewöhnlichkeit, von der Wiege an, von dem ersten Gedanken daran, damals, als es schon vorauszusehen war, bis zu der unerbittlichen Zeit, mit deren Ungewißheit man sich abfinden muß, denn die Ungewißheit ist ihre Natur, einer Zeit, die stets vor uns liegt gleich unserer ständigen Erwartung und ewigen Ungeduld.

Vielleicht habe ich also nie in Wirklichkeit gelebt,

sondern wurde nur von meinem Vater ersonnen. Vielleicht bin ich nur erzählt und verdanke dem allein meine Existenz? Die Menschen werden doch verschieden geboren, die einen von Müttern, andere aus einem starken Willen heraus, aus dem, was man sich über sie erzählt, und es gibt zwischen ihnen keinen Unterschied, denn es existiert jeder ohnehin nur insofern, als er erzählt wird oder als er sich den anderen mitteilt.

Vielleicht hatte mein Vater mich irgendwann nur geträumt, denn das Träumen konnte er sich eher leisten als das Leben. Für das Träumen konnte er mühelos ein Mittel finden. Wer einen guten Traum, einen Traum voller Genugtuung haben wollte, wer sein Los ändern, den Nachbarn den Undank, dem Schicksal den Haß, dem Herrgott das Vergessen heimzahlen wollte, wer sich an Land satt schlucken, den Feldrain um ein paar Furchen weiterschieben wollte, der ging in den Pferdestall schlafen, weil man vom Pferdedung und vom Pferdeschweiß angeblich Träume der Erfüllung träumt. Nur besaß mein Vater eben kein Pferd.

Aber manchmal erfaßt mich in diesem meinem Erdachtsein eine gewöhnliche, wirkliche Angst, daß jemand mich wecken könnte, aus Vorbedacht oder aus Unachtsamkeit, oder daß sich mir endlich die Augen von selbst öffnen werden, und ich habe ja nicht gerade viel, wozu ich geweckt werden möchte, es erwartet mich ja nichts außer Mitgefühl, Wohlwollen, fürsorgliche Erinnerung derer, die meiner noch aus früheren Zeiten gedenken. Dabei muß man sich vor dem Mitgefühl der

Menschen hüten, und hüten muß man sich, wenn man merkt, daß das Wohlwollen der Menschen zu freigebig ist, wenn die Nachsicht der anderen die eigene Nachsicht übersteigt, wenn niemand mehr Groll gegen einen hegt, wenn einem nicht einmal mehr die Offenheit übelgenommen oder auch nur angerechnet wird, weil diese Offenheit keinem mehr notwendig, unangenehm oder gefährlich ist, so daß man zur Genüge aufrichtig sein kann, denn es ist nur das Alter, und Alter bedeutet Vergebung.

Ich bin nicht erbittert, ich weiß, daß die Leute immer jünger werden, während mir nur dieses Altsein geblieben ist. Übrigens hänge ich daran wie ein anderer an einem Hund, am eigenen Boden, an seiner Phantasie. Man könnte sagen, ich habe mich daran gewöhnt, wir haben uns liebgewonnen, wiewohl vielleicht mehr über den Verstand denn das Herz, so daß es das einzige ist, was mir wirklich zu sein scheint in meinem ganzen Leben, nicht ersonnen, nicht erinnert, sondern gegenwärtig, Tag und Nacht, treuer als das Gedächtnis, gefügig, so daß ich ihm alles Böse einreden, ihm zusetzen und es verhöhnen kann, und schmeichlerisch, so daß mir gleich warm wird ums Herz, mein Trübsinn verfliegt und mir die Lust kommt, es zu streicheln, in Rührung darüber zu geraten, mich bei ihm zu beklagen. Ich habe es so in mir gezähmt, daß es sogar ohne Widerspruch zusammen mit mir altert. Ich versuche auch nicht, es mit jemandem zu teilen, es gehört nur mir allein, von meinem Leben ist es allein mein eigen, vor

43

allem aber gewiß wie das Amen in der Kirche, und nur ihm vertraue ich, denn alles andere verdanke ich der Erinnerung.

Und wie das mit der Erinnerung ist, weiß man ja. Die Ereignisse ruhen darin nicht wie die Festtagsgewänder in der Truhe, sondern geschehen stets, schon dadurch, daß man sich ihrer erinnert, sie verändern sich, wachsen, man kann ihrer weder sicher sein noch auf sie bauen. Einmal sind sie uns näher als die Gegenwart, ein andermal fliehen sie uns, obwohl wir uns ihnen in guter Absicht nähern.

Vermag die menschliche Erinnerung also die Wahrheit der Dinge zu bestimmen? Bietet die Erinnerung dem Menschen nicht mehr Genugtuung als Zeugnis? Vielleicht ist dies ihre Aufgabe, oder vielleicht müssen die Dinge darin erst reifen, müssen sich eingewöhnen, müssen zur Ruhe kommen, um wirklich zu werden. Vielleicht ist es unsere Sehnsucht nach den Dingen, die ihnen erst Wirklichkeit gibt, unser Leid, das Sich-darin-Wiederfinden, denn im Alltag sind wir in den Dingen verloren, irren zwischen ihnen umher, ohne sie von uns und uns von ihnen zu unterscheiden. Vielleicht wollen wir durch unsere Erinnerung den Dingen unsere Gegenwart verleihen, jene einzige mögliche Ewigkeit, denn im Leben eines Menschen ist nur die Gegenwart echt, nur darin erfahren wir unsere bisweilen schmerzliche Anwesenheit.

Also fühle ich mich wohl mitunter deshalb so alt, als hätte ich im Leben nichts anderes erfahren außer dem

Alter, als wäre diese meine traurige gegenwärtige Zeit vergangen und zukünftig zugleich. Dieses Altsein erscheint mir fast so alt wie mein Leben, älter als mein Gedächtnis. Ich erinnere mich an meine Kindheit, an die Jugend, an das reife Alter vielleicht nur, um mich nicht ärmer als die anderen zu fühlen, denn es ist nun einmal üblich, daß jeder seine eigene Kindheit, seine Jugend, sein reifes Alter hat, und manchen ist sogar das zuwenig, und sie hegen noch Hoffnungen auf die Ewigkeit.

In Wahrheit jedoch besuche ich jene Jahre bangen Herzens, betrete sie, als beträte ich nicht mein eigenes Haus, fühle mich als ungebetener Gast, als Eindringling. Mich quält die Befürchtung, ich sei lediglich gekommen, um die vergangene Zeit mit meinem Alter zu stören, das sich nicht mehr verbergen läßt. Es gelingt mir nicht einmal, mich darin zurechtzufinden, mir Sympathie zu gewinnen, und wäre es nur durch Nachsicht, durch ein etwas abgestumpftes Gehör, was die anderen stets belustigt, ihnen Anlaß zu Späßen gibt, zu lachen erlaubt. Selbst die Erfahrung des ganzen Lebens vermag ich nicht in mir zu verbergen, und wozu braucht Kindheit oder Jugend die Erfahrung.

Ich komme gewissermaßen als derselbe und zugleich als ein anderer, ein so anderer, daß ich fremd bin, und also erkennt mich weder das blondschöpfige Kind, noch errät der Jüngling in mir einen nahen Menschen, obwohl sie wissen, daß ich und sie eins sind. Aber dieses Wissen ist für sie zu schrecklich, ist verfrüht und entfernt sie noch mehr von mir, da sie mir fremd sind, sie mich nicht erkannt haben, da sie mich für jemanden halten, der sich in eine Zeit verirrt hat, die nicht die seine ist.

Mein Kommen schreckt sie stets nur, ich errate das an ihren eingeschüchterten Gesichtern, an ihrer Traurigkeit. Sie warten nur darauf, daß ich aus ihrer Welt wieder verschwinde, und wäre es ins Jenseits, damit ich sie nicht länger ängstigen kann. Sie wollen allein sein und sich weder zu mir bekennen noch sich an mich erinnern. Wäre wenigstens mein Alter eine Verkleidung, wäre es ein Nichtwissen, das gleiche wie ihre Jahre, so jedoch, wie sollen sie sich da zu mir bekennen.

Vergebens erwarte ich etwas Vertrauen, nicht so sehr eines, das von unserem Einssein hätte zurückbleiben sollen, sondern jenes gewöhnliche, normale, mit dem man jedes Alter bedenkt, die freundliche Herzlichkeit, die man dem Alter entgegenbringt, jenes Verständnis für das Alter. Manchmal fühle ich mich unter ihnen wie ein Zugelaufener, dem man den Hund entgegenschickt, den man mit verschlossenen Türen empfängt, mit einem Knurren: Sie waren doch erst vor einer Woche hier. Für das Kind bin ich vielleicht jener sprichwörtliche Bettler, mit dem man ihm nötigenfalls droht wie mit dem Stock, und für den Jüngling vielleicht eine Warnung.

Ich weiß, daß ich sie nur quäle, ich gestatte ihnen weder die Kindheit noch die Jugend in Ruhe zu erleben, ich bringe ihnen ja das Wissen eines ganzen Lebens dar, das sie gar nicht zu erfahren wünschen.

Ich habe jedoch keine bösen Absichten, ich komme

wie zu Nachbarn an einem Winterabend, um mich ein wenig aufzuwärmen, ein wenig unter Menschen zu sein, obwohl man mich weder erwartet noch liebt, denn es schickt sich nicht einmal, in meiner Gegenwart zu essen, aber irgendwie habe ich mich daran gewöhnt und komme stets in der Hoffnung, daß sie diesmal fröhlicher sind und ich mich ihrer Freude anschließen kann oder daß ich sie in Gewissensnöten antreffe und ich mich ihrer Gewissensnot anschließen kann, daß ich sie im Schmerz finde und mich zu ihrem Schmerz dazusetzen kann, und vielleicht verzeihen sie mir mein Kommen, denn was ist mir übriggeblieben außer der Hoffnung, daß ich mich irgendwo anschließen kann und die Zeit irgendwie verfliegt.

Ich betrete nur so diese meine Zeit, die doch nicht die meine ist, denn wohin sonst soll ich gehen, aber ich erwarte ja nicht einmal Verständnis. Wer möchte sich heute schon eins mit mir fühlen? Vielleicht nur der Vater. Nicht aber das Kind und nicht der Jüngling, die gewiß argwöhnen, daß mein Besuch bei ihnen die Rache für mein Alter ist, daß sich hinter meiner Sehnsucht eine perverse, böse List verbirgt, daß ich ihnen Zerstörung bringe, und so denke ich manchmal auch, was bin ich denn schon, ich lasse sie allein.

Vielleicht ist das auch nicht recht von mir, aber nach einem solchen Entschluß kommt mir um so größere Lust hinzugehen, und wäre es nur, um ein wenig zuzu- schauen. Ich stelle mich irgendwo hinter einen Baum, wo man mich nicht sieht, oder in den Schatten dieses meines Alters, das besser zu verbergen vermag als der dickste Stamm, und schaue so stundenlang. Ich möchte gern nachsichtig, unbemerkt sein, kann mich aber nicht enthalten, mich in dieses einzumischen, jenes zu tadeln, zu mahnen, lästig zu fallen, soweit ein erlebtes Leben das nur gestattet, als begriffe ich nicht, daß ich ja nicht mehr jener von einst bin.

Ich betrachte sie, als betrachtete ich die Zeit eines Fremden, die ich bisher noch nicht kannte, etwas ganz Neues, und ich denke schon, daß es sich im Alter wohl doch nicht mehr schickt, die eigene Kindheit oder Jugend zu besuchen, denn gewöhnlich verbirgt sich dahinter mehr Neid als Sehnsucht, mehr Qual als Trost.

Den Jahren, die so weit entfernt sind, vermag ich nichts zu verzeihen, ja, es ist eigentlich merkwürdig, aber ich suche sie auf, erinnere mich ihrer, quäle sie, doch schließlich weiß ich selbst nicht, was ich von ihnen will. Vielleicht setzt mir die Erkenntnis zu, daß jene glücklichen Jahre doch in mir leben und ich trotzdem ihrer enterbt bin und daß ich die Verwandtschaft einzig durch die Erinnerung aufrechterhalte. Doch was geschieht mit mir, wenn die Erinnerung verblaßt? Vielleicht neide ich mir jene Jahre, und dies trennt mich von ihnen, vielleicht kehre ich nicht so sehr zu ihnen zurück, sondern eigne sie mir vielmehr an, ohne mir dessen bewußt zu sein, daß ich für meine Vergangenheit ja nur ein böser Geist bin.

Vielleicht scheint mir also deshalb mein Alter so früh zu sein. So vorzeitig, daß selbst dann, wenn ich an meinen Vater denke, ich an jemanden denke, der jünger ist, viel, viel jünger als ich, und jünger auch in jener Zeit, an die ich mich erinnere.

Ich bin doch sein Sohn, vielmehr war ich es, und mich quält immerfort die Sorge um ihn, wie um jemanden, der dem Leben nicht gewachsen ist. Ich fühle mich gewissermaßen verantwortlich für ihn, denn ich habe mein ganzes Leben schon hinter mir, während er es erst als Kindheit erlebt, als unaufhörliche Kindheit, als Vertrauen zu seiner Einbildungskraft, als Glaube an die Hoffnung, an seine Erdichtungen. Aber ich bin ihm auch dankbar, denn dadurch bereitet er mir ständig diese zärtliche Rührung, ohne die mein Alter grau und leer wäre. Das ist doch die einzige Freude: auf das Leben eines nahestehenden Menschen schauen zu können, wenn man das eigene bereits hinter sich hat. Es ist so, als fände sich der Mensch erneut in seinem eigenen Leben wieder, als verlöre er sogar das Gefühl für die Gegenwart und lebte nur in jenem Leben, frischte dort seine schmerzenden Gefühle und Gedanken auf, fühlte sich dort notwendig, vielleicht sogar unersetzlich, als könnte jenes Leben ohne seine Gegenwart und ohne seine Unruhe, ohne seine Aufregungen und ohne die Erinnerung, die die ganze Zukunft erahnt, nicht erblühen.

Ich fühle mich geradezu gezwungen zu diesem stetigen Wachen über meinen Vater, ob ihm auch kein Leid geschieht, ob er sich auch selbst keins zufügt, gezwungen zu ständiger Besorgnis, die vielleicht, worüber ich mir durchaus im klaren bin, um mich eher notwendig wäre, obwohl das sowieso keine Bedeutung hat, da er sie in mir verursacht; gezwungen schließlich zu ständigem Denken an ihn.

Manchmal denke ich so viel an ihn, daß ich dann nicht einschlafen kann. Verschiedene Schreckensbilder und Erinnerungen verfolgen mich, spulen sich ab, setzen mir zu, halten sich an mir schadlos, verschiedene Vermutungen werden wach: daß ihm vielleicht irgendwo dort, außerhalb meiner Erinnerung, sogar außerhalb meiner Phantasie, die ja nicht imstande ist, alles zu erfassen, etwas droht, daß er meine Hilfe, zumindest aber Trost braucht. Manchmal glaube ich sogar seine Stimme zu hören.

Aber wie sähe mein jetziges Leben, mein ganzes Leben aus, wenn ich nicht durch mich selbst jene einzige Erleichterung erführe, die mir die Besorgnis um ihn verschafft, wenn ich mich nicht um ihn sorgen müßte.

Vielleicht ist das alles auch unvernünftig, es ist ja viel Zeit seit seinem Tode vergangen. Aber wann ist der Mensch wehrloser als nach dem Tod? Dieser Tod hat ihn in meinem Leben, in meinen Gedanken und Gefühlen noch gegenwärtiger gemacht und stets gegenwärtig in meiner Sehnsucht, in jener vor Vergeblichkeit schon versteinerten Sehnsucht, die jeden Abend wiederkehrt, denn wenn der Abend kommt, kehrt ja alles zurück – die Menschen und das Vieh vom Feld und die Gedanken. Doch mich rettet das eine, daß ich mich bereits an diese Sehnsucht gewöhnt habe, denn ohne sie würde ich mich vor den Abenden fürchten.

Wie sähe also mein Leben aus, wenn ich nicht meinen
Vater in ständiger Obhut hätte, wenn ich ihm nicht mit
Nachsicht begegnete, die uns gestattet, beieinander zu
sein, wenn ich nicht manchmal nachgeben müßte, denn
ich habe es ja noch weit, in meinem Leben schickt es sich
nicht einmal, an sich selbst zu denken.

Vielleicht ist einfach die Zeit daran schuld, die sich
zwischen uns gedrängt hat, und deshalb ist er, mein
Vater, soviel jünger für mich, denn vielleicht altert für
uns nur die Zeit, und es altern nicht die Menschen, wäre
es anders, dann wäre die Jugend bejahrter als das Grei-
senalter des Menschen, und deshalb fühle ich mich älter
als er, nicht nur an Jahren, sondern auch an Erfahrung,
an Einsicht, aber vielleicht auch deshalb, weil er in meiner Jugendzeit lebte, weil sein Leben meine Jugend gewesen ist. Manchmal stelle ich mir die Frage, ob mein
Leben ihm nicht mehr gehörte als mir. Er hat ja darin
gewirtschaftet, zuwenig Schlaf gehabt, verlor den Verstand darin. Der Umstand aber, daß ich es als mein eigenes aufsuche, zeugt noch von gar nichts. Ich fühle mich
ja so, als erschiene ich erst jetzt, nach vielen Jahren und
nach seinem Tode wirklich darin. Vielleicht habe ich es
nur von ihm geerbt, weil er mir etwas anderes nicht
hinterlassen konnte, also kein Haus, keine Ställe, kein
Stück Garten, keinen Streifen mageren Bodens oder
Wiese, nur dieses Leben, errichtet aus Hunger, aus Pfän-
dern, aus Wünschen, vor allen Dingen aus Geduld, und
eingerichtet bis in die letzten Einzelheiten – sogar die
Träume, die darin gedacht wurden, die Sorgen, die wie

Bilder dahingen, die Sehnsucht in einem Winkel, nur der Tod nirgendwo – und geweißt wie eine Stube zum Osterfest, daß man eintreten und darin wohnen möchte, obwohl es vielleicht zu altmodisch wäre für die heutigen Zeiten.

Aber ich fühle mich darin eher als Gast denn als Eigentümer, so daß mich bisweilen der Zweifel verfolgt, ob ich jemals außerhalb dieses meines Alters gewesen bin, außerhalb dieser Gegenwart, ob ich je meine Kindheit, meine Jugend erlebt habe, ob ich sie überhaupt gehabt habe, wie die Menschen sie zu haben pflegen, oder ob ich sie nur vom Hörensagen, aus der Erinnerung kenne?

Vielleicht hat mein Vater sie ausgedacht, als ich noch nicht auf der Welt war und es gerade Winter wurde und er Zeit hatte, sich mit Gedanken zu befassen; diese Zeit setzte ihm manchmal einen ganzen langen Abend hindurch zu, und er wußte nicht, was er mit sich anfangen sollte. Zeit hatte er dann mehr, als ein Mensch braucht, daher wurden die Abende zur Qual, denn es war bereits zu spät, um an einem solchen Winterabend auf zu sein, und noch zu früh, um schlafen zu gehen. Vielleicht also hatte er sich dieses ganze Leben gegen die Zeit ausgedacht. Übrigens fiel es ihm leichter, sich etwas auszudenken, um die Zeit totzuschlagen, als zu lesen, denn das konnte er nicht, und er hatte auch keine Bücher. Und jeden Abend fühlte er sich von neuem durch die Zeit gestraft, über deren Mangel er im Frühjahr oder im Sommer so klagte.

Wenn wenigstens meine Mutter bei ihm gewesen

wäre. Aber meine Mutter hatte die langen Winterabende für den Rosenkranz vorgesehen. Der Rosenkranz schützte sie vor dem Winter und vor der Zeit und vor ihrem gemeinsamen Kummer. Mit diesem Rosenkranz konnte sie sich satt reden, konnte ihm beichten, denn mit meinem Vater wechselte sie kaum ein Wort, mein Vater brauchte die Worte nicht, wenn sie zusammen waren, ihm genügte es, daß sie zusammen waren, und dem allein vertraute er; obwohl sie also gemeinsam dasaßen, war jeder von ihnen für sich, wenn der Abend kam, denn sobald das Vieh versorgt war, hüllte sich meine Mutter in ihren Rosenkranz.

Sie setzte sich dorthin, wo die Dunkelheit am dichtesten war, wohin nicht einmal der Lampenschein gelangte, an die entfernteste Wand, meist auf ihr Bett, und ließ ihn in der Stube allein zurück, lieferte ihn seinen Gedanken und Gefühlen aus, denn vorher warf sie sogar die Katze hinaus, damit sie Mäuse fing.

Wenn er wenigstens ihr Flüstern gehört hätte, jenes gewöhnliche Flüstern, das die leisesten Gebete verursachen, dann hätte er vielleicht die Leere um sich nicht gefühlt, deren er sich vergebens zu erwehren trachtete, dieses Verlassensein durch sie, den unfreundlichen Winter hinter den Fenstern. Sie tauchte ein in ihr Gebet wie ein Stein ins Wasser, verstummte darin, daß sie fast abwesend war, von ihm getrennt durch die Gesetze zwischen zwei Welten und so unzugänglich, daß er sie sich fast nur vorstellen konnte, obwohl sie ja nah, nämlich nur am anderen Ende der Stube war.

So manches Mal sehnte er sich den ganzen langen Abend nach ihr, rauchte Machorka und sehnte sich. Wäre sie wenigstens nicht in der Stube gewesen, dann hätte er die Joppe überwerfen, die Mütze aufsetzen, den Stock gegen die Hunde nehmen und sie im Dorf suchen können, bei den Nachbarn, bei den Gevattern, bei der Verwandtschaft, dort, wo die Lichter in den Fenstern noch nicht erloschen waren, wo Federn gerupft, Erbsen gehülst wurden, wo gesponnen wurde, ja in allen Katen, auch in denen, wo kein Licht brannte, er konnte doch fragen, an den Wänden lauschen, die Schlafenden aus ihren Träumen reißen, und niemand hätte ihm das übelgenommen, da er die eigene Frau suchte. Und er hätte sich nicht so allein gefühlt, so ratlos, wie in der Stube, ihr gegenüber.

Er wartete, daß sie dieses Betens irgendwann überdrüssig würde und vielleicht erkannte, daß es nichts einbrachte, und daß sie nach all den leeren, langen Wintern zu ihm zurückkehren würde. Vielleicht würde sie sich schließlich in den Gebeten verhaspeln, der Rosenkranz würde sich abnutzen, er war ja aus Holz – mit der Zeit werden selbst die Zähne morsch und erst recht die Rosenkranzperlen –, oder ihr würden die Finger schließlich vom ständigen Schieben steif werden, würden sich krümmen, und sie würde die Gewalt über die Gebete verlieren.

Er hatte aber keine Ahnung, wie eine Frau zu beten vermag, wenn im Gebet ihre einzige Hoffnung liegt. Und die Mutter betete so leise, daß er gar nicht erkannt haben würde, wenn er ihr nicht gegenübersaß, daß sie im Gebet versunken war. Weder ein Seufzer der Erleichterung verriet sie noch das Weiterschieben der Perlen zwischen den Fingern, auch nicht das Rascheln der Röcke, und wer so verstohlen betet, der glaubt offenbar niemandem mehr.

Er argwöhnte, daß sie in diesen Gebeten alles opferte, sich und ihn, ihre ganze Habe, und nicht einmal die Hühner behielt, ihre Lieblinge, daß sie sich demütig in Feuer, Hagel, Dürre, eigene Krankheiten und die des Viehs schickte, in die eigenen und in seine Gebrechen, vielleicht verzichtete sie gar auf den eigenen Leib und verkaufte ihr Haar, jenes Haar, das ihr einziges Gut war, die einzige Mitgift, denn sie hatte weder Land noch Schönheit, nur dieses Haar. Dieses Haar, von dem die Leute sagten, es sei wie Pferdehaar, wie ein Priestergewand, wie das Haar einer Gutsherrin. Dieses Haar, das sie aus der Schar all der anderen Jungfern, Besitzenden, Schönen, Arbeitsamen, Verführerischen, Sündigen zu seiner Frau gemacht hatte. In diesem Haar lag ihre Bedeutung, der er sich lieber fügte als dem Willen Gottes.

Die Mutter pflegte übrigens dieses Haar, damals als sie noch eine junge Frau war, und auch später, als Greisin, sie schmierte es ihr ganzes Leben lang ein, mit allem, was ihr geraten wurde, mit Zwiebeln, mit Sauerkohlsaft, mit Rettichsaft, mit Eichensud, mit Petroleum. Dem Vater war nicht einmal das Petroleum zu schade, obwohl davon mehr für das Haar draufging als für das Licht, denn mit Licht wurde gespart, und manchmal verstrich sogar ein ganzer langer Abend bei dieser Knauserei. Und auch die Zeit, die sie ihrem Haar widmete, tat ihm nie leid, selbst wenn sie sie von der Ernte absparte, vom Jäten, von der Versorgung des Viehs, von dem Essen für ihn, von der heiligen Sonntagsmesse.

Wenn sie sich ans Kämmen setzte, vergaß er, daß er die Wiese mähen sollte, das Stoppelfeld umpflügen, Getreide in die Mühle schaffen sollte, daß auf dem Hof das Pferd stand, welches für drei Tage Arbeit, die sie geleistet hatten, geliehen war und verschwenderisch, wie bei einem Herrn, herumstand, weil der Bauer in der Stube hockte und zusah, wie Haar gekämmt wurde. Er rauchte nicht einmal, wenn sie den Zopf auseinanderflocht, und dann teilte sie ihn in Strähnen und kämmte sie mit einem dichten Hornkamm von der Kopfhaut in den Schoß, jede Strähne gesondert, rings um den Kopf herum, bis sie darin versteckt war wie in einem Gespinst.

Ihn packte geradezu die Angst, wenn er zusah, wie sie mit diesem auseinandergekämmten Haar, das fast bis zur Erde reichte, so dasaß und die zarten Enden durch etwas in Brand geraten konnten, durch Licht, durch ihren Glanz, von selbst, und das Feuer daran emporflackern würde wie an dürrem Reisig und sie unversehens, noch ehe jemand vor Entsetzen aufschreien konnte, mit diesen rotgelben züngelnden Kokarden besetzt sein würde, wie eine Schnitterin zum Erntedankfest, und die ganze Pracht bis auf die Haut herunterbrennen würde, so daß ihr selbst die Möglichkeit der

Verzweiflung genommen war, weil sie sich nicht mehr die Haare raufen konnte. Vielleicht also bewachte er dieses Haar, damit es nicht in Brand geriet.

Wenn sie es zu kämmen aufhörte, bat sie ihn gewöhnlich: »Sieh doch mal hinten nach.«

Der Vater sprang dann auf, als habe er auf diesen Augenblick gewartet. Diesem Augenblick opferte er die Zeit, das Wetter, das Pferd. Aber meine Mutter, die auf ihr Haar stolz war, zog das Kämmen manchmal in die Länge, so daß er in dieser Zeit das Roggenfeld hätte mähen, das Korn zu Mehl mahlen, Gott seine Schuldigkeit hätte erweisen können, und am Sonntag brauchte sie den halben Tag für dieses Haar, ließ es herab, suchte graue Fäden darin, wußte sich aber irgendwie nicht zu gefallen, so als wollte sie von ihm mehr Geduld erzwingen, die Verzückung aus ihrer Jungmädchenzeit in ihm wecken, seinen Versprechungen wenigstens soviel Nachgiebigkeit entlocken, ungeachtet dessen, daß der Vater ja wartete, bis sie endlich die Worte sprach: »Sieh doch mal hinten nach.«

Ich war ein Kind, aber ich erriet, daß sie sich nur für ihn so kämmte, denn ich kann mich nicht erinnern, daß sie sich auch nur ein einziges Mal ans Kämmen gesetzt hätte, wenn er nicht zugegen war, ich vermutete sogar, daß eine Absprache die beiden binden mußte.

Dieses Gebet raubte ihm den ganzen langen Abend. Aber ohne es fühlte er sich, als wüßte er nicht, ob er im Grab oder in der Stube sitze, er hatte niemanden, mit dem er seine Gedanken teilen konnte, auch nicht die Erinnerung, und er konnte sich auch nicht mit ihr zusammen Sorgen machen, denn den ganzen Kummer nahm sie auf sich, obwohl er ihnen gemeinsam gehörte, als könnte er ihr darin nicht beistehen, als bedeutete er nicht mehr viel in ihrem Leben, denn sie flüchtete ja ins Gebet, nicht zu ihm. Wenn sie wenigstens gebetet hätte, wie andere Frauen zu beten pflegen, wenn sie geseufzt hätte, in Tränen ausgebrochen wäre, wenn sie etwas gesagt, sich an etwas vom Tage erinnert hätte, an Ereignisse aus dem Dorf, auf dem Acker, wenn sie gebeten oder getadelt, wenn sie sich um den nächsten Tag gekümmert hätte und um den unvermeidlichen Tod und dann die Kuh gemolken hätte, wenn es Zeit war, und die Betten gemacht hätte, ohne das Gebet oder das Leben zu unterbrechen.

Er versuchte sich manchmal gegen dieses Gefühl der Verlassenheit zu wehren, das ihn wie Schläfrigkeit befiel. Er schraubte den Docht der Lampe ganz hoch, bis die Stube in Flammen stand, Ruß und Dunst aufstiegen, nur um zu sehen, ob sie da sei, ganz gleich, ob mit oder ohne ihn, nur ob sie wirklich da sei, vielleicht würden sie diese Verschwendung, der Ruß und der Dunst empören, und wenn nicht, dann verweilte er wenigstens mit ihr einige Augenblicke in demselben Licht. Jedoch ihre Gestalt – ins Gebet vertieft, schmerzlich bedrückt, daß ihm davon weh ums Herz wurde, und durch ihren Schmerz vielleicht auch für diesen plötzlichen, grellen Schein unempfindlich, denn sie senkte nicht einmal die Lider – erschien ihm noch ferner in diesem Licht, weil

58

augenfällig. In ihrem Gesicht gewahrte er nicht die geringste Erinnerung, als habe sie über dem Gebet jedes Gefühl verloren, selbst dafür, daß sie seine Frau war, und das schmerzte ihn wie Untreue.

Einmal schließlich befiel ihn eine solche Ohnmacht, daß er an sie herantrat, ihr den Rosenkranz entwand und ihn in Stücke riß, zerfetzte und die Perlen wütend in die Stube warf.

Sie hatte sich ihm nicht widersetzt, vielleicht wartete sie schon seit langem, daß er sie von diesen Gebeten befreite, die sich schon seit so vielen Wintern hinzogen, lange genug, um sich als fruchtlos zu erweisen, so lange, daß sie sie schließlich willenlos machten, jegliche Hoffnung aus ihr heraussaugten und sie nicht einmal die Kraft besaß, sie nicht zu sprechen, sobald es Winter wurde. Vielleicht betete sie übrigens nur deshalb so geduldig, damit er sie nicht bezichtigte, sie sei ebenso kraftlos wie unfruchtbar; als er ihr also den Rosenkranz aus den Händen riß, verspürte sie plötzlich Erleichterung und Dankbarkeit, denn sie war zu schwach, um allein so zu sündigen. Sie sagte nur seufzend: »Soll ich vielleicht Milch abkochen?«

Übrigens, wer weiß, ob dieses Beten der Mutter den Vater nicht daran hinderte, mich zu ersinnen, denn mit der Einsamkeit wäre er noch zu Rande gekommen. Der ständige Anblick des Rosenkranzes in ihren Händen nahm ihm den Mut, zwang ihn nur zur Demut, der sie sich schon restlos hingegeben hatte, was ihn noch mehr bekümmerte. Vor diesem ihrem Rosenkranz fühlte sich mein Vater so, als habe er sich in einen übermütigen Stolz verirrt, obwohl er nichts dergleichen wollte, nur soviel wollte, um den langen, unfreundlichen Abend irgendwie zu verbringen und auch den Winter, vor allem nicht allein, bis es endlich Frühling wurde. Doch selbst seine Gedanken waren schlechter als gewöhnlich, beinahe demütig, so sehr hatte ihn dieser Rosenkranz in seiner eigenen Stube beraubt und auch die Untreue der Mutter, so daß er nicht einmal etwas hatte, womit er mich hätte beschenken können, außer daß er mich auf dem Knie schaukelte, mir ein Liedchen sang, mich aufs Feld mitnahm, zum Ablaß mit mir fuhr, mich aufs Pferd setzte. Aber auch das Pferd gehörte nicht ihm, es war ein Gutspferd, es hatte Beine wie ein Gutspferd, ein Fell wie ein Gutspferd und auch so eine Mähne, es hatte eine Milz wie ein Gutspferd und war von einer gutsherrlichen Erhabenheit. Es stimmt, ein solches Pferd hätte er im Dorf nicht finden können, inmitten jener traurigen, kränkelnden Wesen, die abgemagert waren wie Menschen, krank wie Menschen an ihren Pferdeherzen, an ihrer Leber, an den Beinen, und vielleicht träumten sie auch wie Menschen in ihren Ställen bei Nacht, sie seien Pferde für Kutschen, Britschkas, Kaleschen, ja sogar Reitpferde.

Wenn der Gutsherr mit solch einem Pferd durchs Dorf fuhr, war das ein Feiertag. Die Leute liefen auf die Straße, um an seiner Durchfahrt teilzunehmen, und sie schämten sich ihrer Arbeit, ihrer Kleidung, ihrer Gehöfte, ihrer Pferde, ihrer Frauen und Kinder, und sie beneideten ihn nicht nur um dieses Pferd, sondern auch um die Krankheit, die unzertrennlich, auf du und du mit ihm mitfuhr. Ihr verdankten sie es übrigens, wenn sie ihn von Zeit zu Zeit sahen, wie er durchs Dorf fuhr, denn sobald sie ihn würgte, setzte er sich in die Kalesche und fuhr, wohin ihn die Augen trugen, als wollte er sie so weit wie nur möglich fort, auf die Felder, schaffen. Ansonsten saß er stundenlang eingeschlossen, um nicht von den Bediensteten und von seiner Frau behelligt zu werden, und kehrte erst nachts in die Zimmer zurück. Es hieß sogar, es werde nieseln, wenn der Gutsherr vorbeifuhr, und auch jetzt hörte man manchmal, wenn es nieselt, der Gutsherr fahre seine Krankheit spazieren.

Ich kannte den Gutsbesitzer nicht. Ein einziges Mal im Leben habe ich ihn gesehen, aber da war ich noch ein Kind. Ich ging mit dem Vater aufs Feld, und unterwegs kam eine Kutsche vorbei, sie flog in einer Staubwolke an uns vorüber, so daß wir kaum zur Seite springen konnten, und der Vater machte eine Verbeugung vor dieser Kutsche, eigentlich mehr vor dem Staub, der davon zurückblieb. Dann wurde er traurig, als könnte er es sich nicht verzeihen, daß er sich nicht zur rechten Zeit verneigt hatte, und er sah ununterbrochen der Staubwolke nach. Ich indes fühlte mich von ihm vergessen, obwohl ich an seiner Hand hing. Erst als die Kutsche hinter den Feldern verschwunden war, kam er zu sich und fragte: »Hast du gesehen?«

»Ja.«

»Aber das Pferd, ob du das gesehen hast?«

»Ja, habe ich.«

»Wenn du erwachsen bist, werde ich dich einmal mit einem solchen Pferd fahren. Möchtest du?« Er sagte das so leichthin, als wollte er das Pferd aus seinem eigenen Stall führen, aber ich maß meiner Zustimmung keine Bedeutung bei, also erwiderte ich: »Ich will.«

Erst als wir ein Stück des Weges gegangen waren, sagte er so nebenbei: »Das war der Gutsbesitzer.«

Aber ich sehe, übrigens nicht zum erstenmal, daß sich mein Vater gleich aufdrängt, sobald ich von mir zu reden anfange, und dann erzähle ich weiter von ihm, das geht fast allein, dieses Reden über ihn belebt mich, ich höre es sogar selbst gern, und es tut mir gar nicht leid, daß ich mich selber dabei vergesse, ich verspreche mir dann, noch auf mich zurückzukommen, dafür habe ich ja noch Zeit, doch, wer weiß, vielleicht habe ich über mich soviel wie nichts zu berichten und nur alles über ihn, und deshalb verberge ich mich absichtlich in seinem Leben. Ich helfe mir gern mit seinem Leben aus und lasse mich von ihm vertreten, übrigens fühle ich mich darin viel wohler als in meinem eigenen.

Aber vielleicht ist es nun einmal so, daß wir uns in einem fremden Leben wohler fühlen, sicherer, ruhiger, friedlicher, denn dann brauchen wir uns nicht um uns zu sorgen, brauchen nichts für uns zu wünschen und auch nichts zu bedauern – ein herrliches, unbekümmertes Leben, nur eben, daß wir adoptiert sind. Denn aus unserem eigenen drängt uns ewig etwas hinaus, im eigenen sind nur Leere und Unerfülltheit, stetige Angst, Zwietracht, Sorgen, in unserem eigenen Leben setzt uns sogar das Bewußtsein zu.

Ein Glück, wenn wir uns in jemandes Leben auch nur einfinden, wenn wir wenigstens Erinnerungen aus ihm heraustragen können, darf man auch nicht mit dem Fuß da hinein, so doch mit der Erinnerung, selbst heimlich, ohne jemandes Wissen oder Vermutung, unbemerkt und unbeobachtet. Vielleicht vermag sich dank unserer Gegenwärtigkeit in jemandes Leben auch unser Leben einigermaßen zu erfüllen. Denn was wäre ein Mensch, der der Freuden anderer, ihrer Wünsche, ihrer Schmerzen, ihrer Gedanken und vergeblichen Hoffnungen, ihrer Verdammung oder gar Verachtung beraubt ist. Dank den Flammen wird sogar Stroh zu einem Feuerherd. Die anderen verlängern unser Leben durch ihre Erinnerung.

Vielleicht hat sich sogar mein ganzes Leben in dieser unaufhörlichen Hoffnung erfüllt, die sich in den Augen des Vaters verbarg, wenn er sah, wie die Mutter voller Scham älter wurde, wie sie sich vor seinen Gedanken im Tun und Treiben des Alltags und in den abendlichen Gebeten verbarg, wie sie sich bei jeder Bewegung und bei jedem Wort undankbar und schuldig fühlte: wenn sie ihm den Teller vorsetzte, wenn sie die Milch durchseihte, wenn sie den Schweinen das Futter bereitete oder am Waschzuber stand, und auch wenn sie fragte: »Bist müde?«

Manchmal tat sie ihm leid, aber manchmal hatte er Lust, sie am Hals zu packen und zu würgen, denn er verlor den Glauben, daß sie irgendwann noch einmal jung würde. Obwohl er seine Bitterkeit am häufigsten am Schicksal ausließ, denn mit dem Schicksal kann man wie mit einem Sündenbock rechten, kann es verfluchen, sich an ihm rächen, ihm Vorwürfe machen, kann es wie ein verkommenes Geschöpf mißhandeln und ihm alles in die Schuhe schieben, wenn es keinen anderen Weg gibt, und das Schicksal erträgt es in Demut, ärgert sich nicht und zahlt nicht mehr heim, als es muß.

Der Vater hatte übrigens auch gegen das Schicksal ein Mittel. Er lag mit ihm im Wettstreit, überholte es wie mit Pferden; handelte es sich um Unglück, dann kämpfte er mit ihm wie beim Händestemmen, wie beim Zerbrechen von Hufeisen, wie beim Schleppen von Kornsäcken. Denn wenn ihn das Schicksal enttäuschte, dann dachte sich der Vater ein größeres Unglück aus, als es das Schicksal ihm bereiten konnte, ein solches, wie es sich nicht einmal das Schicksal leisten konnte, denn er hatte es sich aus freien Stücken selbst zugefügt, und er zeigte, daß er es ertragen hatte. Wenn das Schicksal den Vater mit vergeblicher Hoffnung trog, dann stellte er sich vor, er gehe nicht das Korn mähen. Und er ging nicht mähen, obwohl es heiß war und das Korn drängte, obwohl ganze Familien gingen, mit Sensen, Sicheln, Bündeln von Stricken, Kannen voll Wasser. Er trat vors Haus und vor die Leute, setzte sich auf einen Stein und schaute zu, wie die Leute gingen, lauschte, wie die Gehenden ihn mit seinem eigenen Roggen quälten, mit einem reichen, reifen Korn, einem Roggen, der wider Erwarten fruchtbar war, einem Korn, das aus den Ähren rieselte, einem Korn, das von Spatzen gefressen wurde, einem Korn, das besser war als je zuvor. Und wenn das nicht half, bespien sie ihn wegen dieses Korns, wünschten ihm einen langwierigen Tod, denn niemand konnte es fassen, daß ein Mensch aus eigenem Willen sein Korn verderben lassen wolle.

Er saß da und sah zu, wie die Leute gingen. Dieses Schauen erlegte er sich auf, damit die Verlockung größer werde, mit den anderen zu gehen, und um sich selbst zu überzeugen, daß er nicht gehen werde, und um die Gehenden damit zu verblüffen, daß er nicht ging, und um in sich desto schmerzlicher zu spüren, wie dieses Korn jeden Tag mehr verdarb.

Selbst das in seiner Bestimmung bedrohte Schicksal gab nach, denn womit vermochte das Schicksal schon meinen Vater zu überwinden. Der Vater indes gewann wenigstens so viel, daß er sich weniger ratlos in seiner vergeblichen Hoffnung fühlte. Und er sorgte sich weniger um die Mutter, die älter wurde, und auch mich vermochte er sich ohne die geringste Befürchtung, ob ich mich erfülle, vorzustellen. Selbst vom Studium in der Stadt kutschierte er mich nach Hause, indem er die Zügel mit der gleichen Geschicklichkeit festhielt wie die Bestimmung.

Ich war nur der, als den er mich ersonnen hatte, denn meine einzige Existenz, zu der ich mich bekenne, war jene von ihm ausgedachte, jenem Ausgedachtsein verdanke ich mich selbst, aber so bin ich für mein ganzes Leben auch geblieben. Und ebenso nahm er mich nie anders wahr, wie ich auch selbst dieses Ausgedachtsein um keinen Schritt verließ, ich hatte nicht einmal Lust, mich außerhalb dieses Ausgedachtseins zu suchen.

So kann ich denn behaupten, daß ich für ein bereits fertiges Schicksal auf die Welt gekommen bin. Und eigentlich ist mir nichts anderes geblieben als das Verständnis hierfür.

Vielleicht ist diese Rolle gar nicht so letztrangig, zumal dann, wenn man nichts mehr zu erhoffen braucht. Es ist wohl die einzige Rolle, die ein Mensch sich leisten kann, in der ein Mensch seinen guten Willen beweisen kann, denn er kann aus freien Stücken etwas von sich selbst abgeben, von seinem Leben etwas abtreten, seine Eigenliebe beschneiden. Es ist dies nur die Bezahlung für unser verschuldetes Leben. Vielleicht bedeutet Nachsicht auch gar nicht Demut oder Aufgabe, sondern ist nur ein Mittel gegen das Schicksal, ist Würde gegenüber dem Schicksal, denn alles andere ist nur Schein. Wenn der Mensch nicht einmal auf sein Schicksal Einfluß haben kann, dann kann er vielleicht Nachsicht mit ihm üben, er wird dadurch aus einem Opfer ein Opfernder, weil er das Übergewicht seines eigenen Bewußtseins über sein Leben erlangt, und das ist sein wertvollster Sieg. Vielleicht hängt davon, wie er mit diesem seinem Leben Nachsicht übt, auch ab, wie er es erfüllen wird. Obschon es nicht so leicht ist, wie es scheinen möchte, sein Leben milde und mit Nachsicht zu behandeln, denn wer weiß, ob zur Nachsicht nicht der schwierigste Weg führt. Vielleicht ist gerade die Nachsicht – jenes seltsame Gefühl der Bitterkeit und Würde, der Angst und Erhabenheit, des Hasses und der Ergebung, der besänftigenden Selbstquälerei – die Hölle und der Himmel des Menschen, seine Erlösung oder seine Niederlage, vielleicht aber versuche ich auch nur, mich so zu trösten.

Ich habe mich bemüht, wie ich nur konnte, dieser immerhin geduldigen, bescheidenen Rolle gewachsen zu sein. Obwohl ich andererseits, wenn mein Leben sich schließlich als etwas wert erweisen sollte, das doch nicht mir, sondern meinem Vater zu verdanken haben werde. Was täte ich heute, könnte ich nicht im Bedarfsfall, wenn die Zeit mich zu sehr quält, wenigstens nach dieser seiner Freude greifen, die sein Herz überströmen ließ, als er einmal mittags vom Feld zurückkam und meine Mutter ihm verkündete, daß sie schon lange nicht mehr ihre Schwäche gehabt habe und ihr Leib anschwelle.

Sie stand am Kochherd und gab acht, daß die Grütze nicht überquoll, die ihre Aufmerksamkeit auf sich zog, denn sowohl ihr Blick als auch der Holzlöffel waren im Topf. Aber sie sagte es ihm erst, nachdem sie den Topf vom Feuer gestellt hatte, und nicht wie eine Neuigkeit, sondern zwischen den anderen Sorgen des Tages, die sie erst mutig gemacht hatten; in der gleichen Art, wie sie sich entschuldigte, wenn sie das Mittagessen noch nicht fertig hatte, wie sie sich über das Holz beschwerte, weil es naß sei und schwitzte, nicht brennen wolle, wie sie zu ihm von der kranken Glucke sprach und von der Hirse, deren letzten Rest sie genommen habe. Sie rechnete vielleicht damit, daß zwischen so vielen Sorgen auch diese Nachricht unbemerkt durchschlüpfen werde, denn meine Mutter war nicht mehr so jung. Jedenfalls paßte Gesetztheit besser zu ihr als Scham. Aber sie konnte nichts dagegen tun, daß sie sich wie ein junges Mädchen schämte, das gerade erst geheiratet hat. Am liebsten wäre sie vor seiner Ankunft aus dem Hause geflohen und hätte die alte Tante zu Hilfe geholt, damit sie auf die Grütze aufpaßte und sich ihm an ihrer Statt anvertraute. Fast die gleiche Unsicherheit quälte sie wie damals, als er zu ihrem ersten gemeinsamen Mittagessen vom Feld kam und es sich erweisen sollte, ob sie ihm das Essen kochen könne. Also versuchte sie wenigstens diese Scham hinter der Zurückhaltung zu verbergen, damit er nicht von ihr glaubte, sie könne sich ihre Jahre nicht leisten und spiele ein junges Weib. Aber auch so war ihr die Grütze schließlich angebrannt.

Er saß auf der Schwelle, in seinen herabhängenden Händen spürte er die Wiese. Er sagte nichts, er wußte nicht, ob etwas gesprochen wurde oder nicht, aber der Hunger war ihm vergangen, war wie weggeblasen. Jener Hunger, der ihn herbeigetrieben hatte, denn er erwartete zu Hause nichts weiter, als den Hunger stillen zu können. Er wußte übrigens, daß es Grütze geben würde, er mochte Grütze sogar, so manches Mal hatte er Verlangen nach Grütze, wenn sie monatelang die spärlichen Kartoffeln essen mußten. Nur Fleisch stellte er höher, aber gab es Fleisch, dann wurde es gleich Sonntag, und sei es von einem krepierten Huhn oder einem läppischen Stückchen mit Knochen zum Anrichten des mageren Essens. Hatte man Fleisch gegessen, dann blieb einem nur, ins Dorf zu gehen, sich zu jemandem zu setzen, zu plaudern, zu schauen, dabei war die Zeit so, daß ständig gewöhnliche Arbeitstage fehlten. Dann aß er schon lieber Grütze. So setzte die Mutter ihm Grütze vor, wenn die Arbeit sich häufte, wenn er sich nicht wohl fühlte, wenn er mißgelaunt oder nachdenklich herumlief oder wenn er böse war.

Er war sogar zufrieden vom Feld zurückgekehrt, weniger darüber, daß er die Wiese abgemäht hatte, sondern vielmehr, weil er wie ein Wolf hungrig auf diese Grütze war. Er spürte den Hunger fast am ganzen Leib, als habe die Wiese ihn gar nicht müde, sondern nur richtig hungrig gemacht, wie starkes Fasten. Er liebte es, sich so hungrig, so nüchtern, fast krank vor Hunger zu fühlen, wenn er wußte, daß er zu Hause dem Hunger voll Genugtuung den Hals umdrehen würde. Er schürte diese Nüchternheit sogar in sich, machte sie frech, reizte sie unterwegs wie einen Hund, damit sie ihn nicht verließ, schob ihr einen Teller von dieser Grütze hin, einen übervollen Teller, goß das zerlassene Fett darüber, die Grieben, bis ihn die gereizte Leere im Magen schließlich zu beißen begann. Vielleicht hätte er auch nicht solchen Hunger gespürt, wenn er nicht ausgerechnet Grütze zu Hause erwartet hätte.

Vor einer Weile, als er durch die Tür getreten war und gesehen hatte, daß das Mittagessen noch nicht fertig war, hatte er eine Enttäuschung gespürt, daß er sich kraftlos fühlte, er hatte nicht einmal Lust, meine Mutter anzuknurren, er sackte nur auf der Schwelle zusammen.

Und dieser große Hunger hatte ihn so leicht verlassen. Er fühlte sich beschämt, als er dachte, daß er sich nun an die Grütze setzen sollte, daß er sich satt und träge fühlen sollte in einem solchen Augenblick, da es sich nicht einmal schickte, Hunger zu verspüren. Er konnte es sich nicht verzeihen, daß er hungrig und zufrieden mit seinem Hunger nach Hause gegangen war und sich keine andere Hoffnung hatte leisten können als diese Grütze mit Speckgrieben.

Er wartete das Mittagessen nicht ab. Er stand auf und ging hinaus, obwohl sie ihm nachrief, sie werde gleich auftischen. Eine Zeitlang streunte er auf dem Hof umher und überlegte, wohin er gehen könnte, schließlich schaute er in den Stall. Er trieb die Kuh zum Wassertrog, reichte ihr Grünfutter, dann blieb er vor ihrem großen Kopf stehen, der in den Trog getaucht war, und streichelte ihr Fell. Ihm fiel ein, daß er sie irgendwann würde striegeln und ihr den Mist würde abkratzen müssen, daß er ihre Klauen beschneiden mußte, überhaupt bekam er Gewissensbisse, daß sie bis Mittag noch nicht richtig versorgt war, und nun wollte er sie durch sein Mitgefühl entschädigen.

Dann schaute er in die kleine Vertiefung hinter den Hörnern, steckte da den Finger hinein und kratzte den Staub heraus, aber er ging dabei so behutsam vor, als berühre er eine schmerzende Stelle, eine nicht vernarbte

Wunde, als könne er dem Tier durch eine unvorsichtige Bewegung Schmerz bereiten. Ein andermal hätte er das nicht gewagt. Bereits in seiner Jugend, auf den Weideplätzen, hatte er gelernt, daß es bei der Kuh eine Stelle gab, gleich hinter den Hörnern, die man nicht freilegen darf, die von jeder Strafe ausgenommen ist, selbst wenn die Kuh den größten Schaden angerichtet hätte. Sogar die durch ihre Grausamkeit bekannten Hirten, die schon auf die Welt gekommen waren, um sich zu verdingen, für die die Kühe Schuld an allem trugen, so wie bei anderen der Herrgott oder die Beamten, die also die Kühe nicht schonten und die selbst nicht geschont wurden und deren einzige Genugtuung es war, daß sie schön hießen: eben Hirten – selbst sie hatten Angst vor jener Stelle hinter den Hörnern. Dort befand sich gewissermaßen die ganze Scham des Tieres, sozusagen Leben und Tod gleich unter der Oberfläche, wie sonst bei keinem anderen Tier, und angeblich konnte man das mit bloßem Auge sehen, wenn man dort den Staub entfernt. Aber der Staub, der sich seit der Geburt der Kuh dort ansammelte, lag da mit Erlaubnis der Menschen.

Mehrere Tage hindurch lief mein Vater nachdenklich umher, als habe sich ihm eine schwere Sorge aufs Herz gelegt. Er ging schon im Morgengrauen, noch vor den anderen Leuten, aufs Feld und kehrte zum Mittagessen nicht zurück, und nachmittags wärmte meine Mutter vergebens das Essen auf, er kam erst vor der Nacht, als letzter, wenn alles schon kalt geworden war, der Tag und auch das Essen; dann wusch er sich die Hände, setzte sich auf den Schemel neben dem Küchenherd und sprach mit ihr nur, wenn sie ihn etwas fragte, aber sie hatte Angst, zuviel zu fragen, denn er hatte sich nicht einmal beschwert, daß er hungrig sei.

Ungute Gefühle suchten sie heim, jede Nacht träumte sie von einem großen trüben Wasser oder von ihrem toten Vater, der in der Tür stehenblieb und sie bemitleidete: »Ich wollte es dir nicht erlauben, nein, ich wollte nicht. Aber du warst hartnäckig, genauso wie deine Mutter.«

Und er hatte sie nicht besucht, seit sie in ihr eigenes Haus gezogen waren, und auch nach seinem Tod hatte sie kein einziges Mal von ihm geträumt, so verbissen war er, und nie hatte er so sanft mit ihr gesprochen, aber nach dem Tode werden die Menschen ja wohl sanfter und freundlicher, auch die Väter zu ihren verlorenen Kindern. Dann träumte sie wieder, die Glucken wären am frühen Morgen ohne Köpfe aus dem Stall gekommen und hätten sie umzingelt, um mit ihren blutigen Hälsen schönzutun, so daß sie ihr die Beine mit Blut beschmierten. Was also konnten diese Träume anderes verkünden als Unglück? Sie wußte nicht, sollte sie zum Pfarrer gehen, um sich bei ihm Rat zu holen, oder sollte sie Geld für eine Messe geben, Fasten versprechen, damit ihr Mann nur ja seine Nachdenklichkeit verlöre, die schlimmer war als eine Krankheit, denn solch eine Versonnenheit bis zur Bewußtlosigkeit war doch nicht gut für seinen Verstand. Dann hatte sie es schon lieber, wenn er unglücklich oder böse war, wenn

72

er sie anknurrte und sie auf das väterliche Erbe hinaustrieb.

Sie ging ihm mittags entgegen, blieb am Dorfrand stehen, fragte jeden, der vom Feld kam, ob mein Vater vielleicht schon käme, obwohl sie selber nicht wußte, weshalb sie so dastand und wartete; vielleicht wollte sie sich vergewissern, ob er wenigstens auf dem Acker sei, selbst diese Gewißheit war etwas wert, denn sie hatte lediglich Vermutungen als Rückhalt. Hätte ihr nämlich jemand gesagt, er komme, sie wäre vor ihm geflohen.

Sie wagte nicht einmal, ihm das Mittagessen zu bringen, von dem einen Mal abgesehen, als sie bis zu dem Hügel gelangte, von wo sie eher etwas erriet denn erkannte, und der eigene Acker half ihr dabei, daß die kaum sichtbare Gestalt am Boden, ein Gewächs, kein Mensch, die ein Fremder leicht mit einer ausgepflügten Wurzel, mit einem Erdklumpen verwechselt haben würde, daß das er sei, und ihr fehlte der Mut weiterzugehen. Drei Vaterunser lang stand sie auf diesem Hügel und kehrte dann mit der eingehüllten, noch warmen Mahlzeit nach Hause zurück.

Er indessen wußte zum erstenmal nicht, was er von der Erdscholle wollte. Er tat, als reiße er die Quecken aus, aber er hockte mehr auf den Schollen herum oder auf dem Feldrain unter dem Hagebuttenstrauch. Noch nie hatte er solch eine nahe Verwandtschaft mit diesem grauen, schmutzigen Boden gefühlt, mit diesem bitteren und verfluchten Boden, den er stets so verdammt hatte, ohne zu ahnen, daß er ihm einst Verständnis entgegenbringen würde, denn kein Mensch, selbst der nächste nicht, ist imstande, einen anderen Menschen so zu verstehen wie die Erde.

Eigenartig, doch zum erstenmal hielt er sie nicht für ein Feld, obwohl sie bislang nur ein Feld gewesen war, er pflügte sie als Feld, säte, glaubte an das Feld, obwohl er es mit Haß bedachte, er fühlte es unter den Füßen als den einzigen Boden, als einen Halt, als sein Schicksal. Dieser Acker war ihm im Traum immer um einige Zollbreit größer vorgekommen, es hatte Zank und Streit um diesen Acker gegeben, man prozessierte, ging wegen dieses Landes mit der Axt auf den Nachbarn los, voller Wut, voller Rachegefühle, denn der Feldrain war das Wesen dieses Ackers, nicht die Fruchtbarkeit, nicht die Ernte, die der Mensch ja nicht einmal in Gedanken ändern konnte, sondern eben der Feldrain. Wer konnte also annehmen, daß es noch die Erde gab, vor allem anderen die Erde, die nicht von Menschen zerfetzt war, weder seine noch sonst jemandes Erde, die gute, nachsichtige Erde, ohne Grenzen für den Menschen.

Zu dieser Erde ging er in jenen Tagen, denn er fühlte, daß er weder zu Hause noch im Dorf so frei sein konnte, um sich nicht seines Glückes zu schämen. Nur hier, wenn er die nackte, ehrliche Erde anschaute, die vom Pflugschar gewendet war, fühlte er sich, als kennte er die Welt nicht oder aber als könnte er darin alles vollbringen, dort aber war er an alles gewöhnt, dort konnte er sich nicht einmal wundern, denn das Gewöhnliche war gewöhnlich, das Gemeine gemein. Deshalb floh er auf diese Erde vor seiner eigenen Gewöhnung, nicht vor der Frau oder vor sonst jemandem, nur vor seiner Gewöhnung.

Er wollte am nächsten Tag in die Stadt gehen und ihr eine leuchtende, bunte Schürze kaufen, so eine, wie er sie bei den reichen Frauen an Sonntagen gesehen hatte, die sich mit den Heiligen in der Kirche um den Vorrang stritten. Aber das befriedigte ihn nicht, denn was war schon eine Schürze, selbst eine, mit der sich die Gutsbesitzerin manchmal schmückte, wenn sie an einem Feiertag die Wirtin spielte, also was war schon eine Schürze, wenn selbst ein Feiertag zu alltäglich war, wenn ihm nicht einmal die eigene Freude genügte, denn er spürte in sich das ungewohnte Verlangen, etwas zu beschließen, was vielleicht sogar unvernünftig sein mochte, was aber seinen Dank ausdrückte, was ihn selbst in den eigenen Augen erhob, auch wenn er es mit seinem Verstand hätte bezahlen müssen, aber vielleicht war es die einzige Rettung, mit dem Verstand zu bezahlen.

So ging denn mein Vater auf den Acker und suchte nach einem Gedanken.

Eines Tages schließlich kehrte er unerwartet früher vom Feld zurück, noch vor Sonnenuntergang, so daß meine Mutter erschrak, aber er war heiteren Gemüts, obschon ihr auch diese plötzliche Heiterkeit nicht gefallen wollte, sie war nicht sicher, ob er nur bei Tageslicht so war und wieder düsterer werden würde, sobald der Abend anbrach.

»Bist du nicht hungrig?« fragte sie eindringlich.

Er hob den Blick, sah sie an, hatte vielleicht ihre Worte gar nicht gehört und überlegte, ob sie etwas zu ihm gesagt habe.

»Vielleicht bist du hungrig?« wiederholte sie sanft.

»Hungrig bin ich nicht«, sagte er. Dann befahl er ihr, sich ihm gegenüberzusetzen, aber nahe, nicht so, daß die ganze Stube zwischen ihnen lag, denn dann wußte man nicht, ob sie zusammen waren oder jeder für sich allein. Und es hatte den Anschein, als habe er ihr soviel zu sagen wie noch nie.

Nachdem sie sich hingesetzt hatten, wie er es von ihr verlangte, legte sie die Hände in den Schoß, eher verängstigt denn um ihm Gehör zu schenken; da senkte er den Blick und sagte: »Du wirst nicht mehr arbeiten.«

Und zum Beweis, daß das schon alles war, was er ihr zu sagen gehabt hatte, griff er in die Tasche nach dem Tabaksbeutel, doch mit der Selbstgedrehten hatte er schon Schwierigkeiten, sie entglitt seinen Fingern. Dann machte er einen tiefen Zug und überlegte.

Er tat der Mutter leid, und vielleicht wollte sie ihm helfen, ihm Mut zusprechen, oder sie hatte seine Worte nicht verstanden.

»Wir werden damit schon fertig werden«, sagte sie sanft. »Du brauchst dir keine Sorgen zu machen. Ich bin nicht die erste und nicht die letzte. Ich bin stark, drum werde ich auch nicht viel Zeit vergeuden. Das Land wird es nicht zu spüren bekommen, die Tiere nicht und auch nicht das Haus. Drei Tage reichen aus. Übrigens ist es bis dahin noch weit.«

»Ich habe gesagt, du wirst nicht arbeiten.« Er sah sie streng an, beinahe wütend.

»Wieso? Es wird doch jetzt auf den Feldern gehackt«, empörte sich die Mutter.

»Macht nichts«, sagte er. »Macht gar nichts.«

»Aber in den nächsten Tagen muß ich doch die Zwiebeln ernten«, warf sie ängstlich ein. Doch sie dachte nicht so sehr an die Zwiebeln als vielmehr daran, ihn zu erinnern, wieviel Arbeit ihnen noch bevorstand. Es war das beste Mittel, um zur Besinnung zu kommen, damit Gedanken und Träume wieder verschwanden.

»Die werden wir schon irgendwie ernten«, sagte er und schaute gleichgültig zum Fenster hinaus.

»Und das Brot hast du vergessen? Es muß doch Brot gebacken werden. Du hast selber gesagt, du sehnst dich nach Brot, und es kommt dir beinah wie Fastenzeit vor, die Kräfte lassen nach.«

Sie versuchte, so gut sie es vermochte, ihn von seinem sonderbaren Entschluß abzubringen. Zu guter Letzt schlug sie die Hände zusammen und rief jammernd, als klagte sie über ein Unglück: »Was ist dir bloß in den Sinn gekommen? Was hast du dir in den Kopf gesetzt? Ich habe gewußt, daß etwas passieren wird, ich habe es gewußt. Nicht umsonst habe ich von meinem Vater geträumt, und er hat mein Schicksal bedauert.«

»Wir werden schon ohne Brot auskommen. Es wäre nicht das erste und nicht das letzte Mal.«

»Aber wir müssen doch den Leuten drei Brote zurückgeben«, warf sie ihm bitter vor. »Den Leuten!«

Er sah sie durchdringend an, so daß sie sich duckte, und knurrte mit gedämpfter Wut: »Wir sind noch niemandem etwas schuldig geblieben.«

Demütig verstummte sie, und erst nach einer längeren Weile, die sie in der Stille ihrer Seele abwartete, ließ sie sich wieder vernehmen, aber sanft, wie zu einem Kranken, um ihm ja nicht weh zu tun, und mit größerem Verständnis: »Aber wenn die Feiertage kommen, wirst du wollen, daß wenigstens Kuchen im Hause ist, denn was ist das für ein Fest ohne Kuchen, und wäre es nur der einfachste. Du wirst wollen, daß die Stube geweißt ist, daß die Löcher in der Decke gestopft sind, daß die Federbetten nach Stärke riechen und daß wir in sauberer Kleidung den Herrn preisen gehen können, denn woran erkennt man sonst, daß Feiertage sind?«

»Ganz einfach«, erwiderte auch er mit Verständnis für ihre Sorgen. »Ganz einfach. Wir lassen die Feiertage aus, wie wir sie schon so manches Mal ausgelassen haben.«

»Und wer wird das Ferkel füttern, wer die Kuh melken, wer wird für dich waschen, wer kochen?« entgegnete sie und versuchte geduldig, ihn zu überzeugen, da sie glaubte, daß er noch nachgeben oder sich ihr wenigstens anvertrauen würde, um ihren Rat zu suchen, daß er sich beruhigen würde.

Er jedoch ergriff sanft ihre Hand und sagte: »Auch du bist gegen mich. Auch du...«

3

Wohl damals, gleich nach jener Rückkehr aus der Schule, führte mein Vater mich eines Tages zum Schloß. Ich dachte, wir gingen vielleicht einen Welpen holen, den man ihm versprochen hatte, denn er sagte kein Wort, er befahl mir nur am frühen Morgen, mich ordentlich zu waschen und ein sauberes Hemd anzuziehen, und auf dem Gutshof wurden ja die Hunde seit unvordenklichen Zeiten so gezüchtet, daß sie bissig waren, aber wie sich herausstellte, wollte er mich der Gutsbesitzerin vorführen.

Auch er zog sich festlich an, rasierte sich, wichste die Stiefel mit Ruß und mit Milch und schloß das Hemd am Hals mit einer großen knöchernen Spange, die er offenbar erst unlängst geschnitzt hatte, denn das Bein schimmerte weiß, als habe man soeben das Fleisch davon abgeschabt. Er pflegte sich die Klammern für die Borten aus Rindsknochen, aus Horn oder aus Birnenholz selbst zu schnitzen. Zu guter Letzt setzte er noch einen Hut auf, und zwar den, den er nur an Feiertagen, wenn die große Glocke geläutet wurde, aufsetzte, er besaß nämlich noch einen anderen, einen alten, verschossenen, den er meist zum Dreschen nahm, damit keine Spreu in die Haare geriet, auch wenn er aufs Feld ging oder wenn es regnete; dieser hing gewöhnlich mißachtet im Hausflur am Pflock, war aber meist nicht zu finden, wenn er benötigt wurde, jener hingegen hing auf dem Dachboden in einem großen Papierbeutel, hoch unterm Dach, damit ihn nicht jemand zufällig herausholte.

Ich erinnere mich, daß dieser Beutel mein größtes Interesse erweckte, seit ich als Kind den Dachboden entdeckt hatte, und durch ihn erschien mir der Dachboden voller Geheimnisse; als es mir aber schließlich irgendwann gelang, ihn herunterzuschlagen, war ich unangenehm überrascht, darin nur den Hut meines Vaters zu finden.

Es versprach ein heißer Tag zu werden, also wunderte es mich ein wenig, daß er nicht ohne Hut auskommen konnte.

»Du nimmst den Hut?« fragte ich. »Bei dieser Hitze nimmst du den Hut?«

Er sah mich durchdringend an.

»Und wie sollen wir grüßen? Der klügste Kopf kann einen Hut nicht ersetzen.«

Als mein Vater also noch diesen Hut aufsetzte, wurde es Sonntag in der Stube, so daß sogar meine Mutter uns anders vorkam, sie brauchte sich nur noch zum Kämmen hinzusetzen, und die Sonne fiel träger durchs Fenster als sonst; auch draußen wurde es Sonntag, als wir zurückkamen, verspürten wir keine Lust, unsere Sonntagsanzüge abzulegen, damit der Tag nicht anders würde, bis zum Schlafen nicht. Unterwegs wunderten uns die Leute, weil sie arbeiteten, als genügten ihnen die gewöhnlichen Tage nicht, ebenso die Gutsbesitzerin, weil sie uns in Holzpantinen und Schürze empfing.

Gleich hinter der Türschwelle faßte mich mein Vater an, ganz gewöhnlich, so wie man ein Kind an die Hand nimmt, und ließ mich bis zum Hoftor des Gutshauses nicht mehr los. Unterwegs sprach er kein Wort, sondern schritt in düsterer Nachdenklichkeit neben mir her, gönnte nicht einmal dem schönen Wetter einen Blick, sondern hielt mich nur habgierig mit dieser seiner Hand fest. Er schien ganz in dieses Halten versunken zu sein, dieses Halten ersetzte ihm die Worte, er vertraute dieses Halten der Erinnerung an, um es nicht nur den ganzen Weg über in der Hand zu spüren, sondern in seinem ganzen Wesen, in seinen Pulsschlägen, im Blut, und er achtete auch darauf, daß es nicht schwächer wurde, er hütete sich vor anderen Gedanken, vor der Dankbarkeit für das Wetter, vor dem Lob für die Arbeit der Leute, an denen wir vorübergingen.

So waren wir nur in früheren Jahren geschritten, wenn er mich zum Ablaßfest in ein anderes Dorf führte, und er ging nur mit mir zum Ablaß, aber was konnte ich schon für ein Kumpan für ihn sein, in meiner Gegenwart konnte er sich nur satt schweigen. Er schlug mit mir gewöhnlich den längeren Weg ein, durch irgendwelche Schluchten, Hohlwege, über Feldraine, damit sich niemand uns anschließen konnte, und auf den gleichen Wegen kehrten wir zurück, vor den anderen Leuten, und er entließ mich nicht aus seinem Griff, selbst nicht inmitten der Kramläden. Das letztemal war das so gewesen, als er mich zur Schule in die Stadt geführt hatte. Selbst damals wagte ich nicht, mich aus seinem Griff zu befreien, obwohl es für uns beide unbequem war, denn er trug das Bettzeug auf dem Rücken und einen Koffer mit verschiedenen Sachen. Ich fürchtete, ihm ein Unrecht zuzufügen, wenn ich mich plötzlich aus seiner rauhen Hand befreit hätte, denn ich hatte ja keinen Grund dazu, also nahm ich es hin, als müsse es so sein.

Jetzt aber schämte ich mich, mit ihm so durchs Dorf zu gehen, wo ich doch schon fast so groß war wie er. Die Leute, an denen wir vorbeikamen, blieben stehen und sahen uns verwundert nach, wohin wir denn so sonntäglich und obendrein Hand in Hand gingen, wo wir doch erwachsen waren. Aber irgendwie machte niemand den Versuch, meinen Vater anzusprechen, offenbar zog jeder es vor, sich mit den eigenen Vermutungen zu begnügen, anstatt sich seiner Unfreundlichkeit auszusetzen.

Ich hielt den Blick gesenkt, weil ich mich sogar dessen schämte, gewaschen zu sein und ein sauberes Hemd zu tragen, zumal er diesen Hut für festliche Anlässe aufhatte, während von allen Gehöften und Häusern die beleidigte Alltäglichkeit auf uns schaute, unser spottete, uns wie Fremde anknurrte. Die Leute waren in schäbiger Kleidung, barfuß, in Holzpantinen, halb nackt, die Wagen waren mit Mist beladen, die Kinder weinten, die Luft war mit Staub durchsetzt, jedwedes Geschöpf lief ungehindert herum. An einem solchen Tag wäre sogar der Anblick des Pfarrers in seiner schwarzen Soutane unanständig gewesen, deshalb pflegt der Pfarrer den Abend abzuwarten, wenn er durchs Dorf gehen will.

Ich fühlte mich verängstigt wie ein Hase, lauschte mit Bangigkeit im Herzen, ob uns nicht jemand anredete, ob nicht irgendwo eine Tür quietschte, ob nicht ein Wagen kam. Vielleicht marterte mich weniger die Scham als vielmehr die Angst vor seiner Gier, aber vielleicht war ich auch noch nicht erwachsen genug, wenn ich mich dadurch so gedemütigt fühlte. Ich spürte, wie die Leute lachten, wie sie sich heimlich darüber lustig machten, weil wir beide schon alt waren und trotzdem wie Vater und Kind einhergingen, und mich packte die Wut auf meinen Vater, im Geiste wünschte ich ihm, daß einer von denen, an denen wir vorbeischritten, es wagte, ihn laut zu verspotten, mitsamt seiner sonntäglichen Kleidung und diesem Hut für die großen Anlässe.

Am meisten schämte ich mich jedoch, als er selbst am Gutshof meine Hand nicht losließ, obwohl uns die Bediensteten von allen Seiten betrachteten, wie man Tiere anschaut, so daß ich am liebsten vor Scham in den Boden versunken wäre, als ich hörte, wie sie miteinander flüsterten, daß da zweie gekommen seien, von denen der eine den anderen an der Hand herbeigeführt habe, und daß sie die Gutsbesitzerin sprechen möchten.

Unterwegs hatte ich jedoch nicht gewagt, ihn daran zu erinnern, daß ich kein Kind mehr sei, sondern war fügsam nebenhergegangen, aber es kochte in mir vor

Wut. Meine Hand schwitzte in der seinen, doch ich
fürchtete, sie zu bewegen, ich fühlte sie gar nicht mehr,
nur dieses heiße, klebrige, aufgedunsene Verflochten-
sein, eigentlich war es so, als gehörte diese seine schwere
Hand mir. Ich hatte den Eindruck, als sei ich wie ein
Spatz in seiner Hand gefangen und werde nie mehr fort-
fliegen, selbst wenn er die Hand aufmachte.

Übrigens war mir zuweilen wohl in dieser habsüch-
tigen Hand, wie einer Pflanze im Erdboden, wie den Vögeln in der Luft und dem Sonntag in der Woche. Dieser
einzigen Bestimmung meines Lebens fügte ich mich in
Demut: daß ich sein Sohn war, daß ich geboren wurde,
um sein Sohn zu sein, der Zeuge seiner Vaterschaft und
damit ihm das ganze Leben lohnend, denn er erlebte ja
nichts weiter, als daß er Vater sei. Ein Sohn im guten wie
im bösen, auch nach dem Tode, nie von meiner Bestimmung abweichend, und wäre es gegen die Vernunft und
gegen mich selbst, obwohl ich mich dadurch zum Klein-
sein verurteilte, denn anders wäre ich mir selbst nicht
notwendig gewesen.

Als er starb, wurde mir noch nicht bewußt, daß ich
mit seinem Tode aufhörte, sein Sohn zu sein. Mein
Sohnsein schien ein für allemal festgelegt, unabhängig
sowohl von meiner Liebe zu ihm als auch von seiner Anwesenheit, wie ein Ritus, ein Gesetz, wie die Erinnerung,
wie die ganze Welt, die ich vorgefunden hatte und der
ich verdanke, daß ich bin. Das kam erst viel später, als
sein Tod in mir schon längst vergangen, als der Schmerz
und die Trauer, die der einzige Zufluchtsort des Schwei-

gens der Toten mit den Lebenden sind, seiner Abwesenheit Platz gemacht hatten, die so abstoßend ist, daß sie geradezu gegenwärtig erscheint, so gegenwärtig wie ein Mensch, mit dem man ein paar Worte wechseln, Erinnerungen austauschen, überlegen kann.

Ich konnte mich nicht damit abfinden, daß ich nicht mehr zu ihm gehörte, sondern für mich allein war. Ich warf ihm vor, er habe mir diese Freiheit als Strafe hinterlassen, wodurch er sich vielleicht nicht an mir, sondern für sein Leben rächte, denn ich fühlte mich in dieser Freiheit wie mit einer Schuld beladen. Offenbar steckt in jedem von uns ein seltsames Verlangen nach Zugehörigkeit.

Sein Tod, der so plötzlich kam, aber doch seit langem erwartet worden war, der ihm schon lange vorher das Blau aus den Augen gefressen hatte, daß er nur noch trübe blickte, dieser Tod fiel in eine Zeit großer Dürre. An eine derartige Dürre konnten sich selbst die ältesten Leute nicht erinnern. Die Erde war ausgedörrt wie die Haut eines Menschen, die Felder verwelkten, der Fluß und die Bäche trockneten aus, das Vieh brüllte vor Durst, die Vögel starben vor Wehmut. Eine solche Zeit ist nicht gut für den Tod. Zwar hatte das ganze Dorf ihm das Geleit gegeben, es war eine große Menge, feierlich wie sonst an keinem Begräbnis oder Fest, aber hier begleitet man die Toten von Kindesbeinen an, um für das eigene Geleit zu verdienen, und obendrein war diese seine Beerdigung für die Leute wie ein Geschenk des Himmels, sie kam dem Kummer der Leute zupaß wie einem blinden Huhn ein Korn. Nun konnten sie sich wenigstens satt klagen über das verbrannte Getreide, über das rostig gewordene Grün, über die Vögel, über den ausgetrockneten Fluß, die Wiesen und Weiden, über die nicht aufgegangenen Kartoffeln, über den Boden, der vor allem anderen litt. Keiner mißgönnte ihm den Gesang, das Weinen, die Betrübnis hinter dem Sarg, nur ihn betrauerte kaum jemand, die Dürre hatte ihn verschlungen, nicht der Tod. Daher hatte er auch ein schönes Begräbnis.

Mit seinem Tod konnte ich mich lange nicht abfinden, auch jetzt kommt es noch manchmal vor, daß ich ihn vergesse. Ich warf diesem Tod Betrug vor, er erschien mir als etwas Zeitweiliges, irgendwie unwirklich, so daß ich an ihn wie an einen Traum dachte, mit dem ich ab und zu frühmorgens aufwache. Und wenn ich nach dem Unterricht aus der Schule kam, blieb ich wenigstens einen kurzen Augenblick vor dem Zaun stehen und schaute mich um, sah auf die Äcker, als erhoffte ich mir, ihn irgendwo oben, auf dem Feldrain zu erblicken, versteckt in der Entfernung, obwohl ich damit nur meiner Gewöhnung Genüge tat. Ich wußte, daß das alles unvernünftig war und daß es sogar das Mißtrauen gegenüber seinem Tod in mir vertiefte, aber ich konnte mir in keiner Weise verwehren, wenigstens für einen Moment vor der Schule haltzumachen und auf die Felder zu schauen. Nur soviel blieb mir übrigens zum Trost – diese Gewohnheit. Ihr verdankte ich, daß ich in dieser meiner unvernünftigen Hoffnung mit der einstigen Gegenwärtigkeit meines Vaters einigermaßen verkehren konnte.

War das übrigens so vergeblich? Einmal war mir der Hagebuttenstrauch oben auf dem Feldrain für eine Weile wie mein Vater vorgekommen, ein andermal hatte mich der Sonnenuntergang so getäuscht, daß ich glaubte, er wäre es, es gab also immer etwas. Aber am häufigsten erlag ich der besänftigenden Überzeugung, er sei hier in der Nähe der Schule, ich spürte seine Anwesenheit neben mir, sowohl der Zaun zeugte von ihr als auch der Steinhaufen, der zum Bau der Straße vor die Schule gefahren worden war, und der Baum, worauf ich meinen Blick richtete, aber er hatte sich wieder vor mir versteckt, weil ich ihm doch verboten hatte zu kommen.

Verboten hatte ich es ihm nicht aus einem wichtigen Grund, aber ich hielt sein Kommen für eine Störung. Er kam, setzte sich auf den Haufen Steine, wartete manchmal, bis ich die Unterrichtsstunde beendet hatte, zog auf den Stein auf dem Schulhof um, sah den spielenden Kindern zu, und wenn ihm auch das zuviel wurde, bat er jemanden, mich herauszurufen. Alle waren übrigens freundlich zu ihm und erfüllten ihm gern seinen Wunsch, ausgenommen vielleicht die Schulwartsfrau, die ihn offenbar durchschaut hatte, weil sie ihn wegjagte, sobald er vor der Schule aufkreuzte. Aber auch er hatte sie mit der Zeit durchschaut, so daß er nicht mehr mit leeren Händen kam, einmal brachte er ein Ei frisch vom Huhn, dann Körner für die Hühner, Wicken für die Kaninchen, dann wieder eine Handvoll Mehl, eine

Tasche voll Birnen, so daß auch sie ihm eine Vertraute wurde.

Manchmal war ich schon böse auf ihn, denn er kam ja ohne ein Ziel, und er vermochte nicht einmal einen Anlaß vorzuschieben, wenn ich zu ihm hinausging, oder zu lügen. Er rechtfertigte sich höchstens: »Ich komme vom Acker, und weil es auf dem Weg liegt, schau ich halt mal vorbei. Kommst du zum Mittagessen?«

»Ja, ich komme.«

»Wir warten.«

Aber meist stand er mit gesenktem Kopf da, versteckte sich vor meinen Blicken und speiste mich mit Schweigen ab, als ob er verängstigt wäre. Er stand da und hörte sich geduldig alle meine Erklärungen, Vorwürfe, meinen Ärger an, und er schien mir sogar recht zu geben durch dieses schweigende Dastehen mit gesenktem Kopf. Der Ärger verließ mich jedoch rasch, und dann tat er mir leid, ich bekam Gewissensbisse, vielleicht tat ich ihm unrecht, ich wußte doch gar nicht, weshalb er kam, aber ich fühlte mich auch ratlos angesichts dieser Heimsuchungen, es quälte mich, und vielleicht schämte ich mich auch vor meiner Umgebung, nicht seiner, um Gottes willen, nein, aber doch dieses ständigen Kommens, über das sich immer jemand wunderte, nach dem sich stets jemand erkundigte, in der freundlichen Überzeugung, daß etwas Schlimmes passiert sein müsse, da mein Vater zu mir gekommen sei. Ich wußte mir keinen anderen Rat, als ihm sein Kommen zu verbieten.

Er gehorchte mir. Jedenfalls habe ich ihn hier nicht mehr gesehen. Aber wie groß war mein Erstaunen, als ich erfuhr, daß andere weiterhin sahen, wie er sich bei der Schule herumtrieb oder auf dem Haufen Steine vor der Schule saß; oder wie er am Zaun stand und auf die spielenden Kinder schaute, am häufigsten aber irgendwo oben, auf den Feldern hinter der Schule, stundenlang wie ein Hagebuttenstrauch am Feldrain, und manchmal nur, wahrscheinlich wenn er sich vergaß, kam er vor die Schule herunter, hängte sich an den Zaun und schaute auf die Kinder auf dem Hof. Und die Kinder, die ihn bereits kannten, rannten zu mir mit dem Ruf, der mir schon vertraut war: »Er ist da! Er ist da! Bitte, Herr Lehrer!«

Aber sobald ich nur hinausging, war er verschwunden, wie ein Stein im Wasser, obwohl ich mitunter um die ganze Schule herumlief und mir die Kinder, die mich begleiteten, versicherten, daß er dagewesen sei. Denn für sie bedeutete sein Auftauchen nur die Freude, daß er da war, noch vor einer Weile, sie wußten sogar, an welcher Stelle; oder sie zeigten ihn mir, wie er auf dem Feld stand. Man konnte ihn mit der Zeit mit einem Hagebuttenstrauch verwechseln, aber wie hätte ich ihn nicht erkennen sollen, wenn doch die Kinder keine Zweifel hatten, daß er es war. Er erschien mir so wehrlos auf diesem Feld, den Blicken aller preisgegeben, der belustigten Gier der Kinder, die sogar vor Freude in die Luft sprangen, weil er dort stand und gewiß nicht ahnte, daß man ihn von hier, von der Schule aus, auf eine solche Entfernung erkennen konnte.

Dann wieder rief mich eines Tages der Schulleiter aus dem Unterricht: »Es scheint, daß Ihr Vater auf Sie wartet. Vermutlich etwas Dringendes.«

Er ging sogar mit mir hinaus. Und als wir den Vater weder hier, wo er auf mich hatte warten sollen, noch sonst irgendwo fanden, was mich nicht wunderte, war der Schulleiter äußerst überrascht und begann ihn sogar selbst zu suchen, indem er mir fest versicherte, als wollte ich ihn einer Halluzination verdächtigen: »Er war hier. Da, an dieser Stelle hat er gestanden. Ganz bestimmt war er hier. Ich gebe Ihnen mein Wort. Ich sagte noch zu ihm, daß ich Sie gleich herausbitten würde.«

Ich mußte meinen Vater sogar vor seiner aufdringlichen Gewißheit in Schutz nehmen. »Vielleicht kam er nur vom Feld«, sagte ich.

Dennoch verriet ich meinem Vater nicht, daß ich von allem wußte. Und zwar zu meinem eigenen Nutzen. Ich glaubte nämlich, dieses vorgetäuschte Nichtwissen würde mich vor seinen Besuchen bewahren. Doch nein! Ich quälte mich noch mehr. Es tat mir sogar weh, daß er kam und sich anderen zeigte, andere mit seiner Gegenwart beehrte, sich aber vor mir versteckte. Einmal wollte ich ihm das sogar gestehen, aber es klang so frostig.

»Es heißt, du bist dagewesen«, sagte ich beim Mittagessen, in einem Augenblick, als er bestimmt nichts dergleichen erwartete, denn er rührte gerade die Suppe im Teller um, damit sie auskühlte.

Er sah darauf meine Mutter an, die am Küchenherd

stand, und versetzte vorwurfsvoll: »Ich habe dich doch gebeten, daß die Suppe nicht so heiß sein soll.«

»Du warst heute da?« fragte ich. »Man will dich gesehen haben.«

Er rührte weiter in der Suppe, so als wären meine Worte nicht an ihn gerichtet gewesen, und ich spürte, daß ich die Gewißheit verlor, ob ich wirklich das Recht hatte, ihn zu verurteilen, denn ich hatte ihn ja nicht selbst gesehen, und ich bedauerte schon, dieses Gespräch begonnen zu haben, schließlich hätte ich mir denken können, daß ich seine Ruhe nicht erschüttern würde, daß diese Ruhe zu hoch für mich war, er gewann ja fast schon durch das Umrühren ein Übergewicht über mich, und außerdem konnte er schweigen, sobald eine Sache des Schweigens wert war. Ich versuchte es indes weiter.

»Sie haben dich ganz bestimmt gesehen. Sie haben doch nicht geträumt. Wolltest du etwas?«

Von da an hörte er gänzlich auf, sich zu zeigen, jedenfalls habe nicht nur ich, sondern auch die anderen ihn nicht mehr gesehen. Man könnte behaupten, die ersehnte Ruhe wäre nun eingetreten. Ich fühlte deswegen jedoch keine Erleichterung. Vielleicht quälte mich seine Abwesenheit, die Ruhe, die nach ihm blieb, ärger als sein Erscheinen hinter meinem Rücken. Vorher zumindest hatte ich stets gehört, daß er da sei, irgendwo herumstehe, nun aber war er verschollen. Rings um die Schule war es leer geworden, als hätte man einen alten Baum gefällt, der schon derart in die Umgebung hineingewachsen war, daß er eine Leere hinterlassen mußte. So manches Mal sah ich mich um, in der Hoffnung, er wäre vielleicht irgendwo, verberge sich nun aber vor allen. Bei der Hausmeisterin erkundigte ich mich fast täglich, ob mich nicht jemand habe sprechen wollen. Und wenn vom Schulhof Kinderlärm zu mir drang, fuhr ich hoch, in der Erwartung, sie kämen mit dem Ruf zu mir gelaufen: »Er ist da! Er ist da! Bitte, Herr Lehrer!«

Dabei hatten wir genug voneinander zu Hause. Manchmal verspürten wir nicht einmal Lust, ein Wort miteinander zu wechseln, und wenn man es recht besah, hätten wir auch nicht gewußt, worüber. Wenn wir gemeinsam aßen, so ersetzte das die Worte, die Gedanken und alles andere. Zu Hause waren wir ganz gewöhnlich, gemein und aneinander, an unsere Gesichter, an unsere unveränderliche Gegenwart so gewöhnt, daß es geradezu fehl am Platze gewesen wäre, noch etwas voneinander zu wollen. Diese Gewöhnlichkeit ließ überhaupt nicht zu, daß sich der eine nach dem anderen sehnte, vielleicht sollte man sich übrigens aus solcher Nähe gar nicht sehnen. Wir waren gegenüber unserer Gewöhnlichkeit ebenso demütig wie gegenüber dem Tod, sie wunderte uns nicht einmal, und wir konnten einander nur mit Gewöhnung bis zum Überdruß beschenken, man könnte behaupten, daß unsere Gewöhnung an unserer Statt da war, während wir nur gewissermaßen aus Gewohnheit existierten.

Ich konnte doch sehen, wie gewöhnlich ich für ihn war, denn er wunderte sich mehr über seine Müdigkeit, wenn er vom Feld zurückkam, als über meine Anwesenheit. Aber auch er, so wie er da am anderen Tischende saß, über einen Teller Suppe gebeugt, war nur schwer vorstellbar. Ich mußte sogar überlegen, ob er das wirklich sei. Jener Vater drängte sich mir doch ziellos auf, versteckte sich vor mir, stand oberhalb der Schule stundenlang herum, ohne daß einer wußte, weshalb er das tat, kreiste wie ein Schatten um die Schule, wie eine Erscheinung, war unerreichbar, erweckte lediglich Unruhe, rief Ärger hervor, dieser hier hingegen kühlte seine Suppe mit dem Löffel und knurrte die Mutter an, weil das Essen heiß war. Jener erweckte eine unaufhörliche Sehnsucht, dieser hier war nur gewöhnlich. An seinem Gesicht konnte ich nicht einmal erkennen, ob er jemals wieder zur Schule kommen würde, und wäre es nur dann, wenn ich ihn nicht sah, ja selbst wenn er vor mir verschwinden sollte. Mir würde schon genügen, wenn mich jemand zu ihm herausriefe, zu jener Leere, die nach ihm blieb, zu jener Stelle, die er gerade erst verlassen hatte, jemandes Gewißheit, daß er dagewesen war, würde mir genügen, darin würde ich ihn schon finden, mir würde genügen, wenn die Kinder schreiend angerannt kämen: »Er ist da! Er ist da! Bitte, Herr Lehrer!«

In ihrer gierigen Freude würde ich ihn vielleicht sogar deutlicher sehen als hier, am anderen Ende des Tisches. Während ich ihm so ins Gesicht schaute, versuchte ich ihn in Gedanken zu überreden, damit er wenigstens noch einmal kam und sich in mir wandelte, ich gestand ihm, wie leer es jetzt um die Schule herum sei und wie ich immer nach ihm Ausschau halte, in der blinden Hoffnung, daß er dort irgendwo sein müsse, und daß ich keine Ruhe finde.

Und er kam. Ich weiß nicht, ob mein Verlangen dies bewirkt hatte oder ob es ein Zufall war, jedenfalls kam er bald darauf.

Ich war etwas länger in der Schule geblieben, weil mich der Regen aufgehalten hatte, eigentlich kein Regen, sondern schon ein richtiger Regenguß, nahezu ein Wolkenbruch. Der Himmel verhieß keine baldige Änderung, der Regen war nur etwas ruhiger geworden, also schlug ich den Kragen hoch und verließ die Schule. Ich erkannte ihn nicht sogleich. Zuerst wunderte ich mich, wie jemand bei so einem Regen ruhig auf dem Steinhaufen vor der Schule sitzen könne, wie in der Sonne, mit unbedecktem Kopf und nur im Hemd.

Wenn ich ihn nicht selbst erblickt hätte, dann hätte er mich vielleicht gar nicht gerufen, und wer weiß, ob er sich später zu Hause dazu bekannt hätte, daß er gekommen war, um mich zu holen, denn als ich vor ihm stand, da schaute er nicht einmal auf. Sicherlich hatte er während des Regengusses die ganze Zeit hier gesessen, denn er kam mir vor, als sei er nicht der gleiche, sondern um ein Jahrzehnt älter, erschöpft und zusammengeschlagen von diesem Regen; es troff von ihm, das Wasser strömte aus seinem Gesicht, von seinen Haaren, von seinen Händen. Er duckte sich wie ein Hund, und dieses Ducken war sein ganzer Schutz vor dem Regen.

Ich wollte ihm etwas sagen, aber plötzlich schienen

mich alle meine Worte verlassen zu haben, und ich fühlte mich wie stumm. Ich berührte seine Schulter. Er sah mich mit seinen regenschweren Augen an, in denen Angst lauerte.

»Ich bin hiermit gekommen«, sagte er und zog einen Sack unter dem Arm hervor, wie einen endlich erlangten Beweis, daß er nicht ohne Grund da war. »Ich habe ihn dir als Kopfbedeckung gebracht, damit du nicht naß wirst.«

Ich spürte, wie es mich im Halse würgte. Ich wollte etwas sagen, faßte ihn aber bei der Hand und half ihm, sich von den Steinen zu erheben.

Die Gutsbesitzerin war noch nicht auf dem Hof. Und ins Haus wollte mein Vater nicht gehen, weil er sich dann hätte anmelden und sagen müssen, warum er kam, und er hatte ja keinen Anlaß, und die Gutsbesitzerin hätte uns leicht abweisen können, indem sie Kopfschmerzen vorschützte. Wir warteten also, bis sie selbst auf dem Gutshof erschien. Was wäre sie denn auch für eine Wirtin gewesen, wenn sie nicht wenigstens einmal am Tag die Zimmer verlassen hätte, um ihren Besitz zu besichtigen.

Wir saßen unter dem großen Kastanienbaum und beobachteten, ohne es recht zu wollen, das morgendliche Treiben, das den großen Gutshof erfüllte, den eine Mauer von Scheunen, Ställen, Remisen und Schuppen umgab. In das Gepolter der herausfahrenden Wagen mischte sich das Schmieden von Eisen in der Ferne, Hühner gackerten, Peitschen knallten, irgendwo sang sogar jemand, aber die derben Flüche der Fuhrknechte übertönten dieses Singen, es wurde geschimpft, gedroht, andere griffen von weitem in diesen Streit ein, das schrille Lärmen der Dreschmaschinen drang aus den wie offene Schlunde klaffenden Scheunen, das Gekreisch junger Mädchen, die zum Morgengruß von den Knechten gekniffen wurden, waren begleitet von lautem Gelächter, ein schwaches Weinen klang herüber, doch in einem solchen Gewimmel wunderte einen nicht einmal das Weinen. Wir befanden uns mitten in einem summenden, entfesselten Bienenstock.

Dieses Getümmel, dieses Gewühl von Menschen, Tieren und Wagen, die vielen Schreie, all das war schwer zu fassen. Für mich und erst recht für meinen Vater, der nicht einmal ein Pferd besaß; und die paar Hühner, die Kuh, das Schwein, der Hund, die Katze – das alles lebte mit uns gemeinsam, fast wie in einer Familie, in trautem Verein, ernsthaft, und wenn ein Huhn gackerte, wußte man, daß das nicht umsonst geschah, sondern daß es ein Ei gelegt hatte. Deshalb wunderte ich mich nicht, als mein Vater sagte: »Ein Wunder, daß da nicht alles durcheinandergerät.«

Erst gegen Mittag ließ sich endlich die Gutsbesitzerin blicken. Ich hätte sie nicht bemerkt, wäre nicht mein Vater gewesen, der auf diesem lärmenden Hof wie verloren zu sein schien, dabei aber aufmerksam beobachtete und plötzlich aufgeregt sagte: »Sie kommt.«

Wir standen auf, etwas beschämt, daß sie uns sitzend

antraf, und verneigten uns bis zum Gürtel, damit sie uns nicht übersah.

Sie kam nicht bis zur Kastanie, am Rande des Schattens blieb sie stehen, als sie meinen Vater erkannt hatte.

»Ach, Ihr seid es.«

Er lächelte zum Dank für dieses freundliche Erkennen seiner Person.

»Nun, was gibt es wieder?« fragte sie etwas ungeduldig, als habe das Gespräch schon zu lange gedauert.

»Das ist mein Sohn«, sagte mein Vater, als brächte er eine Neuigkeit vor. Er ergriff mich am Ellenbogen und stieß mich vorwärts.

Die Gutsbesitzerin sah mich mit einem sanfteren Blick an. Sie schien überrascht zu sein, vielleicht glaubte sie nicht, daß es meinem Vater nur darum ging, denn niemand hätte an ihrer Stelle geglaubt, daß man mit seinem Sohn kommen könne, nur um ihn zu zeigen, und bestimmt suchte sie zu erraten, ob wir nicht einen anderen Anlaß zum Kommen hätten, um wenigstens auf alle Fälle die Gewißheit zu haben, daß sie uns durchschaut hatte. Sie zögerte sogar lange, etwas zu sagen, als wäge sie jedes Wort, ob es in seinen Folgen nicht schädlich für sie sei, schließlich jedoch rang sie sich etwas Verständnis ab und meinte: »Groß ist er.«

Dann begann sie die Perlhühner zu locken.

Jedesmal, wenn ich an diesen unseren Besuch auf dem Gutshof denken muß, quält mich von neuem der Verdacht, möglicherweise zu Unrecht, vielleicht auch nur ein Zweifel, der Schatten von Trauer, der mich schon damals unter dem großen Kastanienbaum plagte, daß mein Vater vor mir etwas verberge, nichts Besonderes, vielleicht nur gewöhnliche Angst, obwohl er sanft wie ein Lamm aussah und vor allem vertrauensvoll war, so vertrauensvoll, daß man es kaum glauben konnte, gar nicht wie sonst, und ich konnte mich des Eindrucks nicht erwehren, daß ihm dieses Vertrauen Schmerzen bereite, daß er sich mit dieser Freude, die ihm aufs Gesicht gekrochen war, betrüge und zugleich über diesen Betrug Bescheid wisse.

Nicht der Lärm hatte ihn so ermüdet, sondern die Worte, die er für das Kommen der Gutsbesitzerin bereitgehalten hatte. Hätte er wenigstens gewußt, wozu er mich verurteilte. Doch vielleicht wußte er es auch oder ahnte es vielmehr. Ich wartete also unter diesem Kastanienbaum, mit der Hoffnung im Herzen, daß er in einem bestimmten Augenblick aufstehen, die Hosen an der Sitzfläche abklopfen und sagen werde: »Komm, mein Sohn, laß uns gehen. Hier haben wir nichts zu suchen. Weder hier noch sonst irgendwo.«

Aber trotz meines frommen Wunsches hatte er bis zu den Worten durchgehalten: »Das ist mein Sohn.«

Die Gutsbesitzerin erwies sich durchaus nicht als so schreckenerregend, als ich sie näher kennenlernte. Anfangs wählte sie sogar selbst die Bücher für mich aus, nur eben nicht solche, wie ich sie gern gehabt hätte, sondern welche nach eigenem Gutdünken. Sie ließ mich im Zimmer warten, brachte dann drei, vier und blätterte jedes noch einmal in meiner Gegenwart durch.

»Das wird für Sie zu schwer sein«, sagte sie. »Aber vielleicht dies. Ja, das ist gerade richtig.«

Ein wenig tat mir das weh, aber ich dachte mir, soll sie doch. Aber später, wenn ich mehrere Stunden am Tag in der Bibliothek saß, allein inmitten so vieler Bücher, so daß ich manchmal nicht wußte, was ich mit mir anfangen sollte, kehrte ich im Geiste in jene Zeit zurück wie in eine verlorene Kindheit.

Übrigens verschwand diese erhabene, stolze Frau später irgendwo, die mich am ersten Tag so frösteln gemacht hatte, daß ich die Zunge im Mund vergaß, und eine unscheinbare Greisin erschien an ihrer Stelle, die eher an eine treue Dienerin als an eine Herrin erinnerte – hinfällig, nicht aus Fleisch und Blut, sondern wie aus Teig, mürrisch, obwohl man spürte, daß sie mit diesem Mürrischsein eher die Leere um sich ausfüllen als jemanden tadeln wollte. Ich las aus ihren Augen eine ständige Unsicherheit heraus. Sie war fast schüchtern, verängstigt, wenn sie in der Bibliothek auftauchte, um zu sehen, wie ich zu Rande kam.

Wenn sie manchmal so an die Tür gelehnt stand, konnte ich mich des Eindrucks nicht erwehren, daß sie mich bemitleide, daß sie meine ganze Ohnmacht erkenne, die jede meiner Bewegung, jeder Blick verriet, der über die Wände voll Bücher glitt, sogar mein Lächeln, wenn sie kam, sogar mein betontes Mitgefühl für ihre Sorgen und Erinnerungen, die sie mir bisweilen anvertraute.

Deshalb wollte ich lieber allein sein, obwohl ich mich

inmitten dieser Bücher verloren fühlte, und außerdem war es hier unbehaglich. Ein kleines Fenster, von Norden, das soviel Licht gab wie eine Kerze unter einem Bild. Das war kein Licht, sondern eine Blässe, der Rückstand von Licht, das im Dämmer verglommen war, der dort ewig herrschte, so daß ich mir an wolkenverhangenen Tagen mit einer Kerze aushelfen mußte. Außerdem hatten auch die Bücher keinen geringen Anteil an dieser Finsternis. Ringsum volle Regale, wohin man auch sah, überall stieß der Blick auf Bücher. Man gewann den Eindruck, die Wände dieses großen Zimmers seien aus Büchern gemacht oder man habe Bücher zur Verdickung der Wände verwandt, damit kein Geschrei, kein Lärm, nicht das leiseste Geräusch von draußen hereindrang. Nirgends ein Ahnenbild oder ein Hirschgeweih, nirgends ein Leuchter, ein Kreuz, nur Bücher, selbst das kleine Fenster war aus der Büchermauer herausgeschnitten.

Mehr noch gab die Ordnung zu denken, die in dem Gedränge auf den Regalen herrschte. Vergebens hätte man nach einem Buchrücken gesucht, der aus den anderen herausragte, nach Unordnung, die davon zeugte, daß jemand sie gesehen hatte, und wäre es in entlegenen Zeiten, und vielleicht bedrückte einen weniger die große Menge als vielmehr diese Ordnung. Infolge dieser nie gestörten Ordnung waren die Bücher zusammengewachsen, alt und morsch geworden, so daß sie aufgehört hatten, Bücher zu sein, und nur Ordnung, Unnahbarkeit, Ewigkeit verkörperten.

Übrigens, wer weiß, vielleicht waren sie von Anfang an nicht zum Lesen bestimmt, sondern aus ihnen war lediglich diese Ordnung errichtet worden, diese Unnahbarkeit und diese kirchliche Stille.

Ich fühlte mich dort unwohl, um nicht zu sagen verängstigt, sobald ich die Schwelle betrat. Ich ging fast auf Zehenspitzen, als hätte mit dieser Stille durch einen unvorsichtigen Schritt etwas Unvorhergesehenes geschehen können, als bereitete ich ihr, dieser Stille, Schmerzen. Ich schritt nicht, ich stahl mich herein, beschämt ob meiner Anwesenheit, fast böse auf meine Körperlichkeit, die ich gern losgeworden wäre, und wenn ich dann ein Buch aus einem Regal herausnahm, war ich beinahe sicher, daß mich eine Strafe treffen würde wegen der Störung dieser Ordnung, die noch niemand zu stören gewagt hatte, daß diese Ordnung sich offenbaren, daß sie körperlich werden würde, mir plötzlich die Hand auf die Schulter legen würde, sich in eine Stimme verwandeln und mit dem Echo all dieser Bücher spotten würde, vielleicht mit der Stimme des Gutsherrn, obwohl die Gutsbesitzerin erzählte, er habe eine sanfte Stimme besessen.

Diese Angst konnte ich nicht mehr loswerden, obwohl mich die Gewöhnung hätte davon befreien müssen, hingegen verblaßte mit der Zeit jenes Unerklärliche, Geheimnisvolle der Ordnung, und es blieb allein die gewöhnliche Ordnung der Bücher auf den Regalen zurück, um die ich übrigens selbst während meines Aufenthalts dort besorgt war: Ich legte die Bücher an ihren

Platz, und wenn ich wegging, versäumte ich nicht nach-
zuprüfen, ob ich nicht irgendwelche Spuren hinterlassen
hatte.

Sogar dann, als ich mir diese Bücher holen ging,
wie das Gut aufgeteilt wurde, erfaßte mich eine solche
Angst, daß ich auf der Schwelle den Hut abnahm und
nicht wußte, was ich mit mir anstellen sollte, obwohl es
von der Decke auf mich herabtropfte und der Kopf im
Wind fror, der durch das eingeschlagene Fenster hereindrang. Ich fühlte mich wie ein Hühnerdieb im Stall, der
auf frischer Tat ertappt worden ist, schämte mich meines Sackes, den ich für die Bücher mithatte. Denn ich
konnte mich des Eindrucks nicht erwehren, daß jemand
hier, in diesem verlassenen, ruinierten Zimmer anwe-
send war, am sichersten wohl der Gutsherr, irgendwo im
Rehstuhl versteckt, und auf mich in dem Vorgefühl wartete, daß ich mit einem Sack unterm Arm erscheinen
werde. So drängten sich mir die Worte der Entschuldi-
gung auf die Lippen: »Draußen ist scheußliches Wetter,
es regnet, und im Dorf geht man bei Regen mit einem
Sack auf dem Kopf, das wissen Sie ja, Herr Gutsbesitzer. Ich bin nur so vorbeigekommen, um Sie in dieser
schweren Zeit zu besuchen.«

Lange Zeit trug ich in mir das stille Verlangen, das
mich an dem Tag befiel, als ich mich zum erstenmal inmitten dieser Bücher befand, so vieler Bücher, daß die
Angst mich packte, Angst, vermischt mit Rührung, so
daß ich hingekniet wäre und zu diesen Büchern gebetet hätte, die mich plötzlich gewissermaßen umringten

und mir den Himmel und die Erde verhüllten, ich hätte ihnen selbst meine Sünden bekannt, so zerknirscht fühlte ich mich, auch die kindlichen, die in der Erinnerung verloren waren: wann und wo ich Äpfel stehlen gegangen war, daß ich Vögel gequält und nicht genug Fleiß beim Lernen aufgebracht hatte; und auch die erwachsenen, egoistischen, einschließlich der Sünde der Demut, mir fiel sogar ein, daß ich das Vaterunser nicht ganz auswendig konnte, nur ein paar Wörter – damals also trug ich das gar schmerzliche Verlangen in mir, daß ich sie alle lesen müsse.

Ich wußte nicht, wie kindlich mein Verlangen war. Selbst jetzt vermag ich mir nicht zu erklären, wie mir etwas Derartiges in den Sinn kommen konnte.

Nein, ich liebte die Bücher wirklich, doch ich las selten, nur, wenn etwas mein Interesse geweckt hatte, und lediglich im Winter las ich oft meinem Vater und meiner Mutter laut vor, um die langen Abende auszufüllen. Aber so sehr lockte mich wiederum das Wissen nicht, und das, was ich in der Schule gelernt hatte, war mehr als genug, um andere zu lehren, und schließlich hatte ich auch nicht so viel Zeit. So kam zum Beispiel jemand mit einem Brief, den ich für ihn durchlesen sollte, dann wieder mußte ich Gesuche abfassen, eine Klage, einen Lebenslauf; was habe ich nicht für Briefe geschrieben, für Gesuche, Klagen, Lebensläufe und Letzte Willen, ich glaubte nicht, daß das alles in mehreren Büchern Platz gefunden hätte; man mußte also das Leben besser kennen als die Bücher. Da kam so mancher, wußte kein

Wort zu sagen, zuckte nur mit den Schultern, nickte zustimmend, wollte aber einen langen Brief haben, eine Klage an den Herrgott und einen Lebenslauf wie im Buch.

Ich plagte mich meist gehörig ab mit dem Schreiben, strich das Geschriebene wieder durch und schrieb es erneut auf, kehrte zum Anfang zurück, denn ich wollte, daß alles nicht nur wahr sei, sondern auch zu Herzen ging. Ich wußte, welche Freude das den Leuten bereitete, weil so mancher seinem wenig beneidenswerten Leben vergab, wenn er hörte, wie es sich geschrieben ausnahm, mancher erkannte sich selbst nicht wieder, war aber auch vor Stolz gebläht.

So scheute ich weder Zeit noch Mühe, weil es mir ebenfalls Vergnügen bereitete, wenn mir aus jemandes Leben etwas mehr herauszuholen gelang als nur, daß ein Schwein krepiert sei, daß Hagel das Getreide niedergeschlagen habe, daß ein Kind geboren worden sei. Aber es kam auch vor, daß ich leer und unfruchtbar an einem hartnäckigen Satz brütete, den man weder vorantreiben noch loswerden konnte, ich fluchte und bat um Gnade, so daß ich manchmal sogar Mitleid mit meiner eigenen Ohnmacht empfand, ich verbarg mich darin, den Träumen nachgebend, um auf diese Weise den Worten auszuweichen, denn die Worte stehen den Gedanken am meisten im Wege, und sicherlich ist es leichter zu leben, als dieses Leben aufzuschreiben.

Vielleicht hätte es einem anderen keine Mühe bereitet, ich jedoch mußte die Worte suchen, wie wenn ich

Mohnkörner aus Erbsen hätte herauslesen sollen, denn um die Wahrheit zu sagen, ich war nie ein feiner Stilist und geriet ziemlich oft in Fallen, deren es in unserer schönen Sprache so viele gibt. Aber meine Mühe war jedenfalls nicht vergebens, die Leute waren mir dankbar dafür, und ich genoß dadurch Ansehen, manche priesen mich sogar über Gebühr und sagten, ich wäre ein Gelehrter. Jetzt wird übrigens das Schreiben nicht mehr so geschätzt, jetzt kann das schon fast jeder, abgesehen vielleicht von denen, die im Aussterben begriffen sind, doch was ist dieses heutige Schreiben schon, man erkennt sich darin nicht einmal wieder. Am meisten belohnt fühlte ich mich jedoch, wenn ich in einem Brief, den ich vorlas, auf den einen Satz stieß, der mir gewidmet war: »Und sag auch dem Herrn Lehrer Dank für den Brief von Dir, den er mit so viel Herz geschrieben hat.«

Die Gutsbesitzerin wußte nicht einmal, daß ich so viele Bücher auf einmal mitnahm, denn die zwei, drei, die ich stets in der Hand hielt, waren für ihre Augen bestimmt und um den Anstand zu wahren, die übrigen hatte ich unter der Jacke versteckt, unters Hemd, unter den Gürtel geschoben. Gewöhnlich ging ich erst hinaus, wenn ich mich vergewissert hatte, daß sie nicht in der Nähe war. Aber auch so war ich ewig unzufrieden, daß ich zuwenig mitgenommen hatte, und jedesmal zerbrach ich mir den Kopf, wo ich noch eins verstecken könnte, obwohl ich es auch so nie schaffte, alle durchzulesen. Aber schon dieses Heraustragen bereitete mir Freude, es regte mich an, ließ einer seltsamen Mißgunst freien Lauf und begünstigte das Träumen.

Denn das Leben selbst ermüdete, quälte mich, zerstörte vollends jedwede Zufriedenheit, führte meine überheblichen Gedanken zur Vernunft. Aber ich las, ich las sogar in der Schule, während des Unterrichts, gab den Kindern gewöhnlich etwas auf, was sie eine ganze Stunde lang beschäftigte und still hielt, während ich mich in ein Buch vertiefte, und nie vermochte auch das laute Schreien der Kinder mich zu stören. Und zu Hause zögerte ich abends oft das Schlafengehen hinaus, bis mein Vater und meine Mutter gegangen waren und in der Stube das erste kräftige Schnarchen meines Vaters ertönte, das mir die Gewißheit gab, daß er vor dem Morgengrauen nicht aufwachen würde, und die Mutter das Deckbett im Halbschlaf zu klopfen aufhörte und mit dem letzten Seufzer, es sei schade um das Petroleum, den Tag beendete. Dann legte ich ein Buch in die Wärme der Lampe, die nicht größer war als ein Fladen, und las bis tief in die Nacht hinein, obwohl ich meist wenig von dem verstand, was ich las, und mich mit den verwickelten Sätzen und Gedanken herumquälte, indem ich mich durch sie wie durch ein Dickicht kämpfte, wie durch eine Finsternis, die man schneiden konnte, und Bitternisse und Demütigungen erlitt, so daß ich mich manchmal so elend, so erschöpft und gerädert fühlte, daß ich selbst nicht wußte, wann ich einschlief, da ich noch mit einem Gedanken rang und die im Wachen nicht vollendete Marter und den Zweifel mit in den Schlaf hinübernahm und sie dort im Traum, der manchmal heller war als der Tag, mit noch größerer Grausamkeit und Verachtung für mich selbst träumte, um plötzlich vom lauten Schrei der Hähne aufzuwachen, die meine einzigen Engel inmitten der Nacht waren. Ich pflegte mit der eigenartigen Angst zu erwachen, daß ich allein auf der Welt sei, allein in der Stube, denn es bereitete mir Mühe, die Schlafenden zu den Lebenden zu zählen, und ich mußte mich an jemanden erinnern, damit mich diese Angst aus ihren Händen ließ. Aber gewöhnlich trat mein Vater in diese Erinnerung, kam wie ein Lebender, machte sich darin breit, nahm seinen Platz ein, und das war nicht der gottesfürchtig neben meiner Mutter schlafende Vater, sondern jener Vater aus meiner Sehnsucht nach ihm.

Wir fuhren aus der Stadt hinaus, mag sein, daß wir von der Schule kamen, denn wir fuhren im Wagen, und uns zog ein Gutspferd, und mein Vater scheute sich ebenso, es mit der Peitsche zu schlagen, und wir saßen beschämt da, weil wir ihm erlaubten, daß es uns zog, vor allem mein Vater, er saß geduckt, wie wenn man Schmerzen in sich fühlt, er hielt die Peitsche und die Zügel, die bis zur Weißglut glühten von der öligen und stinkenden Hitze, die uns sengte, daß die Tropfen von unseren Stirnen troffen wie der Tau von den Bäumen; auch das Pferd war von dieser Hitze wie gesalbt, so daß man es gar nicht anschauen konnte, weil es so sehr glänzte. Also war es bestimmt jene Fahrt, damals, von der Schule in der Stadt.

Ich war übrigens viel jünger, ich schämte mich sogar meiner Jugend, obwohl dies nicht die Scham eines jungen Menschen war, der leidet, weil er noch nicht erwachsen ist, sondern die Scham eines Greises, für den es sich nicht mehr schickt, daß er jemals im Leben jung gewesen ist, der mit der Erinnerung an seine Jugend weniger der Wahrheit ein Zeugnis ausstellt als vielmehr seiner eigenen Hinfälligkeit, denn seine Jugend hat nur noch das Recht, sein Geheimnis zu sein.

Den ganzen Weg über sprachen wir kein Wort miteinander, das heißt, er sagte nichts, ich hingegen scheute mich, sein Schweigen zu brechen, ich gab auf mich acht, daß mir nicht zufällig ein Wort herausrutschte, das sein umwölktes Starren gestört hätte.

Und dann kamen wir in den Wald, und mein Vater fragte: »Schläfst du?«

»Nein«, entgegnete ich unvermittelt, denn ich glaubte einen Vorwurf in seiner unerwarteten, wenngleich sanften Frage zu spüren.

»Du sagst ja nichts.«

Und nach einer Weile: »Jetzt bist du also ein Studierter.«

»Ach was, Studierter«, erwiderte ich entrüstet.

»Ein Studierter«, sagte er unnachgiebig, »und du brauchst dich dessen nicht zu schämen.«

Und wieder versank er in seine düstere Nachdenklichkeit, aber nicht für lange, denn ich vernahm wieder seine leise, unsichere Stimme: »So kannst du jetzt schon alles?«

Ich erblickte vor mir sein freundliches Gesicht, das erwartungsvoll vorgeneigt war und gar nicht dem mir nahen, strengen Gesicht meines Vaters ähnelte. In dieser Sanftheit traten fast kindliche Züge zutage, die sich in den Furchen und in den geheimsten Falten seiner Haut erhalten hatten. In diesem Gesicht war ebensoviel Ungläubigkeit wie Hoffnung, gewissermaßen eine kluge Nachsicht, die bezeugte, daß er gar nicht das erwarte, wonach er frage, sondern daß er nur so frage, vielleicht um mich zu ermuntern oder auch, damit uns der Weg kürzer würde, aber es lag darin zugleich auch ein naives Vertrauen, das erhofft, wonach es fragt.

Mir schien, als wolle er von mir nicht die Wahrheit, sondern eine Lästerung hören, denn er kannte die Wahrheit wie die eigene Tasche, Wahrheit hatte er zur Genüge; und auch keine Aufrichtigkeit, was sollte er schon mit meiner Aufrichtigkeit, wenn er sich gegen seine eigene wehrte; und auch keinen Zweifel, denn er konnte ja den eigenen nicht loswerden. Er wollte eben diese die Hoffnung beruhigende Lästerung.

Ich fürchtete mich, und ich fürchtete weniger sein strenges Gesicht als vielmehr diese erwartungsvolle Sanftmut. Ich war mir darüber im klaren, daß ich mich wehren mußte, solange wir beide noch zögerten, solange mir noch etwas an freiem Willen geblieben war, solange ich nicht mit ihm fühlte, aber wie das in der Erinnerung zu sein pflegt, ich begriff plötzlich, daß ich ihm kein Unrecht antun durfte, er wäre sonst wie ein trokkener Stengel zerbrochen, denn allein durch seine Frage hatte er verraten, wie zerbrechlich er war.

Ich sagte also: »Ja, ich kann alles.«

Er freute sich nicht darüber, ich möchte sogar behaupten, daß ihn jetzt erst Unruhe erfaßte; vielleicht hatte ihn meine Selbstsicherheit so aus der Fassung gebracht, die mich ja selbst erschreckt hatte, mir weh tat, so daß ich jedesmal, wenn ich mich dessen erinnere, mich schäme, aber ich beneide mich auch um sie, also erschrak er vielleicht über diese lästerliche Zuversicht, die er ja haben wollte, die er aber nicht so mühelos erwartet hatte, sondern erst nach einem Feilschen, Überzeugung gegen Überzeugung, Trost für Trost, wonach ihm ein kümmerlicher Rest Unsicherheit zurückbleiben könnte, ein Krümel, aber immerhin etwas, das seine ewige Besorgtheit zuließ, also ihn seiner Teilnahme nicht beraubte.

Eine Zeitlang sagte er kein Wort, schlug sich offenbar mit dem Gedanken herum, ob er mir glauben solle oder nicht, denn den Zweifel in ihm hatte ich nicht beseitigt. Und plötzlich hörte ich die gleiche schüchterne, unsichere Stimme: »Und du kannst jede Weisheit verstehen?«

»Ich denke schon«, erwiderte ich mit einiger Anstrengung, da ich fühlte, daß er jetzt Versicherungen von mir hören wollte, ganz gleich, wahre oder unwahre, auf jeden Fall Versicherungen, Versprechungen, die den Unglauben in ihm restlos zerstreuen würden.

Er sah mich nicht an, er hatte noch nicht den Mut, mich anzuschauen, noch zögerte er, und er näherte sich mir nur in Worten: »Und du kannst alles schreiben? Und lesen?«

»Kann ich«, sagte ich, mit Mühe Ruhe bewahrend, denn in Wirklichkeit hatte ich Lust zu spotten, ihn und mich zu verhöhnen, damit er sich betrogen fühlte, damit er begriff, daß ich ihn belog, daß er diese verräterische Fangfrage sich selbst gestellt hatte, und zugleich verspürte ich Lust zu weinen.

»Und jedes Buch, ganz gleich, was für eins?«

»Jedes.«

Er wurde nachdenklich, sank in sich zusammen, vergaß das Pferd. Aber nach einer Weile reckte er sich und sagte: »Und der Schmied brüstet sich, er hätte ein Buch, das noch niemand gelesen hat, obwohl es schon manch ein Kluger versuchte, und daß du es auch nicht schaffst.«

Er tat mir plötzlich leid.

»Ich schaffe es«, sagte ich. »Ich schaffe es schon. Sei unbesorgt.«

Er nickte, oder vielleicht nickte sein Kopf von selbst bei einem Schlagloch, und er sagte: »Der Schmied ist ein schlechter Mensch, Sohn.«

Ich weiß nicht, wann wir den Wald hinter uns gelassen hatten, jedenfalls fuhren wir schon lange über offenes Feld, und als ich überlegte, wie wir durch den Wald gefahren sein konnten, ohne ihn zu sehen, meldete er sich wieder mit dieser vom Zweifel trächtigen Stimme: »Die Leute erzählen, auf dem Gutshof gäbe es so viele Bücher wie Steine im Fluß oder noch mehr. Es hat sie niemand gesehen, aber es wird erzählt. Ich habe die Gutsbesitzerin gefragt, ob das so ist, sie sagte ja, und ich habe sie gefragt, ob sie dir erlaubt, sie zu lesen, wenn du erwachsen sein wirst. Sie sagte: ›Soll er erst größer werden.‹ Sie sagte, daß niemand mit diesen Büchern fertig geworden ist, nicht einmal der Gutsherr. Das sei nicht für ein Leben. Aber ich habe gesagt, daß du damit fertig wirst.«

»Bestimmt«, erwiderte ich, ohne meinen Spott zu verbergen. Aber in dem gleichen Augenblick spürte ich eine seltsame Zärtlichkeit, und ich wollte ihm das sogar irgendwie beweisen, aber er sagte, diesmal wie zu sich selbst oder nur so, in den Wind: »Gott soll ja alles vermögen, aber der Mensch ist ein Nichts, er fürchtet seine eigene Angst. Der Pfarrer spricht so, und so gilt das.«

»Glaub nicht dem Pfarrer«, sagte ich, während ich das Weinen unterdrückte. »Glaub nie dem Pfarrer. Er lebt ja von Gott.«

Er sah mich argwöhnisch an, aber billigte meine Gewißheit, mit der ich dies gesagt hatte.

»Das habe ich mir schon gedacht, mein Sohn. Das habe ich mir schon gedacht.«

Manchmal fühlte ich mich so gemartert, daß ich meine Gedanken gern an irgendwelche unwichtige Dinge hängte, um wenigstens für einen Augenblick meine Ratlosigkeit zu vergessen, oder ich geriet in Rührung über mich, ich litt, und ich fühlte mich ganz wohl in diesem Leiden, wie im Nichtbegreifen, in der Unmöglichkeit, von der ich geträumt hatte, deshalb reizte ich sie in mir, dehnte sie in die Länge, obwohl die Nacht immer später wurde, bis ich schließlich fast die Gewißheit hatte, daß ich der Unglücklichste von allen sei, und ich fand fast Trost darin, vielleicht sogar mehr, vielleicht schöpfte ich daraus die Kraft, um ungeachtet der eigenen Schwäche weiter vorzudringen, durch die unbegreiflichen Gedanken, durch diese Bücher, von denen ich auf keins verzichten wollte, die ich nahm, wie sie kamen, der Reihe nach, beginnend von der Wand an der Tür, weil sie kleiner war als die anderen und darum auch zugänglicher, vielleicht auch mir freundlicher gesinnt, durch diese riesige Bibliothek, durch diese Kirche an Büchern, den Tempel des Herrn, der errichtet worden war, nicht um es dem Menschen leichter zu machen, sondern um ihn zu blenden, ihn zu demütigen, ihn mit seiner eigenen Nichtigkeit zu prüfen, mit dieser schmerzhaftesten aller Prüfungen, denn was war da nicht alles, wohl die ganze Weisheit der Welt.

Ich wurde nie das Gefühl los, daß diese Weisheit gegen mich sei, genauso wie die Mißernte, die Pest, das Feuer, das Hochwasser gegen den Menschen sind. Deshalb konnte ich mich nicht dazu aufschwingen, sie zu verehren, konnte mir keine Wertschätzung, keine Liebe erlauben, mit der der Mensch gewöhnlich die Weisheit umgibt, denn was ist er im Vergleich zu ihr? Aber was ist die Weisheit ohne die Demut des Menschen? Was ist ein Herr ohne die Liebe seines Sklaven? Und was ist die Erde, wenn die Untertanen sie nicht mehr lieben müssen? Also konnte ich mir nur Haß leisten. Vielleicht war es sogar Hochmut, der mich so bewegte, oder vielleicht jenes erniedrigende Gefühl der Begrenztheit, das jeder in sich zu überwinden oder zumindest zu überlisten trachtet, denn Verständnis, Nachsicht, die als die Tugend der Tugenden gefeiert werden, sind nur ein Bekenntnis der Schwäche. Es ist übrigens schwer, das Leben mit Nachsicht zu beginnen. Vielleicht zwang mich also das Gefühl der Bedrohung durch diese Weisheit dazu, mich mit allen meinen Kräften, also auch mit Haß, zu wehren.

Und ich wünschte diesen Büchern nichts Gutes, keiner ahnt, wie böse ich ihnen war. Dieser Ernst, diese ihre fühllose Würde erweckten in mir Empfindungen, zu denen ich mich sogar zu bekennen schäme, sie boten mir die grausamste Genugtuung an, die ich vergebens im Schlaf gesucht hätte, also ist es besser, davon zu schweigen.

Vielleicht sollte ich mich nicht so offen zum Haß bekennen, er ist ja ein unwürdiges Gefühl. Aber wenn man wenigstens hassen kann, fühlt man sich nicht so ratlos. Der Haß verlieh mir Flügel, reinigte mich von der Erbsünde der Demut, die mein einziges Erbe, die erste Prise Salz auf der Zunge war. Ich fühlte mich nahezu erhaben, allmächtig, voller Hoffnung. Und sogar die lästige Angst, die mich bei dem bloßen Gedanken an die Bücher erfaßte, die dort darauf warteten, daß ich wieder auftauchen würde, um mich in meiner Hilflosigkeit zu quälen, sich über mein Interesse lustig zu machen, sich auf meine Kosten zu vergnügen, denn die Bücher sind gar nicht so unschuldig, welche Weisheit ist schon unschuldig, und ich kam ihnen zupaß wie ein Tölpel den Kindern, die spielen, also empfand ich nicht einmal diese Angst so sehr, wenn ich sie haßte.

Manchmal überkam mich jedoch so etwas wie Besinnung, vielleicht Entmutigung, eine Art schmerzliche Scham, und dann beschloß ich, die Bücher zurückzubringen, die ich bei mir hatte, und nie wieder dort hinzugehen.

4

Wenn ich noch etwas im Leben bleiben möchte, dann nur Sohn. Wenn man Sohn ist, fühlt man sich, selbst wenn man schon sein anderes Ufer sieht, als lebte man stets in der Kindheit, und die Zeit vergeht einem nicht so schnell, auch braucht man die Welt oder sich selber nicht zu fürchten, obwohl es vorkommt, daß man sich daran gewöhnt, das Leben sei dasselbe wie die Kindheit, wenn aber das Leben, so auch die Ewigkeit. Und wenn man endlich diese Kindheit verlassen muß, verliert man plötzlich den Boden unter den Füßen, als würde man mit Gewalt seines rechtmäßigen Eigentums enterbt. Der Mensch kann es nicht begreifen, daß das nur die Zeit ist, doch er macht seine Rechte geltend, sei es durch die Erinnerung, durch Vermutungen, wenn die Erinnerung bereits hilflos ist, durch Sehnsucht, und es kommt auch vor, daß er kindisch wird.

Gibt es jedoch eine glücklichere Illusion als die Kindheit? Dort macht man den Keuchhusten durch und trägt einen größeren Sieg davon, als wenn man mit dem ganzen Leben fertig geworden wäre. Dort steht einem noch jede Möglichkeit offen, und um was sonst könnte man sich an seinem Lebensabend beneiden, wenn man weiß, daß dies die einzige mögliche Erfüllung ist, solange einem noch jede Möglichkeit offensteht. Denn da ist selbst die Schwäche eines Menschen noch würdevoll. Dort genügt ihm von allen Glauben der einzige, einfache, aber wie weise, daß alles in den Händen des Vaters liegt, weil der Vater, der gewöhnlichste aller Väter, alles vermag, er kann etwas bewirken und kann trösten, so daß man sich wundert, wozu einem noch Gott aufgezwungen wird.

Ich weiß, daß das schon hinter mir liegt, aber wenn ich könnte, und sei es nur für einen Tag, für einen Augenblick, dann würde ich zu meinem alten Glauben zurückkehren, nicht so sehr, um mein Leben zu verbessern, denn schickt es sich in meinem Alter noch, mich um dieses klägliche Stückchen zu sorgen, das mir verblieben ist? Nein, es geht mir um meinen Vater. Er hat sich diesen meinen Glauben wie die Erinnerung, wie die ewige Ruhe verdient, wenigstens diesen meinen Glauben, diese Errettung in meinem Glauben, diese einzige dauerhaftere Spur.

Hinge also der Glaube nur vom Willen ab, von der Sehnsucht nach ihm, dann würde ich zu ihm zurückkehren wie zu meiner Kindheit, damit ich ruhig und sicher in diesem Glauben weiter an ihn als den einzigen glauben könnte, durch diesen Glauben getrennt von meinen Sorgen, von meinen Ängsten, von der Demütigung, von der ganzen Welt und vielleicht auch vom Tode, der zwar Leben von Leben zu trennen vermag, aber gegen den Glauben auch kein Mittel kennt.

Um wieviel leichter fiele es mir, mich diesem Glauben auszusetzen als den verschiedenen Zweifeln, die wie Schreckbilder aus allen Winkeln, aus der Erinnerung, aus der Phantasie hervorkriechen und mich quälen und quälen. Bedeutet es nicht eine Rettung, wenn man das Verlangen für die Wahrheit, die Hoffnung für die Erfüllung hält? Ich würde sogar glauben, daß ich ausschließlich durch seinen Willen gesund geworden bin, als ich Keuchhusten bekam, denn von diesem Willen besaß mein Vater nicht nur gegen eine einzige Krankheit genug, die obendrein eine Kinderkrankheit war, nicht nur gegen ein so gewöhnliches Unglück, sondern gegen sämtliche Katastrophen, Hagel, Hochwasser, Feuer und gegen die Unaufrichtigkeit. Denn wie sonst könnte man bewirken, daß sogar die Illusion im Menschen nicht verdirbt, um so mehr, als diese Illusion die einzige Möglichkeit, die einzige Freiheit und einzige Rettung ist.

Und mir gab fast niemand mehr eine Chance. Selbst mit Ratschlägen rückte kaum noch jemand heraus, denn für Ratschläge war es schon zu spät, aber hinzuknien und für das Heil der Seele zu beten schickte sich noch nicht. Jeder, der aus Freundlichkeit zu uns kam, warf nur einen Blick auf mich und verdrückte sich möglichst rasch und unbemerkt, da er zur Unzeit gekommen war. Die Menschen lieben nur die Zeit, wenn ihre Worte noch etwas bedeuten oder wenn schon alles vorüber ist und allein ihre Anwesenheit genügt, während sie die Zeit der Krise den Nächsten überlassen.

Ich hustete stark, der Husten fiel gleichsam eine Leiter hinunter, irgendwo in die Stille hinab, so daß es in der Stube totenstill wurde, leiser als wenn Kummer den Menschen zusammenschmiedet, so still, daß man nicht wußte, ob das noch der Husten oder schon der Tod war, und dieser Husten währte manchmal eine ganze Ewigkeit.

Die Mutter hatte schon den Glauben an jede Rettung, nicht nur an die irdische, verloren und machte sich bloß Sorgen, wie ich noch getauft werden könnte. Man braucht sich kaum über sie zu wundern. Wenn der Mensch überhaupt keine Hoffnung mehr hat, sucht er wenigstens Erleichterung darin, daß er sich in sein Schicksal fügt, und findet in der Beruhigung des Gewissens den einzigen Trost.

Aber mein Vater ließ nicht einmal den Gedanken an Taufe aufkommen. Er saß betrübt neben mir, verbissen gegen diesen Tod, unversöhnlich. Auch er war sich darüber im klaren, daß es höchste Zeit sei, glaubte aber ebensowenig an eine Rettung. Er fühlte, daß er eine große Schuld auf sich lud, aber er wollte lieber schuldig als ausgesöhnt sein, mit der Schuld fühlte er sich diesem lauernden Tod nicht so fern, das Gefühl der Schuld erlaubte ihm, zwischen mir und dem Tod zu sitzen, der, falls er siegen würde, auch ihn besiegt hätte. Er wußte, er könnte diese Schuld leicht loswerden, könnte sogar bei den Menschen Mitgefühl erringen, während er sich so nur der Anklage und dem Vorwurf der Leute aussetzte, denn sie würden eher den Tod vergessen als das, daß er sein Kind nicht zu taufen erlaubt hätte.

Aber er hätte durch die Taufe sogar die quälende Ungewißheit verloren, dieses Warten auf Gott weiß was, vielleicht sogar auf den Kummer. Denn die Seele wird gleich vom Ernst erfaßt, der Schmerz verharscht, und ihm bleibt nur die Würde. Jeder weiß doch, daß es nach der Taufe ebenso wie nach der Letzten Ölung noch schwerer ist, ins Leben zurückzutreten, und eigentlich schickte es sich auch nicht mehr, nur dem Tod wird ein freier Weg gebahnt, denn selbst die Weigerung, sich ihm zu fügen, stört ihn nicht mehr. So wollte er lieber sein Gewissen verlieren.

Er glaubte nicht mehr an eine Rettung, aber er hoffte, daß jemand noch einen Rat geben würde, ganz gleich, welchen, nur einen Rat, selbst wenn er keine Rettung verhieße, nur um daran glauben zu können, denn er vermochte weniger das drohende Unglück als vielmehr die eigene Ratlosigkeit nicht zu ertragen. Die Vernunft hätte er aufgegeben, den Verstand sogar verloren für den gemeinsten Glauben, wenn dieser ihm nur half, wenigstens für kurze Zeit die Hoffnung wiederzuerlangen, mochte er noch so falsch sein.

Vielleicht spürte er damals zum erstenmal, wie schwach er war, schwächer als jedes tote Ding, um so schwächer, als er dies wußte und dieses Wissen sogar in diesem Augenblick nicht loswerden konnte. Aber was bleibt einem Schwachen, wenn nicht der Glaube, obschon er größere Prozente nimmt als der Wucherer, und es kommt auch vor, daß man betteln gehen muß, denn ein Schwacher kann sich keinen Verstand leisten, für den Schwachen ist der Verstand eine weitere Strafe Gottes.

Jemand riet, man wußte nicht einmal, wer, denn sooft das zu Hause erwähnt wurde, konnte sich meine Mutter mit meinem Vater nicht darüber einigen, wer es gewesen war, daß meine Mutter mich auf die Arme nehmen, mich nicht aus den Händen geben und mit mir über neun Brücken gehen sollte.

Mir selbst erscheint das heute unsinnig, aber vielleicht ging man früher nicht so sparsam mit dem eigenen Glauben um. Es hatten sich sogar einige Leute erboten, mit meinem Vater und meiner Mutter mitzugehen, dabei hatte niemand überlegt, wie lang solch ein Weg sein, wohin er führen kann und wo man gar neun Brücken suchen sollte. Erst am nächsten Tag, am frühen Morgen, als sie sich außerhalb des Dorfes befanden und den weiten Raum offen vor sich erblickten, durch den ein einziger Feldweg führte, der sich jedoch auch irgendwo in der Ferne, in dem unermeßlichen Raum verlor, und dann noch den Fluß, da befielen sie die ersten Zweifel, das erste Bedauern, die ersten heimlichen Verlockungen, denn sie hatten sich noch nicht so weit vom Dorf entfernt, um es schon vergessen zu haben, und andererseits auch nicht so weit, um den Mut ganz verloren zu haben.

Jemandem kam es in den Sinn, daß sie vielleicht nicht alle neun Brücken finden würden, die nötig waren, denn wo sollten sie sie suchen, wo, höchstens in der Nähe der Mühlen, aber wo konnte es so viele Mühlen geben, oder vielleicht da, wo eine Kirche am Fluß stand oder wo sich ein Gutshof befand, denn ein Gutshof bedeutet auch eine Brücke, aber ein Gut nehme die halbe Welt ein. Und nach dem einen quälten sich auch die anderen ab, indem sie aus ihrem Gedächtnis hervorkramten, wo Brücken standen, über die jeder von ihnen in seinem Leben einmal gegangen war, auf der Brautschau oder um ein Pferd zu holen, um Arbeit zu leisten, zum Ablaßfest, zu Belustigungen in jungen Jahren, aber es kamen nicht viel in der Erinnerung zusammen, drei, vier Brücken, die im Dorf nicht mitgerechnet, jene erste, die sie hinter sich gelassen hatten und über die sie gegangen waren, ohne daß es einer bemerkt hatte.

Die Gegend war übrigens trocken, und nur ein einziger Fluß durchfloß sie, es wußte sogar niemand, woher er kam. Übrigens strömte dieser Fluß nicht immer. Es wurde sogar erzählt, daß er nicht aus einer Quelle seinen Anfang nahm wie ein richtiger Fluß, sondern vom Regen, von der Schneeschmelze, von der Not der Menschen, denn er wurde nur dann ein Fluß, wenn der Schnee abfloß, oder nach starkem Regen. Und niemand, der ihn dann sah, wagte es, ihm den Namen »Fluß« abzusprechen. Denn sonst war es meist nur ein Bach, ein Fließ, reichte nicht bis an die eigenen Ufer heran, vermochte die eigenen Steine nicht zu verdecken. Die Leute überquerten ihn, wie sie wollten, sogar über die Steine hinweg, trockenen Fußes, oder er war eben schon so falsch.

Wer würde also über einen solchen Fluß Brücken

bauen? Erstens waren sie nicht notwendig, und dann trug er sie ja selbst wieder ab, doch immerhin sagte man »Fluß«, für den Fall, daß er wieder ein Fluß werden würde, voll Wasser und voll menschlicher Habe.

Heute würde niemand etwas Derartiges glauben, denn es gibt auch viel mehr Brücken, doch damals vermochten sie alle miteinander nicht mehr aufzuzählen als die drei, vier, und sie konnten sich auch nichts ausdenken, um die plötzlich verblaßte Hoffnung zu stützen, und sie machten sich schon Sorgen, ob nicht das Frühlingswasser die wenigen mitgerissen habe, die sie in Erinnerung hatten.

Der Nachbar, dem meine Mutter den ganzen Winter hindurch Milch für die Suppe gegeben hatte, weil ihm die Kuh erkrankt war, wollte plötzlich seinen Opfergang verleugnen. Er sagte: »Ein Stückchen werde ich euch begleiten, ich wollte sowieso nicht weiter als bis zur Biegung. Meine Schweine sind krank. Aber selbst ein Stückchen ist schon gut. Im Unglück ist auch ein Stückchen gut genug.«

Ein anderer riet aus Vorsicht oder aus Angst, wir sollten uns an den Fluß halten, der würde uns dann schon von selbst hinführen. Statt uns an Brücken zu erinnern oder uns welche auszudenken, sollten wir einfach gehen, bis sie sich von selbst einfänden.

»Und was wird sein, wenn der Fluß zu Ende ist? Was dann?«

So machten sie sich schließlich gegenseitig scheu wie die Tauben. Aber keiner kehrte um, vielleicht hatte auch keiner daran gedacht, doch sie wollten eben frei und gerechtfertigt gehen, nicht so gefesselt an diese Hoffnung, weder mit Angst, Ungewißheit noch mit Kummer belastet, höchstens mit Mitgefühl, denn es geht sich dann leichter, und man vermag auch leichter einen Rat zu geben oder sich einer Sache zu widersetzen.

Es herrschte Hitze an diesem Tag wie in einem Backofen. In ein, zwei Tagen oder vielleicht schon nachts war mit einem Gewitter zu rechnen. Der Tag hatte schon warm begonnen, so als habe die Sonne die ganze Nacht hindurch geschienen und die Nacht davor und in all den letzten Nächten, seit das sonnige Wetter begonnen hatte. Keinen Tropfen Tau hatte er an den Gräsern vorgefunden, kein Leben in den Blättern, keine morgendliche Kühle, kein Vogelgezwitscher um diese frühe Zeit, mit dem doch der Tag gewöhnlich ebenso seinen Anfang nahm wie mit der Sonne.

Dieses Schweigen der Vögel ringsum war sogar schlimmer als die Hitze, es war nicht so gewöhnlich, eher unheilverkündend, so daß der eine und andere angstvoll zum Himmel nach einer Lerche aufschaute, obwohl eine Lerche mehr zum Menschenschicksal gehört als zu den Vögeln. Sie langweilt sich ebenso am Himmel wie der Mensch auf der Erde, und sie freut sich nicht wie ein Vogel, sondern erweckt Mitleid, weil sie kleiner ist als ihre Stimme, doch in einer solchen Stille war auch die Lerche ein Vogel. Jemand schwor sogar, oben die vertrauten Laute vernommen zu haben, aber die anderen begannen gleich sich selbst zum Trotz zu spotten, daß sie wohl von ihm selber kämen oder von einer Sense, die irgendwo im Getreide klirre, oder daß in der Höhe das Wetter so lache.

Man spürte nicht einmal, daß noch unlängst auf der Erde ein großer Schatten gelegen hatte, denn er hatte nicht die geringste Spur auf den Bäumen, im Getreide oder auf der Straße zurückgelassen. Der Boden zerfiel unter den Füßen wie Asche, die Erde mahlte sich zu Pulver, zu Staub, die Luft wurde immer stickiger. Jeder bemühte sich, auf den härteren Streifen zu gehen, und der Vater ging sogar am Straßenrand und blieb hinter den anderen etwas zurück. Nur die Mutter, die mich auf dem Arm hielt, ging in dem weichen, flaumigen Staub die Wagenspur entlang, um ihre bloßen Füße vor dem Anstoßen zu schützen, weil man ihr geraten hatte, keine Schuhe auf den weiten Weg zu nehmen, und sie waren ihr auch zu schade dafür, aber der erhitzte Staub brannte sie wie die Asche unter der Herdplatte, doch sie klagte mit keinem Wort und ließ es sich auch nicht anmerken, weil sie die anderen nicht mit ihren Leiden schrecken wollte.

Die Sonne war an diesem Tag verbissen wie nie. Sie folgte ihnen Schritt für Schritt, seit dem Morgengrauen, kam immer näher und war immer heißer, entfachte unterwegs den Himmel, das Getreide, den Fluß, schließlich auch ihre Leiber zur Glut, und sie jagte sie wie ein Hund die Diebe. Übrigens hatte sie einen ungleich ebeneren und geraderen Weg als sie auf der Erde, und sie konnten ihr nicht einmal ausweichen, denn sie gingen in derselben Richtung, und als sie schließlich mit ihnen irgendwo im Süden gleichzog, verloren sie sogar ihre Schatten. So lobte denn den ganzen Weg über keiner das schöne Wetter, obwohl es günstig war.

Es hatte auch niemand Lust zu sprechen.

Von Zeit zu Zeit versuchte es einer, in der Hoffnung, der Weg würde dadurch leichter, aber er wurde nur noch schwerer, die Worte dörrten nämlich aus, und zuhören wollte auch keiner. Jeder wollte lieber in Gedanken bedauern, daß er sich in einer so heißen Zeit geopfert habe, wo er ohne weiteres eine Ausrede wegen der Ernte gefunden hätte, denn das Getreide neigte sich schon der Sense entgegen, und die Ernte ist ja für jede Ausrede gut: wenn man kein Mitleid empfinden oder nicht mit dem Wagen kommen will, wenn Sonntag ist, wenn man sich vor dem guten Willen, ja sogar vor dem Tod drücken will. Die Ernte hat den Wesenszug, daß man mehr Rechtfertigungen davon hat als Brot. Für die Ernte soll selbst der Herrgott Verständnis gehabt haben, denn als einmal ein Mensch vor sein Angesicht kam und er ihn anherrschte, weil er nicht Buße getan hatte, hielt der Bauer ihm vor: »Lieber Herrgott, ich habe gerade Ernte.« Und da schämte der Herrgott sich.

Mancher bereute vielleicht unter dem Eindruck der Hitze, daß er bei solchem Wetter die Ernte im Stich gelassen habe. Um so mehr, als ringsum, so weit das Auge reichte, geerntet wurde, zwar noch nicht auf allen Feldern, erst hier und da, aber man spürte, daß sie in ein, zwei Tagen in Schwung kommen würden, und vielleicht machte nicht das Wetter die Hitze so drückend, sondern vielmehr die Ernte, der Neid um diese Ernte, die Erregung, in die das reife Getreide die Menschen gewöhnlich versetzt.

Die Leute auf den Feldern unterbrachen bei ihrem Anblick die Arbeit und schauten ihnen nach, wohin sie wohl in dieser Schar während der Erntezeit gehen mochten, ob sie pilgerten oder Buße taten, da sie die Erntearbeiten hingeworfen, ihre Häuser, ihre Gehöfte im Stich gelassen hatten, denn sie gingen ja nicht auf die Felder, denn sie hatten keine Sensen, keine Stricke, keine Wasserkannen, und es war nur eine Frau unter so vielen Männern, obendrein mit einem Bündel auf dem Arm. Und manche riefen sogar: »Leute, wohin geht ihr?«

»Ist hier irgendwo eine Brücke?« antworteten sie mit einer Frage. »Wir suchen Brücken!«

»Eine Brücke?«

»Ja, eine Brücke!«

Sie nahmen die Mützen und die Hüte ab, aber die Hitze ließ nicht nach. So suchte jeder Rettung, wo er konnte. Der eine sprach einen Vorbeikommenden an, rief den Leuten auf dem Feld ein »Grüß Gott« zu und blieb wenigstens ein Weilchen stehen, zerrieb eine Ähre in der Hand, lobte das Korn, das schön gewachsen sei. Ein anderer entfernte sich, um auszutreten, und wenn er wiederkam, konnte er die anderen lange nicht einholen, sondern schleppte sich hinterher und bat, sie möchten langsamer gehen.

Ging es bergauf, schleppten sie sich getrennt, in Abständen, wie Fremde. Wenn wenigstens einer gewußt hätte, wohin sie zogen, hätten sie sich nicht so leicht dieser Müdigkeit hingegeben und hätten ihre Opferbereitschaft nicht so bedauert und auch nicht die verlorene Zeit, auch nicht die zurückgelassene Erntearbeit, selbst die Füße hätten ihnen nicht so weh getan, aber keiner vermochte dem anderen Mut einzuflößen. So schritt ein jeder für sich, und sein Glaube an den Erfolg schrumpfte immer mehr. Nicht nur ihre Kräfte schwanden, sondern vor allem dieser Glaube, der noch kurz vorher jedem von ihnen sicher erschienen war. Etwas Sonne hatte genügt und dazu der lange Weg, daß der Glaube aus ihnen ausgeschwitzt, in ihnen zermürbt war und sie nur noch aus nachbarlichem oder familiärem Pflichtgefühl mitgingen.

»Früher hat das vielleicht geholfen«, wagte jemand zu sagen. »Aber früher hat ja schon die geringste Kleinigkeit den Menschen geholfen.«

Nur wenn sie eine Brücke überquerten, lebte der Glaube in ihnen wieder auf, schreckte sie, sie betraten sie voller Reue und Angst, still und fügsam, ohne ein Wort miteinander zu reden, dämpften die Schritte, als könnten ihre Zweifel, die sie zuvor gehabt hatten, sie verraten, bedauerten das Klagen, ihre Durchtriebenheit und manche sogar noch frühere Sünden, das Umpflügen des Feldrains oder daß sie in der Not nicht geholfen hatten, daß sie ihre Schwestern und Brüder enterbt hatten, daß sie Eier gestohlen hatten, um Tabak zu kaufen, daß sie Schulden nicht zurückgezahlt und einem zugelaufe-

nen Hund die Rippen eingeschlagen hatten, daß sie in
der Fastenzeit nicht gefastet und Fusel getrunken hatten, und so wollte niemand als erster gehen. Deshalb
schritt meine Mutter immer zuerst über die Brücke,
dann der Vater und nach ihm, wer sich dazu überwunden hatte. Zum Schluß gewöhnlich der Nachbar, der
von allen das längste Leben hinter sich hatte, deshalb
rieb er sich vor jeder Brücke die Waden.

Was waren das übrigens schon für Brücken. Kaum
eine verdiente diese Bezeichnung. Vor einer packte sie
sogar die Ungewißheit, ob es überhaupt eine Brücke sei,
denn wenn es sich erweisen sollte, daß es keine Brücke
war und sie hatten sie überschritten, dann würde ihnen
das vielleicht nicht angerechnet werden. Und aus der
Ungewißheit entstand gleich Streit, weil einer riet, es
solle zuerst einer probeweise hinübergehen, während
ein anderer immerfort behauptete, es sei seit Menschen-
gedenken immer eine Brücke gewesen, und wenn es früher eine war, warum dann nicht auch jetzt, aber wieder
ein anderer entgegnete, das Gedächtnis sei imstande,
aus einer Schüssel Wasser ein Meer zu machen, und der
Gevatter – denn so wurde er genannt: Gevatter – schloß
sich stets der Meinung dessen an, der gerade einen Rat
gegeben hatte, und sann wohl selbst über einiges nach,
doch schließlich setzte er sich ins Gras und sagte: »Ei-
nigt euch, und ich ziehe mir unterdessen die Schuhe
aus.«

Nur mein Vater blieb an dieser Ungewißheit der
Leute unbeteiligt. Als sie zu streiten begannen, ging er

ans Flußufer, sah sich die Weidenruten an, schnitt sich
eine ab und häutete sie, woran er bestimmt mehr Vergnügen fand, als wenn er sich mit den Leuten unterhal-
ten hätte, und er wartete geduldig, bis sie sich geeinigt
hatten.

Schließlich hatten sie diese Brücke doch als Brücke
anerkannt und sie überschritten. Aber sie hielten sie einander noch lange vor, vielleicht hätten sie sich sogar
noch gezankt, denn sie gingen ja schon von Anfang an
nicht in völliger Eintracht, hatten sich gegenseitig etwas
vorzuwerfen, rügten einander, kramten dies und jenes
aus der Erinnerung hervor. Mißgunst befiel sie, so daß
der eine gern gesehen hätte, wenn der andere von der
Hitze und von dem Weg besiegt stehengeblieben wäre,
obwohl sie andererseits auch darauf achtgaben, daß
selbst der alte Nachbar mitkam, auf den sie häufig warten mußten, seinetwegen mußten sie ja auch bei Anhö-
hen langsamer gehen und mußten sich seine Klagen
anhören. Aber sogar ihm hätten sie, obschon es ihnen
dadurch leichter geworden wäre, nicht verziehen, wenn
er schlappgemacht hätte und zurückgeblieben wäre.
Aber bei dieser Brücke hatten sie Widerwillen gegeneinander gefaßt, doch der Weg rückte plötzlich vom Fluß
ab, wo die Schatten der Weiden noch ein wenig kühlten,
und führte mitten durch die Felder, durch die Glut des
erhitzten Getreides, über den trockenen Boden unter
dem gnadenlosen Himmel. So verging ihnen bald die
Lust zu streiten, und sie schwiegen, aber das fiel ihnen
schwer wie noch nie. Obendrein war der Fluß die ganze

Zeit über in geringer Entfernung, als Verlockung, wie um sie zu demütigen, wie zum Hohn, während zur Linken nur der weiße Himmel strahlte.

An diesem Himmel gab nur noch eine Lerche Lebenszeichen. Keiner wußte, woher und wann sie gekommen war, offenbar hatte sie schon auf sie dort oben gewartet, denn andere Vögel waren nicht da, und übrigens hätte an einem solchen Himmel auch ein Engel um seine Federn gebangt, aber wahrscheinlich war sie wohl aus ihrer Erschöpfung aufgeflogen, aus dem Schweiß, der ihnen über die Gesichter floß, aus der Marter, denn wie immer kommt sie aus der Marter und erscheint deshalb am frühesten, vor den anderen Vögeln.

Sie hatte sich an diesen Weg geklammert und klagte, so daß niemand begreifen konnte, ob sie litt, ob sie Schlimmes weissagte, denn ihre sonderbare, durchdringende Stimme erinnerte keinen von ihnen an den bekannten Lerchengesang, eher wohl an die Qualen einer Griebe in der Bratpfanne, an jemandes gehörnte Seele, die in der Lerche gefangen sein mochte, vielleicht die eines Menschen oder die eines Engels, der dem Herrgott nicht eifrig genug gedient hatte und deshalb in eine Lerche am glühenden Himmel verwandelt worden war.

»Wenn der Herrgott jemanden strafen will, dann schickt er ihn auf die Erde«, überlegte der Nachbar laut, der sich am Ende schleppte und abwechselnd mit der Lerche mitfühlte oder sie nachäffte, bis er schließlich zu alledem noch den ansteckenden Gedanken vorbrachte, daß sie sich ausruhen sollten.

»Nur ein bißchen«, bat er flehend. »Wir befreien uns bloß von diesem schrecklichen Vogel und gehen dann weiter. Er läßt uns nicht leben! Er quält uns zu Tode. Die Sonne plagt einen nicht so wie er. Es muß ein Fluch mit uns gehen, jemandes rachsüchtige Gedanken, und wer weiß, wessen, wer weiß. Eine Distel ist das, aber keine Lerche. Merkt ihr nicht, daß sie es auf uns abgesehen hat? Hört nur, sie lacht über unseren Weg, sie kichert.«

Aber es unterstützte keiner seine Bitten, an wen auch konnte er diese Bitten richten, wenn jeder genauso wie er nicht von sich selbst abhing, und sie hingen ja alle zusammen nicht von sich selbst ab und am wenigsten wohl von meinem Vater, obwohl bestimmt jeder von ihnen genausosehr nach Rast lechzte. Und der Alte bat, hetzte, drängte, verhieß jedem das Paradies am Feldrain, unter einem Hagebuttenstrauch oder einem Schlehenstrauch oder auch hier, am Straßenrand, im Gras, schließlich begann er alle auszuschimpfen und aus diesem Lerchenzirpen zu weissagen wie aus der Hand, aus den Träumen, aus den Warnungen, sagte Zwietracht voraus, Regen, die Hühnerpest, quengelte wie ein Kind, das krank wird, aber niemand erwiderte während dieser ganzen Zeit auch nur ein Wort, ein jeder hatte sich in sich selbst zurückgezogen und schritt nur noch verbissener dahin, als hätten sie sich alle gegen ihn verschworen, bis schließlich der Alte begriff, daß er ein räudiges Schaf geworden war, und traurig sagte: »Was soll ich tun, ich habe eben ein weiches Herz.«

Und etwas später räsonierte er lange, aber voller Demut: »Es ist mir ja nicht um mich zu tun. Ich kann endlos gehen. Ich war doch beim Militär und weiß, was so ein Weg bedeutet. Zu meiner Frau, als sie noch eine Jungfer war, bin ich drei Jahre lang zu Fuß gewandert, und sie wohnte drei Dörfer weiter, obwohl man mir geraten hatte, es sei am klügsten, so zu heiraten, daß der Boden nicht weit voneinander liegt. Aber ich habe nicht auf die Leute gehört, wollte klüger sein und bedaure das bis heute. Ich kann gehen und gehen. Mir kann die Sonne nicht mehr schaden und auch nicht der Weg, meine Knochen sind erprobt, beim Militär marschierte man ja nicht durch Dörfer, sondern durch ganze Länder, also kann mir der erste beste Weg auch nichts anhaben. Aber die Frau tut mir leid. Die Frau. Sie wird uns noch hinfallen.«

»Führt sie nicht in Versuchung«, unterbrach ihn mein Vater ungeduldig. »Kehrt um, aber führt sie nicht in Versuchung.«

»Dann zieh ihr doch wenigstens das Kopftuch gerade«, sagte jener, aus der Fassung gebracht.

Offenbar schämten sich jedoch alle, daß bis zu diesem Zeitpunkt nur meine Mutter unter ihnen ging, ohne müde zu werden, und deshalb sagte einer wohl zu ihr: »Wenn Euer Sohn gesund wird, dann wird er wohl auf Eurem Land nicht bleiben. Vielleicht erlernt er einen Beruf, vielleicht wird er ein Schmied, immerhin ist das besser als ein Bauer. Oder wenn er auf dem Gutshof als Lakai dienen könnte, würde er wenigstens etwas zu sehen bekommen. Aber ich wünsche ihm, daß er ein Priester

wird, dann kann er für uns beten, kann unsere Seelen
retten, vielleicht wird er eine Messe zum Dank dafür leisten, daß wir ihn in einer solchen Glut getragen haben
und dabei keinem die eigenen Beine leid taten, vielleicht
wird er sich für uns einsetzen, wo es sein muß, damit wir
nicht so verdammt bleiben wie hier, auf der Erde.«

Und nach einer Weile versetzte er mit einiger Bitterkeit oder aber auch, um sie zu erheitern: »Denn sollte er
Beamter oder Polizist werden, dann würde ich lieber
nicht weitergehen.«

»Eine Brücke!« rief plötzlich jemand freudig und
deutete auf den Fluß. »Da! Eine Brücke!«

»Eine Brücke?«

»Eine Brücke.«

»Ach wo! Wo soll die denn sein?«

Aber sie liefen alle zusammen zum Fluß, über die
Feldraine, querfeldein, ließen die Mutter zurück, die
plötzlich schwächer geworden zu sein schien, sich von allen
überholen ließ, selbst von dem Nachbarn, der fuß-
krank war, und mit ihr überholten sie auch meinen
Vater, der als einziger wußte, daß meine Mutter sich wie
gerädert fühlte. Sie sah ihn ängstlich an, in der Gewißheit, daß er jetzt ihre Müdigkeit wie eine Blöße erblickt
habe, denn als sie inmitten der erschöpften Leute ging,
hatte sie sich zwischen ihnen verborgen, sich in ihre
Stille zurückgezogen, in ihrem kleinen Wuchs versteckt,
in ihren bloßen Füßen, die man im Stampfen der Stiefel
nicht einmal hörte, obwohl er die ganze Zeit neben ihr
ging. Aber jetzt hatten sie sie verlassen und sie vor ihm

enthüllt und rannten zur Brücke, rissen ihre Schatten von ihr herunter, ihre Erschöpfung, ihre Klagen.

Mein Vater ließ sich jedoch nicht anmerken, daß er ihre Müdigkeit besser als sie selbst kannte, daß er von ihrer Müdigkeit selbst müde war, nicht von der Sonne, nicht von dem Weg und auch nicht von den Leuten, sondern nur von ihr allein. Den ganzen Weg ging er und starrte vor sich hin, ohne den Blick von der sonnigen, weiten Ferne zu wenden, gleichgültig, aber er sah auch so alles, spürte ihre Nähe, weil er sie so lange kannte, wie der Boden unter ihren Füßen nachzugeben begann, wie er weich wurde, sich wie ein alter Lumpen dehnte, wie ihre Arme unter der Bürde auf den Bauch sanken, und sie riß sie jedesmal heimlich wieder bis über die Brust, er sah auch ihre ängstlichen Blicke, die sie ihm zuwarf; dennoch tröstete er sie mit keinem Wort, hatte nicht einmal einen mitleidigen Blick für sie übrig und dachte auch nicht voller Mitgefühl an sie, sondern schaute nur verbissen in die Ferne, und dann, als er sich aus dem Weidengebüsch einen Stock geschnitten hatte, befaßte er sich mit diesem Stock auf dem weiteren Weg, als käme er von irgendwoher, aus der Stadt, vom Jahrmarkt, von der Ablaßfeier, von der Mühle, und schlug die Zeit sorglos tot, indem er Ringe in den Stock einkerbte. Aber er wehrte sich auf diese Weise nur dagegen, ihr sein Mitgefühl zu zeigen, denn ihm war klar, daß dies für sie gefährlicher gewesen wäre als die höllische Sonne und der Weg, der Gott weiß wie weit war.

Doch es gab einen Augenblick, gleich hinter der

Brücke, die sich zur Freude aller so unverhofft darbot, als meine Mutter die Arme, die auf den Bauch herabgesunken waren, nicht hochzuziehen vermochte und sich ganz bückte, um mit dem Kreuz nachzuhelfen, daß sich meinem Vater das Herz vor Schmerz zusammenkrampfte. Und da schlug er wütend mit dem Stock auf ihre Beine, auf die Blöße zwischen Rock und Straße ein, und meine Mutter richtete sich gleich wieder aus eigener Kraft auf und seufzte nicht einmal.

Wer weiß, vielleicht hatte sie das schon längst erwartet, vielleicht hatte sie nur darauf gewartet, als sie spürte, daß die Kräfte sie verließen, daß der Schweiß wie Regen an ihr herunterströmte, daß sie immer tiefer im Staub versank, in der heißen Asche, mit der jemand den Weg aufgeschüttet zu haben schien, während ihre Arme von selbst zu Boden fielen, ja, sie lieferte sich ihnen sogar ganz aus, nicht aus Zwang, sondern gewissermaßen freiwillig, ließ sie gern sinken, zuweilen befreite sie sich fast von ihnen, als seien es nicht ihre Arme, und diese Müdigkeit wurde mit jedem Schritt weniger unangenehm, wurde sanfter, willenloser, machte sie schläfrig, zog sie in einen Halbdämmer, wo die Sonne nicht größer als der heruntergeschraubte Docht in der Lampe, ja fast freundschaftlich ist.

Nur daß mit dieser Müdigkeit in ihr ein Schuldgefühl stieg, das sie in ihrer Erschöpfung nicht einschlafen ließ, das sie mit Angst vor den Menschen erfüllte, vor allem vor ihm. Eben dann riß sie mit letzter Kraft die Arme auf die Brust, warf dabei einen ängstlichen Blick zu meinem Vater hinüber, aber die Überzeugung, daß sie ohne seine Hilfe nicht weit kommen würde, quälte sie immer wieder, denn wie weit kann man schon aus eigenem Schuldgefühl heraus gehen. Vielleicht wollte sie gar, daß er sich endlich ihrer erbarmte und sie für ihre Schuld bestrafte, wenn es eben anders nicht ging. Vielleicht hatte sie ihn gar selbst dazu gereizt mit diesem ihrem heimlichen und geduldigen Wollen, daß er sich einen schönen Stock aus den Weidenruten schnitt, vorläufig, um den Weg totzuschlagen, und später würde es ihm schon nützlich sein, wenn er den Stock haben würde, er würde ihm dann bestimmt nützlich sein.

Und mein Vater hatte sich diesen Stock abgeschnitten, eher aus Gedankenlosigkeit, wie es wenigstens aussah, ohne jede Vorbestimmung. Er ging und kerbte in die grüne Rinde verschiedene Striche, Kreuze, Ringe, und die Zeit verstrich wie im Fluge, ohne seinen Willen, und auch der Weg lief allein unter seinen Füßen, nur der Stock wurde edler in seinen Händen, verwandelte sich aus einem gewöhnlichen Stock zu einem gemusterten Handgriff, in eine Rute zum Besprechen der Ernte oder eines über die Ufer tretenden Flusses, ja des Wetters, der Krankheit, vielleicht gar des Schicksals, verwandelte sich in eine rätselhafte Rute der Weisheit. Niemand hätte erkannt, daß dies derselbe Stock war, der noch unlängst im Weidengebüsch wuchs.

Wenn mein Vater von irgendwoher einen solchen gekerbten Stock als Geschenk mitbrachte, verlangte ich, daß er mir alle die Wunder darauf erklärte, diese Striche und Kreuzchen und Ringe, die in mir den Verdacht erweckten, sie müßten etwas bedeuten. Wenn es nur einer vermocht hätte, er hätte es wie eine Schrift lesen können. Vielleicht verbarg mein Vater darin ein Geheimnis, seine Wut oder seine Freude oder wenigstens die Geschichte seines Weges von der Stadt, von der Ablaßfeier, von der Mühle. Aber gewöhnlich wies er mich ab:

»Ach, was weiß ich, Sohn, das ordnet sich meist von selbst so.«

»Warum denn so und nicht anders?«

»Weil eben nicht.«

Vielleicht hatte mein Vater auch gar nicht gewußt, daß er meine Mutter mit diesem Stock schlagen würde, weil er ihn sonst vielleicht nicht so mit Mustern beschnitzt hätte. Vielleicht fürchtete er übrigens nicht, daß meine Mutter auf diesem langen und unbekannten Weg schwach werden könnte, sondern daß ihn sein Glaube, zu dem er sich zwang, für den er sich der Vernunft entäußert hatte, den er aus eigenem Willen zur einzigen Rettung gemacht hatte, die die Hoffnung in ihm stützte, auf diesem immer längeren Weg Schritt für Schritt verlassen würde. Er fühlte sich schwächer als all jene, die zunächst der gute Wille verließ, sobald ihnen die Sonne etwas stärker zusetzte, und dann die Kraft, als der Weg immer länger wurde, doch sie konnten einander wenigstens beißen wie Hunde, die man von der Kette gelassen hat, sie konnten sich sogar hassen, sich mit Erbitterung vollstopfen, konnten klagen. Ihn quälte dieser Glaube, weil er in ihm schwächer wurde, er fühlte sich von ihm mißachtet, bestohlen, obwohl er sich mit ganzer Kraft dagegen wehrte, fast kein Wort zu den Leuten sprach und auch mit ihr, die schwächer wurde, nicht das geringste Mitleid hatte, sondern nur vor sich hin in die Ferne starrte, ohne den Blick von dieser gewaltigen Ferne zu wenden, die weiträumig war wie die gegenseitige Dankbarkeit von Sonne und Getreide.

Aber die Angst wurde dennoch stärker als er, so daß ihn die Vorhaltungen der Leute, die Schritte der Leute schließlich zu reizen begannen, jedes laute Wort schreckte ihn, und er fürchtete sogar, dem glücklichen Gedanken zu schmeicheln, daß ihr Weg ja irgendwo zu Ende sein würde, wenn sie, irgendwo, diese letzte, die neunte Brücke passiert hätten.

Die Angst wuchs und befiederte sich, vielleicht war sie es, die sich den Leuten als Lerche über den Köpfen offenbarte. Deshalb wollte er sie um jeden Preis vor den Leuten verheimlichen, damit sie nicht merkten, daß das nicht die gewöhnliche graugefiederte Lerche von ihrem Acker, sondern seine Angst über ihnen war.

Er überwand also irgendwo auf dem Weg sein verbissenes Schweigen und sagte: »Eine Lerche.«

Aber das vermochte ihn nicht zu trösten. Er wußte, daß sowieso jeder bei seiner eigenen Vermutung blieb.

Er fühlte, daß er diesen Weg, diesen wachsenden Zweifel und den immer geringeren Glauben nicht aushalten würde, sondern hinter einer Brücke oder vor einer, der sie noch nicht begegnet waren, die Leute plötzlich anhalten werde, um ihnen zu sagen: Kehrt lieber zurück zu eurer vergeudeten Zeit. Die kann euch niemand wiedergeben. Die Ernte weint euch nach. Man hört es bis hierher.

Und zur Mutter: Komm, wir gehen auch nach Hause.

Dann schnitt er sich diesen Stock, denn mit einem Stock fühlt man sich immer sicherer, auch wenn man unterwegs nur einen Hund treffen sollte, und vielleicht hatte er gar nicht beabsichtigt, meine Mutter irgendwann zu schlagen, sondern er erblickte in ihr nur diesen seinen sinkenden Glauben, und das Herz krampfte sich ihm vor Angst zusammen, aber mit sich selbst hatte er wie gewöhnlich kein Mitleid.

Die Leute freuten sich noch über diese Brücke, die sich ihnen so unerwartet dargeboten hatte, so daß nicht einmal alle gleich wieder still wurden, und erst, als meine Mutter nach ein paar Schritten wieder im Staub steckenblieb und mein Vater, ohne zu warten, daß sie sich selbst half, ihr wieder über die Beine schlug, auf den wehrlosen Streifen Blöße zwischen Rock und Straße, da empörte sich der Bruder meiner Mutter. »Schwester, hast du Durst?« rief er. »Ich bringe dir Wasser.«

Er rannte querfeldein zum Fluß, bevor ihn jemand davon abbringen konnte, da er ja nicht einmal eine Mütze hatte, mit der er das Wasser hätte schöpfen können. So erwies sich sein Mitleid als vergeblich, obwohl er das Wasser in den Händen wie ein Küken umschloß, obwohl er damit um die Wette lief, es querfeldein trug, durch das gemähte Korn, über die Ähren, und die Hände fest zusammendrückte und es wie einen Augapfel hütete. Trotzdem war ihm alles ausgeflossen, bevor er ankam, und er brachte nur nasse Hände, staunte selbst, daß es nur die nassen Hände waren. Er zeigte sie sogar allen zum Beweis, wie er sie zusammengedrückt gehalten hatte, und dann wurde er traurig wie ein Kind, dem ein Vogel aus der Hand entflohen ist, wurde wütend und kehrte erneut zum Fluß zurück.

Aber Wasser ist nun einmal Wasser, findet es keine Ritze, dann fließt es selbst durch den Körper weg. Jemand sagte zum Trost: »Ihr habt zu magere Hände, Gevatter.«

Schließlich erfaßte meine Mutter Mitleid mit ihrem unglücklichen Bruder, als er zum wiederholten Mal die nassen Hände gebracht hatte und klagend vor sie hin trat und ihr die Hände vor die Augen hielt, damit sie wenigstens diesen Händen glaubte. Und sie glaubte ihm ja auch. Sie sagte: »Nicht deine Hände sind schuld, sondern das Wasser.«

Der Vater holte mit dem Stock aus, nicht vor Ungeduld, denn er stand ja da und schaute sich die Gegend an, wodurch er jenem Zeit für sein Mitgefühl ließ, sondern sicherlich in der Überzeugung, daß der Schwager mit dem Wasser doch nicht fertig werden würde, während die Zeit weiterlief, und er wollte meine Mutter treffen, damit sie sich rührte, aber er erwischte nicht einmal ihren Rock.

Der Bruder indes benahm sich plötzlich so, als habe ihn etwas gestochen, er erwachte jählings aus seiner Betrübnis über das Wasser, aus diesem Besiegtsein, mit

dem die einen mitfühlten, während die anderen darüber in Gedanken spotteten, für das eigentlich nur mein
Vater Verständnis hatte, denn er schwieg und blieb die
ganze Zeit über abgekehrt, um seinen Schwager nicht zu
beschämen, um diese Scham wenigstens vor sich selbst
zu verhüllen, wenn schon die anderen es ihres Schauens
für würdig hielten. Doch der Schwager ging ausgerechnet auf den Vater mit erhobenen Fäusten los, als sei der
schuld daran, daß das Wasser weggeflossen war, und
rief: »Ich lasse das nicht zu! Ich lasse das nicht zu!«

Er war jedoch ein kleiner, mißratener Mann, obendrein geschwächt durch einen kranken Magen, so daß
er eher Mitleid hervorrufen mochte mit seiner großen
Hundwut denn Angst.

»Schwager, du Hundsfott!« schrie er (»Hundsfott« zu
meinem Vater zu sagen, der ihm den Acker bestellt hatte,
als die Krankheit ihn einmal im Frühjahr umwarf!).
»Das ist meine Schwester, meine leibliche Schwester! Ich
lasse es nicht zu. Hast du sie genommen, dann achte sie
auch! Sonst schlage ich dich tot wie einen Hund! Das
Gedärm werde ich dir austrennen! Dein Haus stecke ich
in Brand! Die Eltern wollten sie dir nicht geben, da hast
du auf Knien gefleht, hast gedroht, du würdest dich er-
hängen, hast versprochen, du würdest dir das Letzte
vom Mund absparen und ihr alles gönnen. Weizenklöße
sollte sie bei dir essen und Tee trinken. Sollte erst nach
Sonnenaufgang aufstehen. Auf den Händen wolltest du
sie tragen. Aber es ist noch jemand da, der dich ihretwegen mahnen kann. Eine Waise ist sie noch nicht. Der

Pfeffer soll mir hier wachsen, wenn du noch einmal von mir ein Pferd oder Getreide für die Saat bekommst. Krepiere! Spanne dich selbst vor die Egge und vor den Pflug und schlag dich mit der Peitsche, wenn du stehenbleibst und müde wirst, und schone dich nicht. Über die Fesseln, wenn du widerspenstig wirst, über die Augen, wenn die Erde deinen Blick nicht freiläßt, über das Gemächt, wenn du keine Lust zu leben hast. Du wirst sehen, wie es ist, wenn du selbst ein Pferd bist. Und vielleicht wirst du dann Mitleid mit ihr haben. Übrigens lebt sie nicht von deinem Land! Nicht von deinem Land! Einen ganzen Morgen haben wir ihr mitgegeben. Der Boden so fett wie Butter.«

Und mein Vater, der den Ärmsten wie einen Marienkäfer von der Hand hätte wegpusten können – er war ja ein Riese, er stieg mit einem Doppelzentner Korn die Leiter zum Dachboden hinauf, als ginge er auf ebener Erde, bändigte Pferde im Gespann, hatte so manche Schlägerei selbst entfacht –, mein Vater zeigte kein Erstaunen, so als hätte er diesen Wutausbruch schon längst erwartet. Er stand ungerührt und blickte mit Nachsicht auf diese Wut, wie auf einen Schmerz, auf Verzweiflung, auf das Leid, das in dieser Wut verborgen war, vielleicht hatte er sogar Mitgefühl für diese Wut. In ihm war nicht eine Spur von Zorn, nur Schweigen und Demut, er ließ sogar den Stock zur Erde herabbaumeln, um diesen Wutausbruch nicht noch mehr zu reizen, um ihn zu ehren, wie ein Kreuz am Wege durch das Abnehmen der Mütze, und er zeigte auch keine Verachtung und kein Bedauern, nur Verständnis und Demut gegenüber dieser Hundewut seines kleinen Schwagers.

Vielleicht fühlte er sich sogar beschämt durch seinen Riesenwuchs und durch seine Kraft, die ihm wie noch nie die Arme, die Hände, die Beine zu sprengen schien, verhöhnt durch die unvernünftige Wut seines Schwagers, durch dessen Jämmerlichkeit, entblößt wie ein unreines Gewissen; thronte er doch wie ein breitgewachsener Baum über dem Schatten des anderen.

Wenn er wenigstens hätte veranlassen können, daß jener ihn aus eigenem, nicht durch fremde Gedanken erzwungenem Willen schlug, vielleicht würde er sich dann befreit gefühlt haben von diesem breitgewachsenen Baum, von dieser Kraft, die jenem und den Leuten gegenüber geradezu unanständig war, von diesen Armen, Händen, Beinen, diesen mächtigen Knochen, diesem Wuchs, der wie Hochmut reizte, und würde so geworden sein, beinahe so wie sein Schwager, wie die anderen, wie die Mutter – jämmerlich, schwach, gequält, aber menschlich, nah, mit dem Recht auf Wut, auf Klage, auf Zusammenbrüche, wonach er sich manchmal, in den verschiedensten Augenblicken seines Lebens doch sehnte wie nach Schlaf, wenn er schwer gearbeitet hatte, und auch während dieses langen, mit der Hölle gepflasterten Weges, oder vielleicht mit dem Recht auf Schuld, denn es ist der größte Fluch, wenn ein Mensch nur tun muß, was recht ist.

Er hätte sich dann als einer von ihnen gefühlt, fast als sein Schwager.

Durch diesen einen Hieb wenigstens hätte er den Wuchs mit ihm getauscht und auch die Kraft, hätte er Geduld und Nachsicht mit ihm gewechselt, hätte er ihm sogar die früheren Beleidigungen verziehen, das Leihen des Pferdes dreifach abgegolten und nie mehr auch nur ein Viertelmaß für die Aussaat von jenem geliehen. Er flehte ihn fast im Geiste an, erniedrigte sich vor dessen Wut: Schlag zu, spuck mich an, und es wird uns beiden leichter werden.

Der Schwager indes schäumte, fluchte, hüpfte herum, seine Hände flatterten, aber er traf ihn nicht.

Schließlich schob sich die Mutter zwischen sie, stieß den Bruder zurück und sagte: »Wir gehen doch mit dem hier.«

Und sie deutete auf ihre Arme. »Nicht allein. Sein Stock ist klüger als dein Mitleid.«

Der Bruder sah meine Mutter wütend an, er hätte ihr für diese Enttäuschung, die sie ihm bereitete, ins Gesicht gespien, er hätte sich von ihr als seiner Schwester losgesagt, aber dieses elende, schweißüberströmte Gesicht lächelte ihn in diesem Augenblick freundlich wie einen Bruder an, also wandte er sich mit seiner Enttäuschung an die Leute: »Leute, erlaubt nicht, daß man sie peinigt! Er wird sie totquälen! Er wird ihr die Gesundheit rauben! Und glaubt auch nicht ihr selbst! Sie weiß nicht, was sie sagt! Sie ist von Sinnen!«

Er fuchtelte mit den Armen, schwor bei allen Heiligen, lief von einem zum anderen, zerrte sie an den Händen, an den Armen, als wollte er sie aus einem tiefen

146

Traum wecken. Aber die Leute standen, wie sie dage-
standen hatten, ließen die Köpfe sinken, offenbar war
ihr Schlaf tiefer, als er angenommen hatte. Der tiefste
Schlaf ist doch der, zu dem der Mensch sich nicht hin-
legt, sondern der ihn so, im Stehen, überrascht, bei offenen Augen, unterwegs, ja man kann schwerlich jemanden aus einem solchen Schlaf durch Schmerz oder mit
den Händen wecken. Was konnten ihm übrigens die
Leute helfen, die von Anfang an nicht mitgekommen
waren, um zu helfen. Und sie erwachten auch nicht, als
er sie ebenfalls zu höhnen begann, als er sich an ihnen
rächen wollte, als er sie beschimpfte. Sie standen, wie sie
gestanden hatten.

»Verdammte Hunde!«

Und meine Mutter bestärkte sie noch in diesem
Schlaf, als sie sagte: »Glaubt ihm nicht. Ich habe meinen
Mann selbst gebeten, bevor wir von zu Hause weggin-
gen, habe ich ihn gebeten, mich mit dem Stock anzutreiben, wenn ich schwach werden sollte.«

Bei diesen Worten stürzte ihr Bruder zu ihr, schien
seine Klage und auch seine Wut zurückzuhalten und begann ihr schönzutun und zu schmeicheln, indem er sie
voll Bitterkeit an seine nahe Verwandtschaft mit ihr, an
ihr gemeinsames Blut, an ihre gemeinsamen Eltern ge-
mahnte: »Schwester, Schwester, ich habe dir doch nichts
getan. Mich schmerzen nur deine Beine, ich spüre deine
Hände nicht mehr. Und nun bist du noch wahnsinnig
geworden, Schwester.«

Dann betrachtete er voller Wut den schamlosen

Schlaf der Leute, ihre gesenkten Köpfe, ihre an den Knochen hängenden Leiber, ihre Erschöpfung, die, wie sie so dastanden, sichtbar an ihnen aufgedunsen war, und schließlich ballte er die Fäuste und ging.

»Ach, ihr, ihr... Geht alleine! Alleine!« schrie er, während er sie hastig verließ. Und nach ein paar Schritten wandte er sich noch einmal um und ließ seiner ungezügelten Wut freien Lauf: »Verdammte Hunde!«

Sie standen eine Zeitlang ratlos und demütig da, ohne zu wagen, einander in die Augen zu schauen, bis schließlich jemand tatsächlich in der Höhe vertraute Laute vernahm oder sie auch nur ausgedacht hatte und sagte: »Oh, eine Lerche.«

Sie konnten also diesen Vorfall ein wenig vergessen und zogen auf ihrem Weg weiter. Nur die Schreie, die drohenden Rufe, der Haß, mit denen der Schwager und Bruder sie von seinem Rückweg aus ununterbrochen bedachte, waren, obwohl sie desto schwächer wurden, je weiter sie sich von ihnen entfernten, immer bissiger und verbanden sie noch immer mit ihm. »Angsthasen! Verdammte Hundebrut! Angsthasen! Das Federbett ist euch lieber als das Gewissen! Hinterm Ofen solltet ihr sitzen und Läuse knacken, aber nicht auf einen so weiten Weg gehen!«

Sie taten alle, als hörten sie es nicht, und gingen weiter, obwohl der Vorfall sie noch immer beschämte oder vielleicht mehr noch diese Schreie, die sie erreichten und ihnen wie Steine vor die Füße fielen und die, was soll man da viel reden, ihnen den Marsch erschwerten, denn jeder ging gewissermaßen für sich allein, als sei er zum gemeinsamen Gang noch nicht vorgedrungen, und jeden bedrückte das eigene ratlose Schweigen, in das die haßerfüllten Rufe des zurückgehenden Bruders, Schwagers, Gevatters und wütenden Hundes wie in einen tiefen Brunnen fielen.

Der Weg war übrigens ihre einzige Rettung, nur der Weg konnte sie von ihm trennen. Aber vielleicht war es nur der Schmerz, der so in ihm schrie, weil sie sich von ihm entfernten, weil sie seine Wut Schritt für Schritt verließen, sich von ihr befreiten wie von einem verfluchten Land und er sie nicht zurückhalten konnte. So wurde seine Wut immer hitziger.

»Meine Ferkel sind mir näher als euer Kind! Von den Ferkeln kann man wenigstens die Steuern bezahlen! Aber von eurem Kind wird es nicht einmal für die Kirchenabgabe reichen!«

Nur mein Vater schritt selbstbewußt, fuchtelte mit dem Stock, als triebe er ein Tier vor sich aufs Feld. Vielleicht besaß er so viel Willen, daß er dieses kläffende Geheul seines Schwagers nicht zur Kenntnis nahm, der sich dort irgendwo geradezu wand, um sie zu erreichen, oder vielleicht konnte er ihn nach wie vor begreifen und verzieh ihm jedes seiner Worte. Vielleicht wuchs dieses Verständnis in ihm durch die Schreie des Schwagers und Bruders, diese erfinderischen Racheakte begünstigten seine Selbstquälerei. Er fand so etwas wie eine Besänftigung seines Gewissens darin, dank ihrer fühlte er sich nicht mehr als der gleiche, mußte er sich nicht mehr mit sich selbst streiten, denn der Bruder und Schwager hatte die eine Seite auf sich genommen, während er dem Vater den reinen Willen übrigließ.

Er ging wie einer, der schon längst die Hunde, die Häuser und die Schornsteine hinter sich gelassen hat und der nur bedenkt, was sein wird. Er blickte wie stets vor sich hin, in die Ferne, und man wußte nicht, ob er nach Brücken Ausschau hielt oder ob er sich nur mit diesem mitleidlosen Schauen vor seiner Angst rettete, die immer lästiger wurde, je weiter sich die Rufe des wütenden Schwagers entfernten. Die Leute konnten es gar nicht fassen, weshalb mein Vater ihm nicht zurückdrohte.

»Und daß ihr das Ende des Weges nicht finden möget! Und daß ihr nie zur letzten Brücke kommt! Und daß der Fluß euch plötzlich im Stich läßt und abreißt!«

Dennoch, nach und nach nahmen die Leute wieder Haltung an. Die Rufe wurden immer schwächer, drangen schon mit Mühe durch die Ferne, wurden sanfter aus dieser Entfernung, ähnelten den Rufen eines Hirten, der die verlorenen Kühe sucht, ein Lied klang darin mit, eine Bitte, ein Winseln. Das waren nicht mehr dieselben Drohungen, sondern eher die Hilferufe eines Menschen, der den Glauben an sich und der die Leute aus den Augen verloren hat, so daß man sich sogar irren und Mitleid mit ihm bekommen konnte.

Doch plötzlich fiel fast aus der Nähe ein scharfer, durchdringender, ein anderer Schrei auf sie: »Und du, Schwester, du Schlange, du sollst das Kind nicht bis ans Ende tragen!«

Das war immer noch der Bruder und Schwager, nur hatte er die Hände wie einen Trichter vor den Mund gehalten und mit seinem ganzen Schmerz da hineingeblasen, als er sah, daß sie ihn tatsächlich zurückließen.

Und mein Vater, der so ruhig gegangen war, während die Drohrufe wie Steine auf ihn herniederfielen, schlug in diesem Augenblick meiner Mutter auf die Beine, immer wieder, bis sie stöhnend und voller Anstrengung im Trab lief.

Daß sie fast hinfiel, bemerkte keiner, nur daß der plötzliche Schrei meinen Vater so getroffen hatte, also nahm ihm das niemand übel, denn jeder hätte mit seiner Frau in diesem Moment das gleiche getan, wenn er sie nur vor sich gehabt hätte, jeder hätte etwas getan, und nichts eignet sich mehr dafür, seinen Ärger abzureagieren, als die eigene Frau, nicht einmal ein Tier.

»Und du, Hundsfott von einem Schwager ...«

Dann wurde es plötzlich still, aber die Leute fühlten sich nicht erleichtert. Keiner wollte so schnell dieser plötzlichen Stille trauen. Und je länger sie dauerte, desto weniger glaubte man ihr. Sie hatten Angst, daß dieser Schwager-Bruder-Hundsfott sie mit dieser Stille nur täuschen wollte und daß jeden Augenblick seine entsetzlich rachsüchtige Stimme wieder erschallen könnte, vielleicht gar nicht aus jener Richtung, von der Straße her, aus der Ferne, sondern von irgendwoher in der Nähe, ganz aus der Nähe, vielleicht links vom Fluß, vielleicht rechts vom Getreide, von gegenüber, hinter dem erstbesten Hügel, den sie besteigen würden, oder vielleicht

würde diese Stimme auch plötzlich durch einen von
ihnen anfangen zu spotten und zu höhnen und zu fluchen; oder die Lerche, die über ihnen hing, würde sich
nicht als Lerche erweisen, sondern eben als der Bruder
und Schwager und böse Geist, der sich in seiner Wut
dem Teufel verkauft hat und jetzt alles vermochte. Daher hatte jeder Angst, sich umzuschauen, woher diese
Stille kam.

Dabei war der Bruder nicht aus gutem Willen ver-
stummt, sondern weil seine Wut nicht ausreichte, um
weiter, bis nach Hause zurückzukehren. Seine Wut war
groß gewesen, aber kurz, und der Weg währte schon
dreiviertel Tage. Solange er sie sehen konnte, obwohl sie
sich immer mehr entfernten, haßte er sie und kehrte auf
Flügeln zurück, die Wut trug ihn, der Schmerz, die Enttäuschung und vor allem die Überzeugung, daß er sich
von ihnen abgewandt habe und umgekehrt sei, daß er
sie verlassen, sie zurückgelassen habe. Doch im Nu waren ihm alle Drohungen und Flüche ausgegangen, und
eine eigenartige Unlust hatte ihn befallen. Obendrein
blieb er stehen, als jene hinter einem Hügel verschwanden, als sie vor ihm wie im Erdboden versanken, ihn mit
ihrem Verschwinden höhnend, klappte zusammen, weil
er mit ihnen nicht fertig geworden war, böse auf sich
selbst, aber vielleicht noch mehr auf dieses in seinen
kühnsten Gedanken nicht vorgesehene Verschwinden
aus seinen Augen. Er begriff, daß er mitten auf der
Straße von ihnen zurückgelassen worden war und gar
nicht mehr weiter zurückzugehen brauchte, auch wußte

152

er nicht, zu wem und wohin er hätte gehen sollen. Und erst jetzt fühlte er, wie sehr ihm der Magen weh tat.

Er hielt die Hand vor den Bauch und schleppte sich gebückt an den Straßenrand, kauerte sich hin, krümmte sich bis zu den Knien, packte diesen Schmerz am Kopf, drückte ihn fest in der Hand zusammen und gab ihn nicht frei, bis er eine gewisse Erleichterung verspürte. Erst dann erhob er sich schwerfällig und ging ihnen mühsam hinterher.

Und da erblickte er sie, wie sie gerade hinter dem Hügel hervor in die Flußsenke kamen.

Dort hatte ihn auch jemand erkannt und sagte: »Er folgt uns.«

Der alte Nachbar sagte sogar mit Freude: »Warten wir auf ihn, sonst holt er uns nicht ein. Er wird sich dahinten herumtreiben, ohne uns einzuholen. Wir sind schon zu weit weg. Viel zu weit.«

Aber mein Vater sah sich nicht einmal um. Man konnte meinen, das ginge ihn nichts an oder er habe eine solche Wendung von Anfang an erwartet. Er ging und starrte vor sich hin, und es hatte den Anschein, daß nichts imstande sei, ihn von diesem Schauen loszureißen, daß er nur zu diesem Weg, den sie noch vor sich hatten, ganz gehöre.

»Warten wir«, flehte der Nachbar.

Aber er mischte sich unnötig ein, denn der Schwager hatte gar nicht die Absicht, sie einzuholen. Er blieb stets in der gleichen Entfernung, die ihm erlaubte, sie nicht aus den Augen zu verlieren, aber einholen wollte er sie

153

nicht. Diese Entfernung war für ihn jetzt ein Schutz, sie sicherte ihm eine gewisse Freiheit, vor allem schützte sie ihn vor ihrem Mitleid. Er verbarg sich darin wie hinter den Bäumen, den Sträuchern, der Erde, er machte Winkelzüge, zögerte, blieb stehen, bis die Entfernung so groß wurde, daß er ihr vertrauen konnte. Dann ging er weiter.

In dieser Entfernung brauchte er nicht zu verheimlichen, daß ihm der Magen weh tat, daß sich dieser Schmerz in ihm ausbreitete, er konnte diesen Schmerz obenauf tragen, mit der Hand festhaltend, die er unters Hemd geschoben hatte. Und er brauchte auch seine Rachegedanken nicht zu bereuen, seine Flüche nicht und nicht seinen Haß, und er brauchte sich vor niemandem zu demütigen, und wenn, dann nur vor sich selbst, aber es ist bekannt, daß man alles, was man sich selber zufügt, ertragen kann, ja man findet darin noch eine Genugtuung, denn wenn man sich selbst beschuldigt, dann nicht, um eine Strafe auszuteilen, sondern nur zur Erleichterung.

Es fällt leichter, sich selbst nicht zu verzeihen, als die Verzeihung von anderen anzunehmen.

Diese Entfernung machte ihn auch zum Herrn über sich selbst, durch sie konnte er sogar meinem Vater Verständnis mit Verständnis vergelten und ihn auch nicht mehr durch Mitleid behindern. Er ging und befaßte sich nur noch mit seinem Schmerz, liebkoste ihn in der Hand, drückte ihm die Kehle zu, wenn dieser lebhafter wurde, bis er schließlich auch vergaß, daß irgendwo dort vorn, in der Schar der kleinen Gestalten am Horizont, die nicht so sehr ermüdet als vielmehr gesetzt waren, mein Vater meine Mutter mit dem Stock auf die Beine schlug. Da ging er, hoch über ihr, und lauerte auf ihre geringste Schwäche, ein Habicht und kein Mann, sah den Weg nicht mehr, die Ferne hatte er sich geschenkt, hatte sich ganz in den Stock in seiner Hand verwandelt, dieser Stock juckte ihn, so daß er sogar seine Erschöpfung, die Angst und die schrumpfende Hoffnung vergaß. Dieser Stock hatte ihm die Rettung gebracht, denn er erfüllte ihn nur mit dem einen Verlangen – bis zu jener letzten, jener neunten Brücke zu kommen, ganz gleich, wo sie sein mochte und was dann geschah.

Er schritt ausgebreitet über der Mutter, diesen wie eine Schlange zuckenden Stock in der Hand, und schlug zu, sobald er sah, daß sie die Arme nur etwas sinken ließ, oder er sie unten zu sehen glaubte, denn von alledem zitterte ihm die Welt schon vor Augen, er schlug zu, wenn sie im Staub steckenblieb, wenn sie das Kreuz beugte und zuweilen auch nur so, auf alle Fälle, aus Angst um sie.

Dieser Stock hatte auch sie nach und nach in eine Ameise verwandelt, so daß sie nicht einmal mehr Mitleid erweckte, die Gewissen nicht so belastete. Man konnte viel ruhiger zusehen und sogar bewundern, wie sie mit der immer schwerer werdenden Last, mit dem rauhen Boden rang. So klein war sie und so stark.

Was hätte ihn, den Bruder, in ihrer Mitte erwartet? Er

wäre nur gegangen, bangend, daß sich jemand nicht mitleidvoller zeigte als er, der Bruder, und ihm nicht in irgendeinem Augenblick laut vorhielt, was er um jeden Preis verbarg: »Der Bruder bist du.«

Er wollte sie also gar nicht einholen. Hatte er sich doch für einen so hohen Preis befreit, dabei ging er genauso wie sie, teilte ihren Weg.

Jene überlegten fieberhaft, warum er sie nicht einholte. Sie sahen sich um, hielten Ausschau, ließen sich durch die wechselnde Entfernung täuschen. Diese Entfernung quälte sie sogar, sie beneideten ihn darum wie um eine schöne Kuh, und vielleicht begannen sie ihn in dieser Entfernung zu fürchten, in der er doch alles konnte, denn hier, mitten unter ihnen, wäre er nicht anders gewesen als sie, sondern nur so, wie sie ihn kannten, sie hätten nicht einmal auf ihn aufpassen müssen. Aber in dieser Entfernung nahm er an Bedeutung zu. Er war ihr Schatten, wühlte in ihren Spuren, trampelte auf ihrem Gewissen.

Sie gingen ja nicht schnell, sie schritten, als kämen sie nach getaner Arbeit vom Feld, ein jeder mit seinem Leib, mit seiner und der gemeinsamen Erschöpfung beladen, durchgesengt von der rachsüchtigen Sonne, die, wer weiß, wann, unbemerkt vom Gipfel heruntergekommen war und ihnen von vorn den Weg verstellt hatte, ermüdet auch von dem ständigen Roggen, fast selbst schon aus Korn, und dabei mußten sie noch diese Entfernung hinter sich herschleppen wie eine Kette, die sie von ihm trennte.

Auch auf meinen Vater war diese Müdigkeit gekrochen, denn er hatte nachgelassen, drängte nicht mehr so, ging, fast mit den anderen ausgesöhnt, und schlug meine Mutter nicht mehr so scharf, wenn sie fallen wollte, sondern tastete sie sanft mit dem Stock ab, stieß sie nur hin und wieder, stach, als redete er auf diese Weise nicht mit den Beinen, sondern mit dem guten Willen, bewies mehr Geduld, und erst, wenn sie nicht mehr mithielt, schlug er schärfer zu, aber ohne Wut. Und als sie über eine Brücke gingen und alle ein wenig zögerten, trieb er sie nicht an, damit meine Mutter Atem holen konnte, und er antwortete sogar auf ein »Grüß Gott!«, das ihnen jemand von einem Wagen, von den Garben herab zurief, ließ die Hand über das Stroh gleiten und sagte zu dem Mann auf dem Wagen: »Schon einfahren?«

»Vor dem Regen. Und wohin wollt ihr?«

»Immer der Nase lang.«

»Weit?«

»Wie es kommt.«

Irgendwo dort, auf einem Berg, denn die Gegend war, wie um sie zu bedrücken, hügelig geworden, auf dem Berg, den sie mit letzter Kraft bestiegen hatten, blieb der Vater stehen, um den Leuten Zeit zum Verschnaufen zu geben, obwohl jeder auch so mutmaßte, daß er schließlich selbst sehen wollte, wo dieser Schwager stecke, von dem er stets hörte, daß er hinter ihnen ging, dessentwegen er von den Leuten ständig Ermahnungen hinnehmen mußte, daß er hinter ihnen gehe, vor dem er nicht erschrocken war, als er wütend vor ihm herumhüpfte, sondern erst später, als er in der Entfernung ging und sie nicht einholen wollte. Gern hätte ihm der Vater schon verziehen, nur um nicht zu hören, daß er hinter ihnen ging, entweder sah man nur seinen Kopf über dem Getreide, dann wieder kam er den Berg herunter, war zwischen den Weiden verschwunden, ein andermal ging er über die Brücke, aber gewissermaßen tastend, unsicher, geduckt. Aber es half nicht, daß sich mein Vater kein einziges Mal umsah. Den Schwager konnten sie auch so nicht vergessen, und sie konnten ihm nicht soweit verzeihen, daß er aufgehört hätte, sie zu quälen.

Mein Vater hatte den Eindruck, als sei das nicht mehr der frühere Schwager, der sie verflucht hatte und umgekehrt war, sondern sein Geist, sein Schatten und sein Gedächtnis, die hinter ihnen hergingen und jenen strohfeuerähnlichen Haß schürten. Er hatte also wohl doch genug, da er sich auf diesem Berg entschloß, sich endgültig zu überzeugen und vielleicht mit dieser Qual abzurechnen, vielleicht über sie zu spotten wie über den Glauben ans Jenseits.

»Na, wo ist denn euer Geist?«

»Nicht so weit weg. Gar nicht so weit weg«, sagte jemand, wie um zu bestätigen, was er sah.

Und dann vernahm er fast am Ohr das müde Flüstern der Mutter: »Vielleicht warten wir.«

Er empfand das so, als hätten sich alle, selbst sie, für diesen Schwager und Bruder und bösen Geist ausgesprochen, der gerade aus dem grau gewordenen Getreide hervorkroch und ebenso grau wie jenes war, und gegen ihn. Er begriff, was von Anfang an diese Angst in ihm geweckt hatte, als er hörte, daß jener hinter ihnen ging.

Mein Vater ahnte, daß der Schwager eine grausame Rache mit sich trug und ihnen geduldig in der Entfernung folgen würde, so lange, bis er die Leute angesteckt haben würde und sie schließlich meinen Vater in ihrem Gewissen verfluchen würden, und daß meine Mutter ebenfalls voller Dankbarkeit an ihren guten Bruder denken würde. Denn was konnte mein Vater der großmütigen Demut seines Schwagers entgegensetzen? Er hatte nicht einmal ein Gewissen.

Er hetzte die Leute diesen Berg hinunter und versetzte meiner Mutter so heftige Hiebe wie beim erstenmal, als sie sich über ihre Arme beugte, so daß sie ihn vorwurfsvoll ansah, als wollte sie sagen: Ich bin doch unschuldig.

Sie konnten nicht fassen, was mit ihm geschehen war, er war schon so sanft gewesen, als sie sich dem Berg genähert hatten, daß er sie kaum noch mit dem Stock berührte, und sie hatte er auch nicht angetrieben, jetzt aber war wohl ein böser Geist in ihn gefahren. Angst packte sie, daß die Mutter von diesen Stockhieben früher fallen würde als von ihrer Erschöpfung.

Sie ging wie leblos, schwankte, vielleicht hielten nur die Stockhiebe sie auf den Beinen, oder vielleicht war es ihr Wille, der stärker war als ihre Kräfte, ausdauernder als ihre Beine, ihre Arme, das Kreuz, die Gedanken, aber wer hätte bei meiner Mutter einen solchen Willen vermutet, ein starker Wille ist doch nicht Frauensache. Sie kannten sie ja von ihren Hühnern, kannten ihre Gottesfürchtigkeit, ihre Gutmütigkeit, sie wußten, daß sie Sauberkeit liebte, und sie kannten sie gut und nicht erst seit heute.

»Oh, Gevatter, Gevatter«, riefen sie und versuchten meinen Vater zu mäßigen.

Aber er hörte auf niemanden. Vielleicht hetzte der hereinbrechende Abend ihn so. Er ging, verbissen gegen die ganze Welt, gegen sie, gegen sich selbst. Den Stock hielt er in Bereitschaft, lauerte auf die erste beste Gelegenheit, um meine Mutter auf die Beine zu schlagen. Sogar die Sonne hatte schon mehr Mitleid, denn sie ging unter und ließ die Dämmerung hinter sich zurück, zur Kühlung nach diesem heißen, rachsüchtigen Tag.

»Oh, Gevatter, Gevatter.«

Bis sie schließlich zu dieser letzten Brücke kamen, die ihnen jemand gezeigt hatte, denn sie hätten sie sicherlich ausgelassen, weil sie sich so sehr in die Dunkelheit gehüllt hatte, und auch die Müdigkeit hatte ihnen die Augen verdunkelt, so daß einer von ihnen sich bückte, als sie hinübergingen, und mit der Hand tastete, um zu sehen, worüber sie gingen.

»Eine Steinbrücke.«

Also war auch mein Vater sanfter geworden, oder es war wegen der Finsternis, in der man leicht stolpern konnte, jedenfalls hielt er meine Mutter am Ellenbogen und führte sie hinüber. Und auf der anderen Seite nahm er ihr das Kind aus den Händen und gab es den Leuten, damit sie es trugen, selbst aber nahm er die fast Leblose auf den Arm und trug sie zurück durch die Nacht, bis nach Hause. Und die Leute sahen, daß er weinte.

5

Mein Vater pflegte mich manchmal bei der Hand zu fassen, denn er liebte es, mich an der Hand zu halten oder mir den Kopf zu streicheln. Dieses Verlangen kam ihm gewöhnlich nicht während eines dafür günstigen Augenblicks, sondern unerwartet, es unterbrach sein plötzliches Schweigen, in das er ohne Ziel und Absicht vertieft saß, es brach aus ihm hervor wie ein plötzlicher Angstanfall, wie die Erinnerung an etwas, was er auf den Tod vergessen hatte, wie eine Vorahnung. Er stand auf und ging zu mir, ging, ich möchte schwören, mit einem drohenden Entschluß, ich sah es an seinen wie vom Sonnenschein verengten blauen Augen; aber es reichte ihm nie der Mut bis zum Schluß, er verlor die Lust, blieb irgendwo unterwegs stecken und nahm mich nur bei der Hand oder streichelte mir die Stirn, ganz sacht, damit mich die rauhe Hand, voller Disteln, auch ja nicht kratzte.

»Weil du so glühst. Es scheint, als glühtest du. Oder es wirkt nur von weitem so«, versuchte er sich zu rechtfertigen.

Ich fühlte mich wohl unter seiner großen Hand, wie

ein Kaninchen, das einen Fieberanfall bekommt, wenn man ihm mit warmem Atem ins Fell pustet, und wäre es nur so schwach wie auf eine Pusteblume.

Ich will damit nicht sagen, mich hätte das Vorgefühl jenes Unglücks irgendwann gequält, das meinen Vater so grausam getroffen hat; andere mögen es vielleicht von ihm erwartet haben, ich selbst war nicht so vorausschauend. Vielleicht ist es auch besser so. Und ich glaubte nicht einmal mehr ihm und auch mir nicht. Denn wer weiß, wie es wirklich gewesen ist. Womöglich war mein Vater nur so geblieben, wie er war, und wir selbst, um ihn herum hatten uns verändert, waren älter, gutmütiger, vernünftiger geworden, wie man es mit dem Alter eben wird.

Er hatte doch so viel starken Willen in sich, daß es schwer anzunehmen war, er könnte etwas nicht ertragen, um so mehr sich selbst. Er hatte so manchen Hagelschlag ertragen, auch wenn die Körner so groß wie Kuckuckseier waren, und was ein Hagelschlag ist, weiß nur der, der von Gnaden der Erde lebt. Und er ertrug es, als der Pfarrer beim Weihnachtsumzug unser Haus ausließ oder als im Krieg die Soldaten kamen und uns die einzige Kuh wegholten, und die Kuh war ja die erste Person in der Familie. Er ging nicht einmal zu ihnen hinaus, obwohl meine Mutter tränenüberströmt flehte, er möge doch hinausgehen und sich wenigstens einmal zeigen, denn das schicke sich nicht, daß die Kuh weggeht und man ihr nicht einen letzten Blick zuwirft. Er sagte nur: »Es gibt gegen Soldaten kein Mittel.«

Und er schaute sich an den Wänden um wie nach Fliegen und ging erst hinaus, als er vom Hof das Schluchzen der Mutter vernahm. Er ging hinaus, und als er sie zu Füßen der Soldaten knien sah, sagte er: »Steh auf!«

Und er ertrug es, als das Schwein krepierte, ein großes Schwein, um das sich die Kaufleute selbst bemüht hatten, sie schnalzten vor Entzücken über seine Schönheit, und dieses Schwein fraß sogar unsere Armut auf, aber mein Vater hatte mit dem Verkauf gezögert, er tanzte den Händlern auf den Nerven und sich selbst auf der eigenen Geduld herum, er träumte von einem Schwein, das uns von allem freikaufen konnte. Und dann krepierten gleich danach die Ferkel, denn wie ich mich erinnere, hat er mit Schweinen nie Glück gehabt. Und er ertrug auch noch vieles andere, von dem man eine ganze Litanei von Widrigkeiten zusammenstellen könnte, aber man kann einfach nicht alle im Kopf behalten und aufzählen. Und als der Blitz einmal im Herbst in die Scheune einschlug, ertrug er auch das, nur daß er dann im Schlaf redete: »Nicht löschen, Leute, nicht löschen, das ist nur die Helligkeit, kein Feuer.«

Er hatte nicht einmal Angst vor dem Hochwasser, als im Dorf die Kunde verbreitet wurde, daß der Fluß über die Ufer getreten sei, sondern ging in den Garten und wartete dort, bis es nahte. Die Glocke vom Kirchturm läutete Sturm, die Leute trieben fluchend und weinend das Vieh aus den Ställen ins Freie, griffen, was ihnen die Angst in die Hände drückte, Kinder, Betten, Heiligenbilder von den Wänden, trieben Kühe, Gänse hinaus, ließen den Rest dem andrängenden Wasser zurück, um es zu besänftigen, denn welcher Fluß ist je ohne die Habe der Bauern ausgekommen? Manche überholten mit vollbeladenen Wagen die Flucht der Menschen und Tiere, obwohl es mit dem Hochwasser wie mit dem Tod ist: Es macht die Menschen alle gleich. Im Angesicht des Hochwassers kamen sie einander näher, zeigten Gemeinsamkeit, waren offen zueinander, denn niemand mußte sein Unglück verbergen oder verringern. So mancher wartete vielleicht auf die Überflutung wie auf die einzige Gerechtigkeit, die früher als die göttliche kam und nicht so käuflich wie die menschliche war, aber eben genauso gefährlich.

Nur mein Vater ging in den Garten, trat allein dem Hochwasser entgegen, taub für das Flehen der Mutter, daß wir zusammen mit den Leuten flüchten sollten. Er blieb ein paar Schritte von dem großen grauen Wasser entfernt stehen, in dem man schwerlich jenes alltägliche, durchsichtige Flüßchen erkennen konnte, das den Menschen so freundlich gesinnt war, daß es sie geradezu einlud, ihre Sachen darin zu waschen, das Vieh zu tränken und nach Krebsen zu fischen. Jetzt fand dieser Fluß im ganzen Tal keinen Platz. Er riß Bäume, Brücken, Katen, Scheunen, Hundehütten mit und wollte noch mehr.

Mein Vater jedoch hatte keine Angst vor ihm. Er hatte das Hochwasser schon so oft gefürchtet und war mit den anderen vor seiner Gier geflohen und war dann zu dem ausgestorbenen Gehöft zurückgekehrt, zum Schlamm, in dem er die eigenen Spuren kaum wiederfinden konnte, und wußte sich keinen Rat dagegen, als die eigene Hilflosigkeit gegenüber dem Fluß zu ertragen und sich in der Überzeugung zu bestärken, daß man nichts ist – der Hagelschlag kommt und mäht alles nieder, das Feuer verbrennt, der Fluß holt fort, und unsereinem bleibt nur das Weinen und das Zähneknirschen. Dabei hatte man schon verschiedene Methoden mit dem Fluß versucht: Kränze wurden in seine Wasser gelassen, schmeichelnde Lieder gesungen, und es kam auch vor, daß die Bauern sich nach einer großen Überflutung absprachen und mit Peitschen auf ihn losgingen.

Er stand da und schaute, wie das Wasser schwoll, und mußte sich sogar wundern, daß der Fluß so gefährlich war und er den Boden doch so sanft, fürs Auge unsichtbar einnahm. Er war so nah, daß er nicht mehr vor ihm zurückweichen konnte. Diese Nähe befreite ihn von der Angst, in dieser Nähe fühlte er sich mit dem Fluß fast verwandt. Es war nicht mehr jenes große graubraune Wasser, das Bäume, Brücken, Katen, Hundehütten auf seinem Buckel trug, sondern ein schmaler Streif, der Erdstückchen beleckte. Und als er ihm schließlich bis zu den Füßen reichte, aber schon so langsam kroch, als sei er durch die Unbeugsamkeit meines Vaters verängstigt, sagte er zu ihm: »Weiter kommst du nicht, Elender.«

Und von da an begann das Wasser zu fallen.

Er hatte mit dem eigenen Tod gerungen wie ein Gleicher mit Seinesgleichen, als handelte es sich nicht um den Tod, sondern um einen Ringkampf, so daß man sich weniger darüber Sorgen zu machen brauchte, daß der Tod an seinem Bett stand, als darum, was sein würde, wenn er mit ihm fertig geworden war.

Er war auch mit der Gutsbesitzerin fertig geworden, als er um das Pferd bitten ging, um mich von der Schule in der Stadt nach Hause zu fahren, denn im Dorf besaß niemand ein Pferd, das dessen würdig gewesen wäre, im Dorf waren die Pferde gewöhnlich, alt, abgerackert oder schon so an das menschliche Schicksal gewöhnt, daß man nur mit der Peitsche und mit einem Fluch Leben aus ihnen herausholen konnte. Während in den Gespannen vom Gut feurige Hengste mit schmalen, kleinen Mäulern liefen, die die Köpfe nicht tiefer als der Himmel hängen ließen und Mähnen hatten wie junge Mädchen – Rappen, Füchse, Schimmel mit einem Fell, das dicht und sauber war wie die Teppiche in den Herrenzimmern. Und sie liefen anmutiger als die Pferde im Dorf, nicht bäurisch, sondern auf den Spitzen der Hufe, kaum die Erde berührend, machten auch kürzere Schritte, wie gefesselt, und in ihnen floß nicht das gewöhnliche rote Blut; es wäre eine Sünde gewesen, zu denken, sie seien von gleicher Art wie die Pferde vor den Eggen, den Pflügen, vom Acker. Wenn ein solches Gespann auf der Straße fuhr, fühlte man sich versucht, die Mütze zu ziehen wie vor dem Herrgott, der zu einem Kranken fährt.

Um ein solches Pferd ging mein Vater die Gutsbesitzerin bitten. Sie führte ihn zu den Ställen und befahl ihm, das erste beste zu nehmen, und sie verlangte, daß er dafür drei Tage zum Kartoffelhacken kam. Aber mein Vater erwiderte, er wolle darum bitten, sich das Pferd selbst aussuchen zu dürfen. Und er ging durch den Stall, schaute aufmerksam in die Boxen, wo die Pferde hinter den Verschlägen standen, und es waren immer schönere, edlere, schmuckere Pferde; die Gutsbesitzerin, die hinter ihm ging, ärgerte sich immer mehr über den Starrsinn meines Vaters, immer größere Wut zerrte an ihr, aber sie konnte nichts sagen, denn er hatte noch keins ausgewählt. Der Vater ging und bewunderte, beneidete, blieb aber nicht stehen, sondern strebte nur dem Ende des Stalles zu, an diesen edlen Fellen, an diesen immer launischeren Mäulern, Köpfen, Mähnen entlang, vorbei an dem Wiehern, als wüßte er, daß dort am Ende ein Pferd sein mußte, wie er es sich ausgedacht hatte.

Und so kam er zu den Hengsten, zwischen denen jener einzige stand, jenes Pferd aller Pferde, und er sagte, dieses wolle er haben.

Die Gutsbesitzerin schien wie vom Schlag getroffen.

»Seid Ihr wahnsinnig?! Das ist doch nur ein Paradepferd«, rief sie entrüstet. »Das ist edle Rasse und kein Pferd. Es wird nicht einmal vorgespannt. Selbst für die Fahrt zur Kirche ist es zu schade. Und Ihr wollt es vor einen Wagen spannen wie die erste beste Mähre. Vielleicht gar noch abhetzen und mit der Peitsche schlagen. Was ist Euch bloß in den Kopf gestiegen?«

»Aber es wird drei Tage meiner Arbeit verdienen, Frau Gutsbesitzerin«, sagte mein Vater, ungerührt ob ihrer Entrüstung. »Drei Tage Arbeit wie auf eigenem Land. Und wenn es steht, bringt es nichts ein, man hat nicht einmal viel Dung von ihm.«

»Ausgeschlossen. Man sieht, Ihr seid nicht ganz richtig im Kopf.«

»Ich lege einen Tag drauf, einen ganzen Tag, aus freien Stücken, und keinen Herbsttag, sondern einen Erntetag, einen langen Arbeitstag. Und ich werde es nicht abhetzen. Mag es gehen, wie es will, wenn im Schritt, dann eben im Schritt, im Trab, dann im Trab, ich werde es weder mit Wut noch mit Gedanken verletzen, und ich werde es mit gutem Korn füttern, nicht mit Afterkorn, sondern mit Hafer, ohne Häcksel, ich werde es tränken, und ich lasse auch nicht zu, daß es sich erhitzt. Und während der Rast werde ich ihm den Rücken zudecken, vielleicht sogar mit einer Pferdedecke, ich weiß es noch nicht, weil meine Frau erst eine suchen gegangen ist, und ich werde darauf achten, daß ihm die Bremsen und die Fliegen nicht zusetzen, werde alles tun, was Sie nur wollen, Frau Gutsbesitzerin.«

»Nein, mein Lieber. Dazu bekommt Ihr nie mein Einverständnis. Nie. Schlagt Euch das aus dem Kopf«, sagte sie ärgerlich, und ihr Ärger war vielleicht nicht so laut wie am Anfang, dafür aber um so entschiedener. »Nehmt das da oder gar keins. Wie Ihr wollt. Ich habe keine Zeit, hier herumzustehen, und für nichts und wieder nichts mit Euch zu feilschen.«

»Drei Tage, Frau Gutsbesitzerin. Und einen Tag lege ich noch drauf, sogar zwei.«

»Ich habe es schon gesagt. Quält mich nicht. Es ist genauso ein Pferd wie das andere. Für einen Wagen ist das dort sogar besser. Ihr fahrt ja nicht zur Parade, sondern um Euren Sohn abzuholen.«

Sie klopfte den Kopf des Pferdes, weil es ihn aus dem Verschlag vorgeschoben hatte, und sagte, wie um sich Mut einzuflößen, zum Stallknecht, der irgendwo am anderen Ende mit den Eimern rasselte: »Die Stute wird heute sicherlich fohlen. Gebt nachts auf sie acht.«

Und sie klopfte wieder das Pferdemaul, das sich an sie schmiegte, sie drückte diesen vorgebeugten Kopf an sich, schlang den Arm um das Maul. Es schien, als ströme von diesem Maul in ihren Armen die Güte des Pferdes, das Pferdeverständnis auf sie über. Aber plötzlich wich sie zurück und sagte vorwurfsvoll zu meinem Vater: »Und wenn ihm etwas geschieht. Nun, wenn ihm etwas geschieht? Was dann? Habt Ihr daran gedacht? Wenn es durchgeht. Wenn es ein Bein bricht. Was werdet Ihr mir dafür geben?«

»Ich habe Land. Ich gebe Ihnen Land«, sagte mein Vater.

»Land. Land.« Sie wurde wütend. »Für alles immer nur Land. Land für ein Medikament. Für das Schicksal Land, womöglich sogar Land für die Erlösung, was? Mit Land ist dieses Pferd nicht bezahlt. Im übrigen, wieviel Land habt Ihr denn schon.«

»Ich habe noch ein Haus, eine Scheune, einen Stall, eine Kuh, Frau Gutsbesitzerin.«

»Zuwenig. Zuwenig.« Sie lachte bitter. »Ihr wißt

nicht einmal, was solch ein Pferd wert ist. Das ist wie bei einem Menschen, man kann ihn durch nichts ersetzen. Ein Verlust bleibt zurück, eine Leere, eine Wunde fürs ganze Leben.«

»Dann biete ich mich selbst für das Pferd.«

Aber die Gutsbesitzerin schien diese Worte gar nicht gehört zu haben, denn sie sagte nachdenklich: »Und schließlich, wo würde ich denn mein Gewissen haben.«

Sie wurde sanfter, wurde fast freundlich, begann ihn in Güte zu überzeugen: »Laßt ab davon. Ich rate Euch gut. Ihr laßt Euch verführen. Dabei seid Ihr ein verständiger Mensch. Wir haben immer in Frieden miteinander gelebt. Wenn Ihr nicht das da vom Rand haben wollt, dann nehmt diese braune Stute. Ein ruhiges und zuverlässiges Tier, nicht verdorben auf dem Acker, es bringt nur den Dienstboten das Mittagessen. Oder die Fuchsstute von der Kalesche des Verwalters. Der Verwalter wird wegen des einen Mals nicht böse sein, ich erledige das mit ihm.«

Sie blickte im Stall in die Runde, suchte immer wieder ein anderes Pferd, aber mein Vater tat jedes mit einem hartnäckigen Schweigen ab.

»Oder ich gebe Euch das an der Tür, den Grauschimmel. Ein schönes Pferd. Früher wurde sogar darauf geritten. Den wollt Ihr auch nicht? Ach Gott! Gott, was seid Ihr nur für ein Mensch? Dann vielleicht, damit Ihr zufrieden seid, das mit der Blesse. Niemandem würde ich es geben. Niemandem. Aber Ihr quält mich so, Ihr quält mich so, daß ich nicht mehr weiß, wie ich es Euch recht machen soll. Es ist fast ein Familienpferd. Wird nicht ausgeliehen. Das erste gleich nach jenem da. Es wird nur gehalten, damit man hierherkommen und sich daran satt sehen kann. Und es ist schon mit dem Wagen gefahren. Und zur Kirche. Aber dafür ist es zu schade. So zart, daß es sich nicht erhitzen darf. Und schaut nur auf seine Beine! Eine Dame würde sich nicht schämen. Daß ich nicht weggefahren bin, bevor Ihr gekommen seid! Und ich war unruhig, so unruhig, fühlte mich nirgends wohl. Ich hätte mir denken können, daß mir etwas zustoßen wird. Mir stößt immer etwas zu, wenn ich so unruhig herumlaufe und nicht weiß, wohin mit mir. Daß mir das auch zustoßen mußte! Ich hätte in ein Heilbad fahren können. Schon seit drei Jahren will ich das. Die Familie wollte ich besuchen. Sie sind dort sogar böse auf mich und schreiben mir letztens nicht mehr. Und Zeit hatte ich. Dann hätte der Verwalter mit Euch feilschen können. Aber das mußte eben mir zustoßen. Mir, wie immer.«

»So ist das Leben, Frau Gutsbesitzerin«, sagte mein Vater.

Sie sah ihn argwöhnisch an.

»Nun ja, wie es scheint, werde ich Euch das Pferd geben müssen«, sagte sie. »Was fange ich Ärmste sonst mit Euch an?«

»Ich will es ja nicht für immer, Frau Gutsbesitzerin«, sagte er erregt. »Nur dieses eine Mal. Ich könnte es mir gar nicht öfter leisten. Und ich werde es achten, ich werde es wie meinen Nächsten achten.«

»Glaube ich«, sagte sie. »Aber, mein Lieber, nicht für drei Tage. Das werdet Ihr selbst verstehen. Was sind drei Tage? Und selbst noch zwei dazu. Was ist das schon? Wäre es nicht eine Geringschätzung eines solchen Pferdes, wenn es genausoviel wert wäre wie jedes andere Tier. Selbst in Euren Augen würde es viel verlieren, wenn Ihr es in drei Tagen abarbeiten könntet.«

»Und wieviel?« fragte er.

»Was weiß ich, vielleicht acht, vielleicht zehn.«

»Ist recht«, sagte er, ohne zu zögern.

»Aber alle zur Getreideernte, nicht zur Hackfruchternte. Bei der Hackfruchternte sind die Tage schon kurz. Außerdem pflegt dann der Regen den Tag zu verderben.«

Er nickte, das stimmte, er verdarb wirklich den Tag.

»Und mit der eigenen Sense«, fügte sie rasch hinzu.

»Mit der eigenen Sense«, wiederholte er zustimmend.

»Und mit der Frau. Sie kann das Getreide raffen.«

»Mit der Frau«, sagte er, wie um es sich einzuprägen.

»Aber mit eigenem Essen.« Sie vollführte eine ratlose Gebärde. »Ihr wißt es selbst. Ich habe so viele Bedienstete zu versorgen, und in dieser Zeit wollen sie nicht anders, immer nur mit Essen. Was soll ich tun? Ich muß es ihnen geben. Übrigens, wenn sie mittags von den Feldern nach Hause gingen und dann alle wieder kommen müßten, jeder einzelne, dann nähme die Ernte ja gar kein Ende. Aber beim Abarbeiten mache ich es immer so: ohne Essen. Es würde mich sonst zuviel kosten. Das Essen ist heutzutage teurer als die Arbeit. Und bei der

Ernte essen die Leute viel, o ja. Zumal wenn sie wissen, daß es nicht vom eignen ist, dann futtern sie, dann stopfen sie. Nicht, weil sie Hunger hätten, o nein, nicht vor Hunger, ich kenne die Leute, nur aus Haß.«

»Wir sind es nicht gewohnt zu essen, Frau Gutsbesitzerin. Wenn unsereins ein bißchen mehr oder besser ißt, dann hat er gleich Schmerzen, es wird einem übel, und man bedauert, gegessen zu haben. Wir werden mit dem allem fürliebnehmen, eine Schnitte, etwas Kwaß im Topf oder sauberes Wasser vom Bach, das genügt für den ganzen Tag, die Zeit soll für das Essen nicht vergeudet werden.«

Die Gutsbesitzerin sah meinen Vater scharf an, als habe er sie durch etwas gereizt, oder aber diese unterwürfige Zustimmung kam ihr ekelhaft vor. Sie hatte angenommen, daß er bestimmt um das Essen feilschen würde, und sie hätte sich darüber nicht gewundert, sie hatte ja vor nachzugeben, wenn er sich gerechtfertigt hätte: »Was denn, ohne Essen? Ohne Essen? Schaffen wir nicht. Die Sense erledigt mich in einem halben Tag, und die Garben knicken meine Frau wie eine Weidenrute. Wir schaffen es nicht. Wenigstens einmal muß man essen, wenigstens saure Milch mit Brot, aber essen muß man.«

Mit dieser sauren Milch mit Brot zur Mittagszeit wäre sie einverstanden gewesen.

Aber er stand da wie ein Baumstamm und sah sie nicht an, schaute nur irgendwo tief auf ihre Füße, und die Augen hatte er zusammengekniffen, als steche ihn

das Licht, das aus den kleinen Fenstern sickerte, oder
der scharfe, beißende Schweiß der Pferde und der ver-
faulte Mist, obwohl er diesen Geruch von Schweiß und
Mist mochte, der in die Augen kniff. Er hätte so endlos stehen können und wurde ganz sanft, wenn er diesen ätzenden Pferdeschweiß und den Mistgeruch, der
stark wie Bier war, einatmete. Und die Gutsbesitzerin
packte die Wut, daß sie aus diesen zusammengeknif-
fenen Augen nichts herauslesen konnte außer seiner
Sanftmut.

Daher sagte sie mit kaum verhülltem Ärger: »Aber
das ist nicht alles. Das ist nicht alles. Glaubt Ihr etwa,
daß dieses Pferd nicht mehr wert ist? Solch ein Pferd ist
fast unbezahlbar. Ihr kommt noch im Herbst, wenn Getreide für den Export gedroschen wird.«

»Ich werde kommen.«

»Und Eure Frau kommt das Grün von den Rüben abschneiden.«

»Sie wird kommen.«

»Und im Winter kommt Ihr zur Treibjagd. Wir wer-
den eine Jagd veranstalten. Eine große Jagd. Es werden
Herren kommen, dazu brauche ich auch Leute, denn die
Jagd muß gelingen. Die Hasen haben sich wie die Heu-
schrecken vermehrt. Kein Wunder. Sie haben so viele
Jahre ungestraft gelebt. Der selige Herr liebte keine Jag-
den. Was ist das für ein Feld ohne Hasen, sagte er immer.
Mit der Natur muß man in Eintracht leben, wenigstens
mit der Natur. Und sie hatten es gut zu seinen Lebzeiten.
Er erlaubte ihnen alles. Er ließ ihnen sogar Mohrrüben

im Winter auf die Felder fahren. Kohl. Kohlrüben. Er selbst nahm nie eine Flinte in die Hand und erlaubte auch nicht, daß andere schossen. Sie sind so frech geworden, daß man es nicht mehr aushalten kann. Nicht einmal Angst haben sie. Fressen die Felder kahl und benagen die Bäume. Trauen sich sogar auf die Gehöfte, wenn der Winter strenger wird, nähern sich dem Gutshof in Herden. Sie lassen einen nicht mal in Ruhe schlafen, solch ein Getrappel ist dann vor den Fenstern, so viel Geräusche, so viel Gequieke. Und wie viele Bäume sind durch sie schon verdorrt.«

»Ich werde kommen, Frau Gutsbesitzerin, ich werde kommen und helfen«, sagte er, als sei auch er wütend auf diese Hasen, die einen nicht einmal mehr schlafen ließen.

»Was denkt Ihr Euch bloß!« rief die Gutsbesitzerin und fuhr wie von der Tarantel gestochen hoch. »Glaubt Ihr, ich lade Euch zum Kuchenessen ein? Wer weiß, wie lange eine solche Jagd dauern wird? Wer weiß. Habt Ihr noch nicht genug? Ist Euch das noch zuwenig? Dann kommt Ihr eben Rüben hacken, Quecken jäten, die Ställe ausmisten. Es wird sich schon Arbeit für Euch finden. Ganz gewiß. Wenn Ihr so darauf versessen seid. Es wird Euch noch zuviel werden. Ihr werdet noch einmal diesen Tag verfluchen.«

»Ich komme, wenn es sein muß«, sagte er und pflichtete ihren Ausbrüchen nachsichtig bei, denn er wußte wohl doch am besten, was er verfluchen und was er nicht bedauern würde.

177

»Zum Beispiel die verdorrten Bäume im Park aussägen.«

»Ich werde kommen.«

»Spalten und dann zersägen, kleinhacken, was zu Brennholz bestimmt ist, und den Rest am Schuppen stapeln.«

»Ich werde kommen.«

»Den Garten bepflanzen. Im alten einen neuen Garten anlegen. Jetzt lauter Apfelbäume. Die neuesten Sorten. Nur Winteräpfel. Rote. Jetzt werden nur rote gern gekauft. Der Garten soll endlich so aussehen, wie es sich gehört. Soll er in die Augen stechen. Und die Bäume im gleichen Abstand pflanzen. Versteht Ihr, im gleichen Abstand und gerade. Nur in Euren Gärten können die Bäume wachsen, wo sie wollen, wo der Wind den Fruchtkern hinträgt, wo die Elster ihn abwirft oder wo man ihn mit den Stiefeln hinschleppt.«

Sie hatte die Wahrheit gesagt: So sah auch der Obstgarten meines Vaters aus. Die Bäume wuchsen, wie sie selbst es wollten, niemand kalkte sie im Frühling, und im Sommer standen sie voller Blattläuse wie im Nebel, und nur ein Baum war darin etwas wert – der wilde Birnbaum. So hatte mein Vater diesen Garten vorgefunden, und er selbst hatte keinen Sinn für Obstbäume, nur daß er den Garten liebte und sogar von verdorrten Bäumen glaubte, daß sie irgendwann neu ausschlagen würden, also standen sie zwei, drei Jahre, ehe er sie absägte. Äpfel aß er nicht, eine Birne nahm er nicht in den Mund, Pflaumen kostete er nicht, aber den Obstgarten hatte er gern.

Deshalb verstand er die Gutsbesitzerin, er begriff sie, obwohl er nicht wußte, ob sie höhnte oder ob etwas sie ärgerte, aber er sagte, schwerer jetzt schon, als ginge er bergauf und als hielte er inne: »Ich werde kommen.«

Die Gutsbesitzerin zögerte, vielleicht war sie nur von diesem Traum vom Obstgarten wach geworden, sie schien weinen oder wütend werden zu wollen, aber sie fühlte, daß es meinem Vater immer schwerer fiel, denn sie sagte ruhiger, als stelle sie sich selbst nur auf die Probe: »Und Eure Frau kommt vor den Feiertagen, um die Zimmer aufzuräumen. Der Staub wird von den Möbeln gefegt, von den Bildern, Leuchtern, Lampen gewischt, die Spinnweben sind abzusammeln, die Teppiche, die Sessel, die Couches auszuklopfen, die Fenster zu putzen, die Fußböden, die Parkette zu scheuern, sie sind vernachlässigt, verwahrlost. Es wird eine Menge Arbeit geben, denn alles muß blitzen. Und Ihr wißt ja, daß ich schlechte Arbeit nicht mag. Mich hat noch niemand betrogen. Ich kann gerecht sein«, sagte sie langsam, mit Nachdruck, und suchte ihre Stimme zu dämpfen, damit sie nicht zitterte.

Der Vater schien bedrückt zu sein, er dachte nach, erwog jede Sache einzeln: die Möbel, die Bilder, die Leuchter, die Lampen, die Wände, die Spinnweben, die Teppiche, die Fenster, die Gerechtigkeit der Gutsbesitzerin, die Sessel, die Couches, die Fußböden, und jede Sache maß er an der schmächtigen Gestalt meiner Mutter.

Und in der Gutsbesitzerin wuchs das Herz. Sie hatte dieses ganze Gespräch einfach abgeschüttelt. Nun starrte sie meinen Vater sogar voll Freundlichkeit an, schenkte ihm gnädig diese Zeit zum Überlegen, aber der Vater floh mit den Augen nach unten, zu ihren kleinen Füßen, die ihm besser zu einem Kind zu passen schienen als zu dieser versessenen Frau.

Sie unterbrach sein Nachdenken nicht. Sie wartete ruhig, bis er zu Ende gedacht hatte, bis zum letzten Gegenstand, und sie wünschte sogar, daß er etwas fand, was sie nicht aussöhnte, und sei es, daß er zu feilschen begonnen hätte, sie solle ihm eine Arbeit erlassen, dann wolle auch er sich irgendwie im Bedarfsfall erkenntlich zeigen, oder sie solle Mehl zu seinem Einverständnis draufgeben, einen Hasen von der Jagd, oder sie solle seiner Frau wenigstens das Fensterputzen ersparen, auf jeden Fall etwas, woraus sie das einzige sie trennende Hindernis hätten machen können, das schwer zu überwinden war.

Aber mein Vater überlegte und überlegte, also wollte sie ihm vielleicht diese Bitterkeit versüßen, als sie sagte: »Was ist denn nun Euer Sohn geworden?«

Da richtete er den Blick auf sie und sprach: »Die Frau wird auch kommen.«

Und plötzlich fuhr Angst in die Gutsbesitzerin, sie stützte sich mit der Hand auf den Verschlag und sah eine Zeitlang meinen Vater an, ohne ein Wort zu sagen, scheinbar überrascht durch seinen Anblick. Sie schaute sich im Stall um, ob wenigstens die Pferde mit ihr seien, ob der Stallknecht noch irgendwo wirtschafte, und sagte dann mit fast flehender Stimme zu meinem

Vater: »Und im Winter soll sie Bohnen aushülsen kommen.«

»Sie wird kommen. Sie wird kommen, Frau Gutsbesitzerin.«

»Und Federn schleißen, denn es hat sich schon eine Menge angesammelt. Es hat sich so viel angesammelt. Der ganze Dachboden voll. Sie werden dumpfig. Ich will es nicht umsonst. Ich werde mit Geld bezahlen oder werde mich sonst irgendwie erkenntlich zeigen, womit sie nur will. Und Federn kann sie auch haben, ich werde Euch auch Pflanzkartoffeln geben, alles, was ich kann. Ihr schöpft ja zu Hause nicht aus dem vollen.« Ihre Stimme war schwächer geworden, sie war wehmütig gestimmt, war dem Weinen nahe. Aber mein Vater bemühte sich, nachsichtig zu sein, und sagte so sanft, wie er das nur konnte: »Sie wird auch zum Federnschleißen kommen.« Und er machte sogar eine Verbeugung für die Erkenntlichkeit, die sie seiner Frau erweisen wollte.

»Und Ihr ... Ihr ...« Die Gutsbesitzerin überlegte fieberhaft.

Der Vater wartete nicht, bis sie sich etwas ausgedacht hatte, und sagte: »Ich werde kommen.«

Da vernahm er ihren krampfhaften, nervösen Schrei: »Nehmt dieses Pferd! Nehmt es. Ich will nichts von Euch! Ich werde Euch eher noch etwas schenken! Ich will auch kein gutes Wort! Euer gutes Wort kann einen umbringen! Geht nur endlich! Nehmt das Pferd und geht! Um Himmels willen, geht! Packt Euch!«

Hätte sie gewußt, daß dieses Pferd mit jeder unterwürfigen Einwilligung meines Vaters schöner wurde – sein Hals wurde länger, die Beine wurden schlanker, die Mähne hing immer tiefer herab, wie Rebenzweige, wie prasselnder Regen, der Schwanz verwandelte sich in einen wehenden Streif, die Hufe in Füße, das Fell in fruchtbare Ernte –, daß das Pferd seine Stallgewöhnlichkeit, seine tierische Pferdehaftigkeit verlor und seine Milz größer wurde, daß es Wind und Flügel bekam, daß es um den Ruhm dieser Erntetage, um das Dreschen, die Treibjagd, das Baumpflanzen, das Bohnenaushülsen, das Federnschleißen reicher wurde, oh, hätte die Gutsbesitzerin das gewußt, sie hätte meine Mutter vielleicht auch noch zum Putzen der Spiegel und der Tafelaufsätze kommen lassen und hätte dem Vater noch mehr aufgetragen.

Denn dieses Pferd war nur durch meinen Vater zum Pferd der Pferde geworden. Zuerst hatte mein Vater es ja ausgedacht und dann erst ausgewählt, und er hatte sich mit allem einverstanden erklärt, damit es dieses Pferd war, ein Pferd, von dem die Gutsbesitzerin nicht einmal geträumt hatte und von dem sie nicht einmal vermutete, daß sie es in ihrem Stall besaß, denn sie war daran gewöhnt, daß man ein Pferd danach einschätzt, ob es vor die Kutsche oder vor den Wagen gespannt wird, ob es einen Pflug zieht oder ob es zur Kirche fährt, und bestenfalls, daß es dasteht, um die Augen zu erfreuen.

Ich weiß selbst nicht, wozu mein Vater ein solches Pferd brauchte, wir hätten mit einem gewöhnlichen fahren können, und es wäre sogar schneller gegangen, oder wir hätten zu Fuß kommen können, wie ich das beabsichtigt hatte. Lange hätte man die Erschöpfung von dem Weg doch nicht gespürt.

Manchmal vermute ich, daß mein Vater sich selbst betrügen wollte. Er wollte sich ganz einfach betrügen, um derjenige zu werden, der er nicht sein konnte. Denn wenn der Mensch nichts vermag, dann kann er sich immer noch betrügen. Und wie sollte er dieses in sich angestaute Verlangen befriedigen? Sogar das Land bot ihm eine solche Möglichkeit nicht. Deshalb auch wollte er nie mehr Boden haben, ihm genügte, was er hatte: die saure Wiese am Fluß, der trockene Flecken am Berg und die zwei Äcker bei der Ziegelei; im übrigen war das Land ebenso unzugänglich wie alles andere, und sich selbst zu betrügen war sogar ihm zugänglich wie jedem anderen. Vielleicht glaubte er, daß es genügen würde, sich zu betrügen, um Erfüllung zu finden, oder er wußte auch, er wußte bitter, daß das alles war, womit er rechnen könne, daß das seine einzige Möglichkeit war, unabhängig von dem Land, von den Nachbarn, von Gott, seine eigene, seine große, seine nicht versklavte Möglichkeit. Und er hatte sich nicht das Pferd ausgedacht, sondern seinen Willen, einen großen Willen, wie ihn niemand im Dorf besaß. Aus einem solchen Willen kann auch ein Pferd entstehen und ein Mensch. Einen solchen Willen haben nur Menschen, die das Land in eine Erzählung, ihr Leben in menschlichen Trost verwandelt haben.

Aber dieser Wille war zu groß für ihn als einen Menschen, der wie andere lebte, und vielleicht schlechter als andere, gemeiner, weil er nicht einmal ein eigenes Pferd hatte, sondern nur ein geborgtes, bis zum Ende seines Lebens ein geborgtes. Er nahm gewiß nicht an, daß sich dieser starke Wille schließlich gegen ihn kehren würde, daß er ihn selbst schließlich nicht ertragen würde, daß er sich seiner bemächtigen, ihn betören würde, ihn in Versuchung führen würde, daß er ihm untertan werden würde wie der erste beste, einsam und demütig, ein für allemal einsam, weil durch sein Verlangen zu dieser Einsamkeit verdammt. Daß er in diesem Willen, wo die Gedanken Taten sind und das Verlangen die Spur des Vollbrachten, wo die Phantasie nur die Dienerin der Erinnerung ist, daß er sich selbst in diesem Willen so manches Mal nach alledem sehnen würde, nach diesem Pferd, weil er es nicht hatte, nach dieser Gier auf Bodenbesitz, einer gemeinen Gier, die aber um vieles treuer war als dieser Wille, anständiger als dieser Wille, wahrhaftiger, und sich auch nach so mancher Sorge sehnen würde, die er sich erlassen hatte; selbst die Angst vor dem Fluß würde ihm da vertraut erscheinen, vertrauter als irgendwann zuvor, und er würde sich ebenso nach dieser Angst-Gewohnheit sehnen, nach dieser Angst-Phantasie, die sich selbst Überflutungen schuf, denn wo hätte ein so kümmerlicher Bach sich ohne Menschenhilfe in ein großes Hochwasser verwandeln können. Vielleicht würde er sich auch lächerlich vorkommen mit diesem Willen, denn was war der denn, wenn nicht

Heuchelei, Kinderei, nur daß er für eine Kinderei zu erwachsen, zu klug war, daß er für eine Kinderei, diese unaufhörliche Kinderei, zuviel wußte; wenn er sich also
betrogen hatte, dann nicht aus Sorglosigkeit, sondern
weil er klüger war, als er hätte sein sollen, und diese
Klugheit tat ihm mehr weh als die Heuchelei. Vielleicht
hatte er in dieser Heuchelei eine Freundlichkeit für sich
selbst erlangt, die er nie besessen hatte, vielleicht war sie
ihm notwendig, um sich irgendwie vor sich selbst zu
entschuldigen, zu rechtfertigen, die eigene Bestimmung
zu finden, ohne die das Leben nicht viel wert ist, vielleicht fand er auch dort erst für die anderen Verständnis und für die Mutter etwas mehr Herz und für mich
dieses sein Verlangen, denn in Wirklichkeit war nur
das Land da, vom Morgengrauen bis zur Nacht, in
den Händen, im Blut, in den Gedanken, das Land, ewig
ohne Gnade, das Land, das er sogar nicht zu lieben
brauchte, denn was konnte er anders, da er ihm alles
verdankte außer Wohlstand – seine Geburt, seine Frau,
die Tiere, die Würde, die Freundlichkeit Gottes; nur daß
er diesem Land treu bleiben mußte wie ein Hund, die
Treue zu ihm pries er über alles, und mit dieser Treue
war er reich über alles, reicher als das Schicksal, als die
Liebe, und selbst wenn er sich nach dem Tod sehnte,
dann war auch das noch ein Sehnen nach dem Boden.
Vielleicht also mußte er sich betrügen, um sich diesem
Boden zu widersetzen. Nur hatte er offenbar nicht be-
dacht, daß dieser ersonnene Wille ihn ebenso an sich
schmieden, einen Diener aus ihm machen würde.

Aber vielleicht sollten Menschen wie ich, die ihre Lebensverhältnisse irgendwie zu ordnen vermocht haben, gezähmt wie Haustiere, weder gut noch böse, von dem einzigen Wunsch beseelt, nur sich selbst zu meiden, Menschen mit kleinem Herzen, vielleicht sollten sie andere nicht verurteilen und auch niemanden bedauern außer sich selbst, denn ihr Leid ist böses Leid, ihr Leid verdirbt jede Erhabenheit. Und noch jetzt tut mir mein Vater oft leid, obwohl ich doch im Schatten dieses seines Willens gelebt habe.

Doch ich glaubte ihm nicht. Mir schien, daß er trotz dieses großen Willens oder durch ihn leicht zu verletzen war, leichter als sonst jemand, durch ein unvorsichtiges Wort, durch eine nichtssagende Regung, durch einen Zweifel, durch einen Gedanken, daß in einem Menschen wie ihm die Sehnsucht nach einem bißchen Ratlosigkeit besonders groß sein müsse, wie das Verlangen nach Ruhe nach einem ganzen Arbeitstag.

Daher lebte ich ständig in der Sorge um ihn, die gar nicht so rechtschaffen war, nämlich daß einst ein Tag kommen werde, an dem meinem Vater nichts weiter begegnen würde, lediglich die erste beste Dummheit, die erste, die der Tag bot, die aber stärker sein würde als sein Wille, denn nur Dummheiten sind stärker als der Menschenwille, nur Dummheiten sind maßlos. Vielleicht würde sich ihm die Sense beim Dengeln widersetzen, weil er für die Sense eine ausnehmend große Geduld, eine Engelsgeduld hatte.

Wenn er die Sense dengeln sollte, stand er früher auf

als sonst, bevor die Sonne richtig aufgegangen war, so daß die Welt, wenn ich aufstand, bereits erfüllt war vom klanglosen, trockenen Klopfen, gewissermaßen erfüllt vom für alle morgendlichen Laute urtümlichen Lärmen, wie Vogelgezwitscher, wie dem Rattern der Wagen, dem Brüllen des Viehs. Wenn ich zur Schule ging, blieb ich wenigstens einen Augenblick stehen, um mich zu vergewissern, daß er, so wie ich es erwartet hatte, mitten auf dem Hof saß, über die Sense gebeugt wie über Magenschmerzen und ganz in dieses trockene Klopfen verwandelt.

Man könnte meinen, es gebe am Anblick eines Mannes, der eine Sense dengelt, nichts Interessantes. Aber wenn ich ihn ansah, traute ich dieser Alltäglichkeit nicht, und die Angst drängte sich mir von selbst auf, ich fürchtete, meinen Vater zu verlassen, so gewöhnlich wegzugehen, ohne diesen Anblick, ohne irgendeinen Unglauben an diesen gewöhnlichen Anblick meines Vaters, wie er die Sense dengelte, mitzunehmen.

Hin und wieder stellte er die Sense gerade auf und schaute gegen das Licht auf die Schneide, dann wieder legte er sein Ohr an und prüfte nach, ob diese Schneide schon aufgehört habe, noch etwas Sichtbares zu sein, und eine Glocke, ein Beben, reine, ungestörte Stille geworden war. Er hörte weder die Leute, die aufs Feld gingen, noch meine Mutter, die ihn zum Frühstück rief, selten auch gewahrte er mich, und wenn er auch zu mir hinschaute, so sah er dennoch nicht. Er war mit dieser Sense immer unzufrieden. Mir schien, daß er in einer plötzlichen Wandlung von Rührung über sich selbst anfangen würde zu klagen, sich bei ihr einzuschmeicheln wie bei einem Tier, daß die Sense ihm noch einmal als ein fliehender Fisch erscheinen werde, nach dem er die Hand ausstrecken und zupacken würde.

Meine ständige Sorge flüsterte mir übrigens verschiedene sonderbare Vermutungen ein. Vielleicht ließ ich mich auch zu sehr von ihr bestimmen, jedenfalls brachte ich es nicht fertig, ihm gegenüber gleichgültig zu sein. In dieser ständigen Befürchtung um ihn, in den Ahnungen, in den Quälereien lebte ich hundertfach besser, als ich allein gelebt hätte. Ich wußte wenigstens, wie ich und wozu ich leben sollte. Diese Angst füllte nicht nur meine Zeit aus, sondern ließ auch in mir eine Leere aufkommen. Sie war fast wie ein Garten, ein Garten nach dem Mittagessen, ein Gärtchen kaum, das man in jedem freien Moment betreten konnte, das selbst auf jeden meiner freien Augenblicke wartete, sich selbst aufdrängte, sich an das Denken und an das Nichtdenken wie ein Federbett an den Körper, wie der Tod an das Leben anschmiegte. Und es war nicht zu groß, denn ein zu großer Garten wirkt gleich zu echt, übersteigt die Kräfte, stößt zurück, vertreibt einen. Und ich liebte diese Angst, wollte sie lieben, sie war seltsam freundlich zu mir, ich hing an ihr, so daß sie zu mir paßte. Daher ist es wohl besser, wenn ich sie Sorge nenne.

Vielleicht habe ich diese Sorge, die lediglich aus meinem Unglauben an seinen ersonnenen Willen herrührte, denn der menschliche Wille eignet sich von allen Dingen am wenigsten dazu, daß man ihm glaubt, vielleicht habe ich sie, diese Sorge, zu meinem eigenen kleinen Nutzen geschaffen, für jenen Nachmittag eben, jene Zeit nach dem Mittagessen, die den größten Teil des Lebens ausmacht, mit der ich nicht viel hätte anfangen können, wenn ich mir selbst genügen müßte. Und so konnte mich sozusagen diese ständige Sorge, in die ich mich manchmal wie in die untergehende Sonne vor dem Haus zu vertiefen liebte, in die ich vor mir selbst floh, wenigstens einigermaßen vertreten, war größtenteils für mich da, befreite mich von mir.

Aber ich möchte mir gegenüber nicht ungerecht sein. Ich lebte nicht nur für mich in dieser ständigen Sorge um ihn. Meine Sorge bewirkte, daß wir uns näherkamen, erlaubte es auch, in ihm manch eine Qual zu sehen, so manche Gemeinsamkeit zu erblicken. Ihr verdankte ich es, daß ich ihn fühlen konnte, daß ich mich seiner erinnern konnte, daß ich ihn kennen konnte, außerhalb seiner, wo er sich nicht einmal selbst kannte und sein Wille mich nicht so sehr von ihm trennte. Dank dieser ständigen Befürchtung meinerseits wurde er mein gewöhnlicher Vater, nach dem ich mich ihm gegenüber so manches Mal gesehnt hatte. In dieser meiner Angst kam er mir echter, bisweilen leidend vor, diese Angst zog ihn auf die Erde herab und rettete ihn vielleicht vor so manchem, zog ihn in unser beider Leben herab, in dem es schwergefallen wäre, auseinanderzuhalten, was sein und was mein war, in dem wir stets gemeinsam verweilten, ohne unsere Andersartigkeit zu kennen, so gemeinsam wie eine Pflanze mit der Erde, ein Vogel mit der Luft, ein Fisch mit dem Wasser verbunden ist, sie zog ihn in die gleiche Stube, zu den gleichen Gedanken, schützte ihn vor dem Unvorhergesehenen, vor jenem unsicheren Willen, obwohl sie ihn davor doch nicht bewahrte.

Aber vielleicht war es gar nicht Angst um meinen Vater, denn ich war ja nicht so vorausschauend, wie es mir manchmal vorkommt, wie ich es zu meinem Trost jetzt sehen möchte, als vielmehr Angst vor ihm, der in mir lebte. Eine alte Angst, früher als das Gedächtnis, als das Wort, als das erste Umschauen, wo ich bin. Eine Angst, die sich unmerklich in mir festgesetzt hatte, wie sie übrigens in jedem von uns nistet und in uns, außerhalb unser wächst, als unser treuestes Gefühl, denn sie verläßt uns nicht bis zum Tod, sie wird sogar wieder ein Teil unserer Vaterschaft. Nur wird auch sie mit dem Alter klüger, edler, nimmt Namen und Charakter an, verführt unser Bewußtsein. Aber diese Angst vor dem Vater in uns ist ursprünglich und angeboren. Sie vermag sich in Leid und Kummer zu kleiden, in Sehnsucht, in Schmerz, in Unversöhnlichkeit, aus ihr rührt das unbefriedigte Verlangen nach Zugehörigkeit, sie ist die unvergeßliche Erinnerung an den Vater, die Treue zu ihm und sogar die Nachsicht, denn wann sonst wäre der Mensch imstande, so freiwillig, so rückhaltlos zu begreifen; und sie wird auch zu Liebe, denn welch andere Abhängigkeit könnte sich in der Liebe verbergen, welch andere Uneigennützigkeit außer dieser alten, aber stets in uns lebendigen Angst. Diese Angst pflegt auch jene Gegenseitigkeit zu sein, in der wir wieder leben möchten, vielleicht ist deshalb diese Gegenseitigkeit auch unmöglich außerhalb des Verlangens des Menschen. Aber als solche hört sie nie auf, jene alte kindliche Angst vor etwas zu sein, das über uns ist und das sich lediglich im Vater wirklich verkörpert, nur daß wir sie nie in uns erkennen wollen.

Nie konnte ich diese Angst loswerden, ich war meinem Vater gegenüber stets nur sein Sohn. Vielleicht rührte diese Vaterschaft mehr aus meinem Gefühl denn aus der Verwandtschaft. Ein Sohn, der es nie fertigbrachte, er selbst zu sein, obgleich wir beide alt geworden waren, so daß wir fast gleich wurden und er als mein früherer Beschützer nun unter meine Obhut überwechselte, aber ich verhielt mich dennoch stets wie ein ratloses Kind ihm gegenüber, suchte sein Einverständnis, seine Unzufriedenheit, und ich konnte nicht einmal etwas vor ihm verbergen, etwas für mich verbergen. Und wenn er mir Gleichgültigkeit zeigte oder mich mit Schweigen empfing, fühlte ich mich fast getadelt, beschämt, überlegte, womit ich ihm untreu geworden sein könnte, und auf jeden Fall bereute ich dann, bereute ich alles bitter.

So war es, als das Gut hier aufgeteilt wurde. Ich eilte zu ihm mit dieser Nachricht, glücklich, daß ich ihm eine Neuigkeit bringe, daß diese Nachricht ihm helfen werde, daß er sein Verlangen würde rechtfertigen können, also brachte ich sie ihm wie eine Medizin. Er saß

auf dem Schemel am Küchenherd, preßte eine Selbstgedrehte zwischen den Lippen und fummelte geduldig mit
einem Stock im Aschkasten, auf der Suche nach einem
Stückchen Glut, und die Asche hüllte ihn ein wie Nebel.
Vielleicht hätte das ein andermal keinen Eindruck auf
mich gemacht, ich hatte mich an seine verschiedenen
Wunderlichkeiten gewöhnt, also hätte ich höchstens
gesagt: »Was suchst du? Siehst du nicht, daß die Asche
schon längst erkaltet ist? Bitte, hier hast du Streichhöl-
zer.«

Aber diesmal erblickte ich in seinem leidenschafts-
losen, geduldigen Stochern einen Funken Weisheit, die
sich unversehens verraten hatte, oder aber ich hatte
mich für einen Augenblick von meiner Gewöhnung
an ihn unter dem Einfluß der Neuigkeit, die ich ihm
brachte, befreit. Mir schien, in dieser Geduld liege die
Zustimmung, die höhnische Zustimmung dazu, daß die
Asche schon längst erloschen sei, und er erwarte gar
nicht, dieses Stück Glut dort zu finden, sondern es gehe
ihm lediglich ums Sotun, nicht ums Finden.

Ich fühlte mich fast beschämt, daß ich mit dieser
Freude zu ihm gekommen war, mit dieser gewöhnlichen irdischen Freude, während er selbst sich stach, sich
quälte, um wenigstens ein bißchen mehr zu erraten, als
man ahnte, um sich doch irgendwo außerhalb des Ver-
standes zu erblicken, daß er sich dieses Suchen nach
der Glut in der längst erloschenen Asche wider die Vernunft auftrug, während ich seine geduldige Konzen-
tration störte. Im Vergleich zu meiner gewöhnlichen

Freude erschien er mir würdevoll, fast so, als richte er die Welt in meinen Augen ein, die Welt, wie sie von Anbeginn war, in einer Nußschale, und als habe er dabei bisher noch nichts für sich gefunden, die Welt, die nützlich für sich selbst, glaubhaft für sich selbst war, denn ein Mensch, der sich das Bewußtsein und auch dessen Verneinung zu verleihen imstande ist, muß davon überzeugt sein, daß sich sein Wille erfüllen kann.

Ich wußte nicht, was ich mit mir anfangen sollte, ich setzte mich auf die Bettkante und saß still, wartete, bis er fertig sein würde. Mir war, als habe er mir Zeit gelassen, mich zu beruhigen, und habe sich mit etwas beschäftigt, damit ich diese Zeit nur für mich hatte, denn die Zeit würde besser mit mir sprechen können, als er selbst es vermochte.

Ich sagte schließlich, aber schon etwas gedämpft, eher so, als ob ich mich zu etwas bekannte, womit ich selbst nicht fertig werden konnte, und zugleich voller Befürchtungen, wie er es wohl aufnehmen würde: »Das Land wird aufgeteilt.«

Er erwiderte nichts, gab aber dieses Stochern auf, legte das Stückchen Holz auf den Herd, wischte die Asche von den Händen an der Hose ab und wußte nur nicht, was er mit der Selbstgedrehten anfangen sollte, er hielt sie in den Fingern und betrachtete sie gleichgültig, schließlich zerknüllte er sie und schüttete sie in die Tasche. Er sah zu mir herüber, ließ diesen blauen Blick über mich gleiten, so daß ich mich ganz zusammenkrampfte und bitter mich und meine Worte bedauerte,

die ich vor einer Weile gesprochen hatte, und mit den
Augen irgendwo bei dem Fenster mit der untergehenden
Sonne Zuflucht suchte, dann bei der Wand und wieder
beim Fenster. Vielleicht hatte ich zuviel erwartet, denn
ich hatte wenigstens erwartet, daß er sich vom Schemel
erheben, daß er sich mir nähern, daß er nachdenklich
werden und in den Sonnenuntergang starrend, wieder-
holen würde: »Das Land wird aufgeteilt. Das ist gut, das
ist gut, mein Sohn.«

Aber vielleicht fürchtete ich gerade dies, weil ich mich
die ganze Zeit hindurch gleichsam von der Hoffnung
bedrückt fühlte, daß er plötzlich ganz gewöhnlich, mit
zwei, drei Schritten und dieser gewohnten Stimme zum
Fenster gehen würde. Und dabei war ich nur seinen
Blick wieder losgeworden, denn er kapselte sich erneut
in dieses Sitzen am Herd ein.

»Hörst du, das Land wird aufgeteilt«, sagte ich wieder schüchtern, verängstigt ob dieser Worte, die in ihm,
in seinem ungewissen Schweigen jäh verlorengingen.

»Ich sage, daß das Land aufgeteilt wird«, wiederholte
ich nunmehr etwas ungeduldig, ohne meine Gereiztheit
verbergen zu können. Ich fühlte mich von ihm übersehen, mich dem eigenen Gelächter preisgegeben, dabei
wollte ich gar nicht viel aus ihm herausholen, aber immerhin ein »Wie?«. Es ging mir nicht einmal um das
Land, ich erinnere mich genau daran, es ging mir gar
nicht um das Land, die Nachricht allein genügte mir,
und ich wollte sie nur mit ihm teilen, mich mit ihm
zusammen freuen oder nur Zeuge seiner Freude, ir-

gendeiner Erleichterung sein, die ich von ihm erwartete.

»Aber was tut's«, sagte ich bitter, wie zu mir selbst und nicht zu ihm. »Was tut's. Mir gehört es ja doch nicht. Übrigens ist es auch ganz richtig so. Was würde ich mit dem Land anfangen? Ich habe ja schon vergessen, was Land bedeutet. Ich bin seiner entwöhnt. Übrigens konnte ich es nie richtig bestellen. Und das ist schade, es ist wirklich schade. Jetzt käme es zupaß. Sogar für diesen einen Augenblick hätte es sich gelohnt, mit dem Land vertraut zu sein, es ertragen zu können, ihm zu dienen, darüber hinaus die Welt nicht zu sehen, das Land für die Religion, für das Schicksal zu halten, in Ergebenheit dafür zu leben und es zu verdammen, zu hassen, o ja, das hätte sich gelohnt. Und das geht jetzt an mir vorüber, geht irgendwo an uns vorbei, wird in uns keine Spur zurücklassen, keine Erinnerung, und wir werden sein, wie wir waren, unberührt. Über dem Land stehend, aber auch ohne Land. Deshalb möchtest du nicht einmal zur Kenntnis nehmen, daß das Land an uns vorbeigeht. Und es wird so sein, daß nicht wir von ihm gegangen sind, sondern es uns verlassen hat. Es ist offenbar stärker als wir. Es war immer stärker als ich, doch dir konnte nicht einmal das Land etwas anhaben. Eine Kuh würde ich noch irgendwie satt füttern können, aber den Pflug anzufassen, scheute ich mich, ich hätte Angst, daß mir die Pflugsterze aus den Händen rutschen, daß er mir nicht gehorchen und nicht ich ihn, sondern er mich lenken würde. Ganz zu schweigen vom

Säen. Ich habe nie ein Saatkorn in die Erde geworfen, obwohl ich genug zugeschaut habe, wie die anderen säen, aber das ist eben nicht dasselbe. Du hast es selbst gesagt: Wenn man zusieht, wie einer sät, dann erscheint das so gewöhnlich, scheint so leicht zu sein, daß man nicht glaubt, es würde danach auch nur ein Korn aufgehen. Ich hätte Angst, daß ich die Körner verscheuchen würde, daß sie mir aus der Hand entflöhen, aus dem Tuch davonflögen auf die fremden Felder und nur die Kornrade dort aufginge, wo ich gesät habe, auch Disteln, Ackerwinden, Kornblumen und Mohn. Und übrigens, was würden die Leute von mir denken, wenn ich Land haben wollte. Das schickt sich nicht mehr für mich, ich soll eben das Getreide und die Erntezeiten verwechseln. Höchstens daß ich ein Bäumchen pflanze, keinen ganzen Obstgarten, sondern ein Bäumchen, und zwar von einer edlen Sorte, die hier noch keiner kennt, und ihm soviel Sorgfalt angedeihen lasse, wie es für einen ganzen Garten reichen würde, damit es nach einer Liebhaberei ausschaut, nach einer Wunderlichkeit, nach einem Zeitvertreib, nach Liebe, aber nie und nimmer nach einer Notwendigkeit. Mit einer solchen Liebe könnte ich sogar die Freundlichkeit der Leute gewinnen. O ja, eine Weinrebe vor dem Haus wachsen lassen! Der Pfarrer hat einen Rebstock, auf dem Gut wächst Wein, auch ich darf mich um Reben bemühen. Wein ist noch nie jemandem unter die Haut gekrochen. Man kennt hier die Weinreben nicht, man weiß nicht, ob sie nur Boden brauchen oder auch Leben... Und einen Bienenstock. Aber auch nicht wegen des Honigs. Nur damit die Bienen summen, wegen ihrer Weisheit, um sie in der Freizeit beobachten zu können, um mit ihnen vertraut zu werden. Übrigens spüre ich selbst, daß ich dem Land entwachsen bin.«

Ich sah ihn an, weil mir schien, daß er irgendwo dort, zwischen meinen Worten, seinen Blick auf mich gerichtet hielt, ich spürte ganz deutlich, wie er mich plötzlich stach. Doch er saß da, ohne sich zu rühren, klebte am Schemel und starrte vor seine Füße.

»Aber du«, sagte ich aufdringlich, »du könntest dein Teil bekommen. Du gehörst doch zum Land, und dir gehört Land zugeteilt. Du wirst dich nie davon befreien. Du brauchst nur zu sagen, daß du willst. Und sie würden es dir geben. Sie geben allen. Sogar denen, die kaum vom Land gelebt haben, die keins haben, sondern nur welches haben wollten. Blinden, Lahmen, Bettlägerigen, die keine Hände mehr für das Land hatten, die der Tod schon gezeichnet hat. Denn jetzt wird niemand eingestehen, daß ihm etwas fehlt, ja niemand zweifelt daran, daß er mit dem Land fertig wird. Die Leute haben plötzlich ihre Krankheiten vergessen, ihre Gebrechen, ihre Ohnmacht, selbst ihren Haß gegen das Land haben sie vergessen, haben ihm alle Schuld vergeben, alle Sünden und Ungerechtigkeiten, den Hagelschlag und die Dürre, die Mißernten und die unfruchtbaren Felder. Sie erinnern sich selbst an ihr schweres Schicksal von Gnaden dieses Landes nicht mehr. Von Krankheit befallen, werden sie plötzlich gesund, Munterkeit fährt in sie wie der

Heilige Geist. Die Hinkenden werfen die Krücken weg, werden im Zusehen ihr Lahmsein los, biegen die einst krummen Beine gerade. Die Blinden freuen sich über dieses Land, als betrachteten sie es, als könnten sie wieder sehen. Die Sterbenden verschieben ihren Tod auf später. Die Leute erzählen, daß jemand sogar nach der Letzten Ölung aufgestanden ist. Denn es ist ja eine Schande, krank zu sein in einer solchen Zeit, zu hinken in einer solchen Zeit, eine Schande, seiner Gebrechlichkeit zu glauben, und eine Schande zu sterben. Obwohl die Erde noch gar nicht unter dem Schnee hervorgeschaut hat, man fühlt das Land noch gar nicht und sieht es nicht. Und erinnerst du dich, wie der verstorbene Großvater meiner Mutter das Stück Boden am Kreuzweg gekauft hat? ›Ich werde es kaufen‹, sagte er, ›aber im Frühjahr, wenn ich es sehen kann. Jetzt kaufe ich nicht, ich sehe es nicht, ich sehe nur Schnee, und für Schnee will ich nicht bezahlen.‹ Dabei kannte er das Land, es war Nachbarland, er hatte es so manches Mal angepflügt, ist darüber gelaufen. Es herrscht ein Gedränge um das Land, als lechzten nicht nur die Lebenden danach, sondern als wären auch die Toten auferstanden. Vielleicht geht es manchem weniger um das Land, als daß er vielmehr fürchtet, übergangen zu werden oder gleichgültig zu sein, fürchtet, anders als andere zu sein, und er sich in einer solchen Zeit nicht um seinen Anteil bringen will. Nur du sitzt allein da, und ich weiß nicht, was du willst, weil du nicht einmal hören willst. Aber vielleicht begreifst du das Wort Land nicht mehr, so sehr hast du dich davon befreit. Wenn du jedoch meinst, daß du dir selbst genügen kannst, dann wirst du eben allein bleiben. Ob du mir glaubst oder nicht, ich will dir sagen, daß nur das Land sicher ist, deshalb ist es auch so schwer zu ertragen. Vielleicht gibt das Land auch nichts, aber es trügt nicht. Das Land kannst du dir nicht ausdenken, es ist zu echt, und du kannst dich nur von dir selbst betrogen fühlen. Und was nutzt es, wenn du dich sogar von diesem Land befreist, dafür wirst du an deine Freiheit ohne Land gekettet sein, an jenes Land, dessen du dich entäußert hast und das du nicht kennen wolltest, an jene Leere in dir, die dir nach dem Land verblieben ist.«

Ich spürte, wie Bedauern in mir aufkam. Ich sprach für mich allein, ich hörte mir selber zu. Aber trotzdem fühlte ich, daß ich alles sagen mußte, bis zu Ende. Ich wußte nicht einmal, was, ich kannte ja das Ende meiner Worte nicht. Vielleicht bis zum Ende der Bitterkeit, die sich plötzlich in mir geöffnet hatte, vielleicht bis zum Ende des Mutes, den ich bei mir ihm gegenüber nie angenommen hätte, den ich gewiß auch nicht mir verdankte, bis zum Ende meiner selbst, der ich da erschienen war, vielleicht auch entgegen meiner selbst, für einen kurzen Augenblick, um mich kennenzulernen, und ich beeilte mich, ich klagte, wollte mich auf einmal ganz mitteilen, ohne Sinn und Verstand, Hauptsache bis zu Ende, aufs Geratewohl, weil die Zeit verstrich, weil ich wußte, daß dieser mein Augenblick nur kurz sein konnte, wie im Märchen, bevor der Hahn kräht, muß ich wieder verschwinden, in der Sanftmut verschwinden, im Verständnis für sein gleichgültiges Schweigen, werde mich ganz in seiner Person, ganz in seinem Wollen auflösen, daß man nicht einmal erkennen kann, was er irgendwann gewesen ist.

»Ich will dich übrigens gar nicht zur Landannahme überreden. Du bist schon zu alt dafür, ich weiß, zu schwach, stehst dem fern. Ich weiß das vielleicht noch besser als du. Denke ja nicht, ich möchte dich wieder in dieses Land einspannen, ich begriffe dich überhaupt nicht. Aber es genügt, daß du willst, daß du nimmst, was dir gehört. Und dann brauchst du es gar nicht zu pflügen und brauchst nicht zu säen und es auch nicht zu ertragen und es auch nicht wieder zu verfluchen. Du kannst es dann später sogar hinwerfen, kannst es verspotten, auslachen. Soll es brachliegen, sollen es die Quecken auffressen, soll sich das Unkraut darauf vermehren, mag es niemandem gehören, mag es herrenlos sein. Es kann ein Dorfweideplatz daraus werden. Du wirst dich nicht einmal darum zu kümmern brauchen und es auch nicht aufsuchen müssen. Du wirst es nur als deinen Teil nehmen. Das ist wichtiger als das Land. Und du wirst sehen, welche Erleichterung es dir verschaffen wird, so als wäre dir ein Stein vom Herzen gefallen. Und du wirst etwas haben, woran du dich während deines Lebens, das dir übrigbleibt, erinnern kannst, und du wirst nicht zu bedauern haben, daß es etwa verdorben wäre. Denn woran wirst du dich sonst erinnern, woran wirst du dich erinnern, nicht einmal an dich, denn auch an sich selbst erinnert man sich durch seine Beteiligung. Du brauchst nur dein Einverständnis zu geben, und wir gehen, ich werde dich hinführen. Du brauchst nichts zu sagen, deine Anwesenheit genügt, und du wirst niemanden verwundern, dort haben sich noch ganz andere in Erinnerung gebracht, sie sind da, stehen tage- und nächtelang, schauen zu, wie vermessen wird, streiten sich, fluchen. Wen glaubst du verwundern zu können? Niemanden. Sie werden dich noch beneiden, wenn ich für dich unterschreibe, mit deinem Namen und Zunamen, sie werden ganz friedlich werden, wenn sie das sehen, werden ihren Unglauben an dich bereuen, ihren alten Spott und ihr Lachen, als du mich zur Schule schicktest. Du wirst ihnen zeigen, wie man das Land würdevoll nimmt. Du wirst das alles mit dieser einen Unterschrift bezahlt haben. Du wirst endlich einen Namen haben. Darum ist es dir doch immer gegangen, nicht namenlos zu sein. Denn was anderes ist der Mensch, wenn nicht ein Name. Du wirst allen ihre drei Kreuze wie eine Schuld vorhalten. Sie werden denken, daß du der einzige Vorausschauende warst, der seinen Sohn für diesen Augenblick hat studieren lassen, während sie ihre Söhne zum Hüten auf die Weide jagten. Und sie werden dir den Vortritt lassen. Denn wozu sonst war mein Studium? Nur gut für die Zweifel?«

Ich unterbrach mich einen Augenblick, ich fühlte, daß ich allmählich verlosch, daß ich die Überzeugung zu meinen Worten verlor. Müdigkeit hatte mich erfaßt. So viele Worte auf einmal hatte ich noch nie in meinem

Leben gesprochen. Der Mund wurde mir trocken, im Kopf drehte sich alles, aber ich hatte nicht die Absicht, hier nun aufzuhören. Ich fühlte, daß noch etwas in mir übriggeblieben war, nicht viel, aber etwas ganz Wichtiges, was ich mir gewissermaßen für den Schluß gelassen hatte, für den letzten Satz. Ich kann mich nicht mehr erinnern, was ich da so gar nicht mehr wußte, ich fühlte nur, daß noch etwas in mir steckte, daß der Dorn noch nicht ganz herausgezogen war, daß etwas noch auf dem Grunde, ganz unten lag, vielleicht nur Galle. Ich war gereizt, wehmütig, ich hätte reden und reden können, als wollte ich mich mit dieser einen, einzigen Rede loskaufen, diesen Augenblick plötzlicher Hellsichtigkeit bis zuletzt ausnutzen, die mich unerwartet heimgesucht hatte, denn sonst kamen mir die Worte immer mit Mühe und mit Angst.

Jedoch, in diesem kurzen Augenblick der Pause, nur zum Luftholen, zum Ordnen der Gedanken, fühlte ich mich sehr erschöpft, entmutigt, wollte nicht mehr sprechen, kam mir leer vor, so daß ich eigentlich nicht wußte, was ich ihm noch hätte sagen können, aber ich weiß bestimmt, daß das Wichtigste jenes war, was ich nicht ausgesprochen, was die Müdigkeit erstickt hatte. Und an diese Erschöpfung kann ich mich noch heute erinnern, ich entsinne mich ihrer recht gut. So als hätte mich ein Wind im Innern ausgelöscht – meine Lust zu sprechen, den Willen, ihn zu überzeugen, und das Bedauern und schließlich auch den Glauben an das, was ich sagte.

Ich fühlte, daß er schon durch sein Schweigen das Übergewicht über mich erlangt hatte, meine Worte prallten von seinem Schweigen ab wie Erbsen von einer Wand. Er erschien mir sogar klüger als ich, wie er so saß, in sein Schweigen gehüllt, während ich in Worten versank, denn wer schweigt, hat in allem recht. An den Schemel geschmiedet, gleichgültiger sogar gegen sich selbst, war er mir wieder nah geworden. Ich begriff, daß meine Anhänglichkeit stärker war als ich, daß meine Treue nicht mein guter Wille war, sondern eine Notwendigkeit, daß ich von dieser Treue nur selbst abhing. Daß sie mein einziges untrügerisches Licht war. Und nie habe ich mich benachteiligt gefühlt wegen dieser Treue, man kann sagen, ich habe sie nicht einmal in mir gefühlt, sie war so bequem, so still, so gnädig zu mir.

Ich verstehe selbst nicht, warum ich ihn so inständig zu diesem Land überreden wollte. Es ging mir doch nicht um das Land. Es war niemand da, um das, was wir besaßen, zu bestellen, bis schließlich meiner Mutter Bruder Lust darauf bekam. Denn was mich betrifft, so war ich dem Land entwachsen, hatte es vergessen, und ich will die Wahrheit sagen, es lockte mich nicht einmal. Und wenn ich irgendwann aufs Feld kam, dann nur, um mir die Beine zu vertreten, um mich zu erholen.

Zumal dann, wenn ich tagsüber in der Schule Unterricht hatte, fühlte ich mich so erschöpft, daß ich wenigstens etwas spazierengehen mußte, und nichts vermochte mich so wohltätig wieder zu mir zu bringen als die weiten, offenen Felder, die Verständnis atmeten für meine bedrückten Gedanken. Denn ich hatte keine Autorität bei den Kindern. Vielleicht war ich zu weich. Und wenn ich jemanden bestrafen mußte, wenn ich ihm einen Schlag auf die Hand versetzen wollte, spürte ich, daß ich es gegen meine eigene Natur tat, und ich bemühte mich wenigstens so oder anders, den Pechvogel zu trösten, um ihm die Strafe etwas zu erleichtern, weil sie mir ebenso weh tat wie ihm, was an sich schon den Ernst der Strafe und damit auch meiner Person untergrub.

Sie tanzten mir also, wie man so zu sagen pflegt, auf der Nase herum. Ich tröstete mich nur damit, daß sie einst, in erwachsenem Alter, wenn sie sich selbst würden verstehen müssen, auch mich begreifen und mich deshalb in Erinnerung behalten würden, daß sie sich durch die Erwähnung meiner Person würden erheitern können, wenn ihre Sehnsucht sie in die Schuljahre führt und die Sorgen sie bedrücken; vielleicht wird dann ihr Gedächtnis gerade mich als einzigen von all den Strengen und Gerechten, Gottesfürchtigen und Klugen, den Alleswissenden, Väterlichen bewahren, vielleicht gerade mich allein, und nicht wegen irgendwelcher Tugenden, von denen ich selbst nicht zu viele besaß und sie auch ihnen nicht einzuimpfen vermochte, sondern weil sie mir auf der Nase herumtanzen konnten und ich von meiner Ratlosigkeit ihnen gegenüber in Lächerlichkeit gefallen war, weil mir weder das Erteilen von Strafen noch Vorhaltungen und auch nicht ein strenges Gesicht passend erschienen, also vielleicht als einzigen, obwohl ich auf sie keinen heilsamen Einfluß ausgeübt habe, und ich bezweifle sogar, ob ich sie überhaupt etwas gelehrt habe.

Ich will nicht leugnen, es war mir oft unangenehm, daß ich mir keinen Rat wußte, aber ich hatte niemandem etwas vorzuwerfen, und ich ging eben auf die Felder, um meine Erschöpfung loszuwerden. Ich wanderte vor mich hin, wohin mich die Füße trugen, weit genug, so weit wie nur möglich von der eigenen Ratlosigkeit weg, so daß ich manchmal bis vor das andere Dorf geriet, wo ich nicht einmal die Äcker alle kannte und ich unbekannten Menschen begegnete, aber nie vergaß ich auf diesem meinem Weg, mich vor der Arbeit der Menschen zu verneigen, ob es Fremde waren oder Bekannte, wie es die gute Sitte, wohl die schönste menschliche Sitte, befiehlt, die auch diejenigen miteinander verbindet, die sich am fernsten stehen, sogar jene, die aufeinander böse sind oder deren Land man angepflügt hat.

Mir genügte schon, daß ich so durch die Felder streifen und den arbeitenden Bauern an meinem Weg ein »Grüß Gott« zurufen konnte, um wiederhergestellt nach Hause zurückzukehren. Ich war bekannt dafür, daß man mich immer auf den Feldern antreffen konnte. Weder der Wind schreckte mich davon ab noch die Hitze, obwohl sie manchmal den Boden zerbröckeln ließ, obwohl sie alles verbrannte, das Werkzeug in der Hand, den Boden, das Getreide, die Schatten unter den Weiden, die Stimmen der Lerchen erwärmte und der Schweiß nicht von der Stirn, sondern vom Himmel strömte. Die Leute wunderten sich über mich, daß ich bei solch einer Glut nicht an den Fluß ging, sondern auf die Felder, ich hatte doch eine Anstellung und war nicht an das Land gebunden. Manchmal reizte es mich sogar, jemandem die Sense aus der Hand zu nehmen und zu versuchen, ob ich es konnte, aber ich fürchtete, daß ich es nicht gewohnt war und mich nur lächerlich machen würde. Obschon mir die Arbeit auf dem Acker nicht fremd war, in jungen Jahren hatte ich ja die Kuh gehütet, hatte meinem Vater geholfen, das Stoppelfeld abzuharken, war der Mutter beim Jäten zur Hand gegangen oder hatte wenigstens den Erntenden Wasser gebracht, war bei ihrer Arbeit wenigstens auf dem Feldrain im Schatten der Hagebutten zugegen gewesen, wo meine Mutter die Schürze für mich auszubreiten pflegte. Aber seit ich von meinem Studium zurückkehrte, war alles abgebrochen. Und nicht, weil mein Vater es mir verboten hatte, sondern weil mir immer der Mut fehlte, ihm zu sagen, ich hätte etwas Zeit und könnte ihm vielleicht helfen. Er rüstete sich stets so umständlich, um aufs Feld zu gehen, so daß er mir gänzlich die Hoffnung nahm, daß auch ich mit ihm gehen könnte. Er erteilte sich und der Mutter Anweisungen, die gewissermaßen nur für sie beide bestimmt waren, erinnerte sich und sie an dies und jenes, an kaltes Wasser für sie und für sich, an das Brot, eingehüllt in ein Meerrettichblatt, an die Sense für sich, an den Rechen für sie, so als sähe diese Arbeit nur sie beide vor und als wäre für mich darin kein Platz, nicht einmal auf dem Feldrain, im Schatten des Hagebuttenstrauchs.

Ich wußte nicht einmal, wie ich mich in Erinnerung bringen sollte, übrigens hätte auch das nichts genutzt.

Sicherlich hätte er nicht gebrummt: »Sitz du zu Hause«, sondern er hätte sanft gesagt: »Bleib lieber zu Hause, Sohn. Ruh dich aus. Du sitzt bis lange in die Nacht hinein, dann erhole dich wenigstens am Tag. Deine Mutter und ich, wir werden schon damit fertig werden. Gegen Mittag sind wir schon zurück. Da ist nicht einmal für zwei Personen was zu tun. Und wenn mehr Leute da sind, als Arbeit für sie ist, dann verhöhnt man die Arbeit nur.« Es wäre also Undank gewesen, ihm nicht zu vertrauen.

Einmal war der Vater zum Markt in die Stadt gegangen. Die Sonne hatte schon den Zenit überschritten, der Nachmittag war angebrochen, doch er kam nicht zurück. Es wäre vielleicht kein Anlaß zur Sorge gewesen, aber meine Mutter begann zu jammern, zu klagen, daß er um diese heiße Zeit den Tag irgendwo in der Stadt vergeude, vielleicht in der Schenke, weil er nicht viel zu verkaufen hatte, als müsse ihn nicht der Markt, sondern die Schenke aufgehalten haben, und ein Bauer, der betrunken ist, wird gleich ein Herr und vergeudet seine Zeit ebenso wie sein Geld. Vielleicht jedoch sehnte sie sich nur ganz gewöhnlich nach ihm, konnte das aber nicht anders zeigen als durch ihr Lamentieren über die verlorene Zeit. Ihre Gefühle waren ja immer verschämt, seit ihrer Kindheit marterte sie sie in sich durch Gottes Strafe, durch Gebet, Sühne, Gewissensbisse, Not, schließlich durch unaufhörliche Arbeit, vom Morgengrauen bis in die tiefe Nacht, also brauchte man sich nicht zu wundern, daß sie meinem Vater nur die vergeudete Zeit als Untreue vorhalten konnte.

Sie sah für die Nacht ein Gewitter voraus, eines von den Gewittern, die den Menschen Angst einjagen. Sie sah unser Haus umtost von Blitzen, unser Gehöft im Feuer, unsere Felder niedergeschlagen vom Hagel. Dieses Gewitter war so gewaltig wie ihre Unruhe um den Vater. Sie berief sich dabei auf ihre Hühner, die schon seit dem frühen Morgen wie vergiftet herumliefen, sich nicht von ihrem lauten »Putt, putt« anlocken ließen und auch nicht von den Körnern, die sie ihnen reichlich hingeschüttet hatte. Sie standen im Schatten und wurden ohnmächtig, als plagte sie ebenjenes von der Mutter vorausgesagte Gewitter. Meine Mutter berief sich übrigens bei jeder Gelegenheit auf ihre Hühner, als seien das Geschöpfe, die mit übernatürlichen Vorahnungen begabt waren und auf jeden Fall die menschlichen Ahnungen bestätigten. Aber aus dieser ihrer Ungeduld aus den bedrohlichen Weissagungen, aus dem Vorwurf des Leichtsinns und aus den Verwünschungen lugte unverkennbar die Sehnsucht nach ihm hervor.

Ich unterstützte sie darin nicht. Ich saß mißmutig da und überlegte, ob sie mit diesem Gewitter recht habe. Ich hätte vielleicht so bis zur Ankunft des Vaters gesessen, nur daß ich mich vor die Tür gesetzt hätte, weil es in der Stube immer stickiger wurde, wenn diese Ungeduld meine Mutter schließlich nicht auf den Gedanken gebracht hätte, mich aufs Feld zu schicken.

Ich nahm also die Harke und ging. Sogar bereitwillig, weil mir die Schläfrigkeit und das Umziehen aus der Stube auf die Schwelle, von der Schwelle in den Schatten schon zuviel geworden war, obwohl, um die Wahrheit zu sagen, das Abharken des Kornfelds nicht so dringlich war, weil die Puppen noch darauf standen.

Auf dem Feld hatte ich mich bis zum Gürtel ausgezogen und lief so über die Stoppeln, harkte die Ähren zusammen, und die Arbeit kam mir sogar leicht und angenehm vor. Ich pfiff mir etwas dabei, schaute von Zeit zu Zeit zum Himmel nach der Lerche, die mich irgendwo hartnäckig nachäffte, erwiderte den Leuten freudig ihre Grüße. Bald jedoch begann mich der Stiel in den Händen zu brennen, dann fing der Schweiß an, vom Gesicht zu rinnen, vom Rücken zu fließen, sich um den Gürtel zu sammeln. Mir wurde feucht, salzig, immer mehr glaubte ich meiner Mutter, daß es ein Gewitter geben werde. Und als ich mich endlich auf die Harke stützte, um zu verschnaufen, wollte ich mich nicht mehr rühren. Da erblickte ich den Vater. War er's oder war er's nicht? Er war noch weit weg, aber es war unmöglich, daß ich ihn nicht erkannte, ich hätte ihn schon an seinem Schatten erkannt, an seinen Schritten, an meiner Vorahnung.

Er lief schwer und unbeholfen den Weg entlang, als sei plötzlich irgendwo ein Unglück ausgebrochen, ein Feuer, die Kuh auf der Weide aufgedunsen, und er zog einen Staubschweif hinter sich her. Ich verspürte Angst im Herzen. Ich dachte, es müsse ihn etwas gründlich aufgewühlt haben, weil er lief, und das letztemal mochte er noch als Junge gelaufen sein, also ein halbes Jahrhundert lag das schon zurück, und das bei dieser Hitze, auf unebenem Weg, der von Kühen, Pferden, Wagen ausgebeult war, trotz seines alten Herzens und seiner grauen Haare. Schon von weitem fühlte ich seine Müdigkeit, seinen schweren und heißen, aber verbissenen Atem.

Er rannte übigens immer langsamer, nur noch im Trab, obwohl zu sehen war, daß er so viel hineinlegte, wie für einen forschen, raschen Lauf genügt hätte. Ich hatte den Eindruck, daß er sich durch den Roggen durchkämpfte, durch Hagebuttensträucher, Wacholder, Schlehen. Ich vergaß die Angst, und er tat mir leid. Ich ging ihm ein paar Schritte entgegen, an den Rand des Feldes. Er war in denselben Stiefeln, in derselben Jacke und in demselben schneeweißen Hemd, worin er zur Stadt gegangen war. Kurz vor dem Feld hielt er inne, er ging, schien aber den Boden unter den Füßen zu verlieren, er schwankte, als müßte er im nächsten Augenblick in einen Abgrund stürzen. Ich zögerte, ob ich ihm nicht die Harke reichen sollte. Aber ich erblickte sein wütendes, verschwitztes Gesicht, mehr erschöpft von der Wut als von der Anstrengung. Ich hatte ihn noch nie so gesehen und wollte vor ihm wenigstens um einen Schritt zurückweichen, denn diese Wut, die er mit sich trug, erforderte von meiner Seite wenigstens so viel Achtung, daß ich vor ihr zurückwich. Ich konnte doch nicht zulassen, daß er plötzlich zwei, drei Schritte vor mir sich seiner Wut schämen mußte, bedauern mußte, daß sie ihn, den Alten, in der Verblendung hierhergetrieben hatte und er sie verdrängte, auf die Schnelle etwas ersann, wie ein unbeholfenes Kind in seiner Lüge; aber plötzlich ging er ratlos auf dem Feld auf und ab und schwor, er wolle nichts, er sei nur so herbeigerannt, nur so, ohne etwas zu wollen.

Er schleppte sich bis zu mir und packte wortlos, mit ganzer Kraft die Harke. Ich dachte, er hielte sich vielleicht so kräftig an der Harke fest, um seiner Müdigkeit nicht nachzugeben, die ihn hatte schwanken lassen wie einen Sack Getreide auf dem Rücken. Aber den Druck seiner Hände auf dem Stiel spürte ich sogar in meinen Händen. Ich hielt die Harke übrigens leicht, ich reichte sie ihm fast. Wenn er gewollt hätte, er hätte sie aus meinen Händen wie vom Erdboden nehmen können. Aber er nahm sie nicht, sondern drückte sie immer fester, er preßte sie, als wollte er die Hände auf dem Stiel zerdrücken, entmachten, seine großen Hände, in die die Wut und alle Kraft geflossen waren. Ich blickte ängstlich in sein Gesicht. Es war vor Anstrengung verkrampft oder vielleicht vor Schmerz, den er nicht überwinden konnte, blutunterlaufene Adern wanden sich an seinen Schläfen, an der Stirn, am Hals. Ich spürte seinen heißen Atem in meinem Mund, und sein Herz schlug auf dem ganzen Feld, man hörte es sogar in der Harke. Ich begriff, daß ich sie ihm jetzt nicht geben konnte und nicht einmal lockerlassen durfte, er wollte sie ja selber nicht, er rang nur mit sich. Jemand mußte sie also halten, nicht unbedingt fest, denn er riß sie nicht heraus, er rang nur damit. Er mußte sich überzeugt fühlen, daß ich sie ihm nicht geben wollte, daß es nur um diese Harke ging, um nichts weiter, nur um die Harke.

Ich sagte kein Wort. Ich wußte, daß ich diesen Augenblick in der gleichen Anspannung wie er durchhalten mußte, ohne eine Regung von Mitleid oder Demut, ohne Mitgefühl und ohne Schuld, ihn hassend, wie er mich in diesem einen Augenblick haßte, obwohl es mir nicht leichtfiel, mir wenigstens etwas von diesem fremden Gefühl aufzuzwingen. Aber er brauchte in diesem Augenblick lediglich meinen Haß. Seine Augen baten um ihn wie um eine Gunst. Ich mußte ihm also helfen, damit seine Wut sich nicht als vergeblich, als lächerlich erwies, damit er sie dann, wenn er sich beruhigt haben würde, nicht bedauern und sich ihrer nicht schämen mußte und damit er sich ihretwegen nicht schuldig fühlte. An seinen festgekrampften Händen erkannte ich, daß seine Wut nicht nur groß, sondern zugleich auch zerbrechlich war. Eine Regung der Geringschätzung hätte sie zerstört, sie so unbedeutend machen können wie einen Kratzer von einem Grashalm. Es genügte, daß ich die Harke losließ, damit er mit seiner Wut allein blieb, mit der Wut lediglich auf die Harke, oder daß ich sagte: »Du brauchst nicht darum zu ringen. Nimm sie dir, wenn du willst.«

Ich mußte diese seine väterliche Wut vor ihm selbst bewahren.

»Du... Du...«, zischte er mir ins Gesicht, winselte, flehte, fluchte, in diesem einen »Du« verbargen sich seine ganze Wut und sein Haß und die enttäuschte Liebe. »Du ...« Er wand sich vor Schmerz. Ich fühlte, es fehlte nur noch wenig, und ich würde es nicht ertragen, vielleicht würde ich ihn umarmen, vielleicht vor ihm hinknien oder wenigstens ein verängstigtes Wort sagen. Ich hätte es vorgezogen, daß er mir ins Gesicht schlug, damit nur dieses Ringen um die Harke endlich aufhörte. Ein Wort von mir hätte ihm helfen können, nur daß ich dann nie die Gewißheit gehabt hätte, ob er mich nicht gerade wegen meiner Unterwürfigkeit geschlagen hatte.

Der Druck seiner Hände auf dem Stiel war etwas schwächer geworden, aber plötzlich wurde er wieder stark, stärker als vorher, und er ließ wieder los, so daß ich ihn kaum in meinen Händen spürte. Ich wagte nicht, den Blick zu senken, um mich zu überzeugen, ob seine Hände noch dort, zusammen mit meinen Händen, an der Harke waren oder ob es nur der Rest von seinem Druck war.

»Du ... Du ...« Er hielt mir nur noch die erlittene Unbill vor, er war erschöpft, sein Gesicht war gelöst, die Augen waren aus der Tiefe hervorgetreten, und die Hände hatte er sinken lassen, sie verschwanden von meinen Händen, von der Harke. Ich gab ihm also die Harke, drückte sie ihm fast in die Hand, aber er schob sie zurück, schleppte sich an den Feldrain und setzte sich dort.

Ich folgte ihm. Blieb einen Schritt vor seiner gebückten Gestalt stehen. Fühlte mich ebenso erschöpft wie er. Ich stützte mich auf die Harke und stand so, ohne zu wissen, ob ich auf etwas wartete oder ob mir schon alles einerlei war. Ich wartete nicht einmal darauf, daß er sich vom Feldrain erhob und wir gemeinsam nach Hause gingen. Ich stand einfach in seiner Nähe. Und als er etwas verschnauft hatte, sagte er ohne Wut und ohne Vorwurf: »Ich habe dir gesagt, Sohn, rühr das Land nicht an.«

6

Ich wollte meinen Vater lesen und schreiben lehren. Nicht weil ich mich geschämt hätte, daß ich selbst studiert hatte, während er, mein Vater, schriftunkundig war. So wie er war, war er mir am nächsten, ich konnte ihn wenigstens von Zeit zu Zeit bedauern, über ihn gerührt sein, mich als seine ständige Aushilfe fühlen, ohne die er nicht selbstsicher gewesen wäre und sich nicht für vollwertig gehalten hätte, und es ist ja wiederum nicht zu unterschätzen, wenn man jemanden hat, den man, außer sich selbst, bedauern kann, mit dem man sich, gerührt über sich selbst, vergleichen kann. Nicht das war es also, mich quälte das Gewissen, daß mein Vater vor meinen Augen nicht lesen und nicht schreiben konnte und es auch nicht wollte. Denn einst, als ich noch ein Kind war und kaum einen Buchstaben mit dem anderen zu vereinen wußte, hatte er das gekonnt.

Es war in mir nicht nur die Erinnerung geblieben, wie er las, ganz wahrhaftig las, nicht schlechter als ich, als ich diese Kunst erlernte, und nicht anders, als man zu lesen pflegt, sondern auch mein kindlicher Glaube an sein Lesen, der bis heute als Andenken an dieses Lesen erhalten geblieben ist, denn mein Glaube war damals echt. Und obwohl ich heute um fast ein ganzes Leben klüger bin und weiß, wie es in Wirklichkeit war, vermag ich einen Glauben nicht loszuwerden, und ich möchte es auch nicht, obwohl er eine tote Illusion geworden ist, mag wenigstens diese eine Spur von seinem Lesen übrigbleiben, das noch jetzt meine Bewunderung weckt, denn wenn er auch nicht lesen konnte, vermochte er doch mehr, als es in Wirklichkeit schien.

Aber vor allem bin ich ihm dankbar, weil ich zusammen mit ihm und eben durch ihn Augenblicke glücklichsten Verlangens erlebt habe, die viel seliger waren als ihre Erfüllung und viel voller, und vielleicht sind wir einander nie so nahegekommen als in jenen Augenblicken des Verlangens damals, unseres ungewollt gemeinsamen Verlangens, unseres gleichen Verlangens.

Er brachte jeden Sonntag von jemandem eine Zeitung mit und setzte sich nach dem Mittagessen damit an den Tisch, dicht am Fenster, und las, daß er darüber die liebe Welt vergaß. Der Tisch mußte für dieses Lesen aufgeräumt, abgewischt, trockengerieben sein, und es durfte weder ein Teller noch ein Löffel darauf bleiben, höchstens das Brot, das Brot ließ mein Vater nie vom Tisch nehmen.

Meine Mutter verkroch sich gleich in eine Ecke, hob sich das Aufräumen für später auf, das Futter für die Schweine für später, das Waschen der Töpfe, und sie widmete sich ihren Gedanken oder dem Gebet, und erst wenn Dämmerung in der Stube herrschte, machte sie sich bemerkbar und bat meinen Vater: »Hör jetzt mit dem Lesen auf, es ist schon spät für die Augen.«

Niemand hätte erraten, daß mein Vater nicht zu lesen verstand. Man brauchte nur seine Augen zu beobachten, um sich zu überzeugen, wie echt er las. Sie ruhten nicht ratlos auf einem Fleck, irgendwo verloren in dem dichten Korn der Buchstaben, und sie linsten auch nicht argwöhnisch zur Seite, ob jemand ihre Bewegung verfolgte, sondern wanderten langsam, Zeile für Zeile, von links nach rechts, und mein Vater half auch nicht mit den Lippen nach, wie das gewöhnlich Menschen tun, die in der Kunst des Lesens ungeübt sind. Und sie schienen so vom Lesen eingenommen und mit einer solchen Neugier schwanger zu sein, daß diese Neugier sie geradewegs an sich fesselte und man allein beim Beobachten dieser Neugier den ganzen sonntäglichen Nachmittag verbringen konnte, ohne sich zu langweilen.

Ich setzte mich irgendwo in die Nähe meines Vaters, und mir genügte, daß ich zusehen durfte, wie er las, und weder ein warmer Sommernachmittag noch das lockende Pfeifen der Kameraden am Fenster vermochte mich von diesem Anblick loszureißen. Ich schlang diese Neugier des Vaters geradezu in mich hinein, und zwar so gierig, daß sie mich fast mit Angst oder vielleicht auch mit Freude erfüllte, aber mit einer so schwachen, so unsicheren Freude, daß ich fürchtete, sie jeden Moment zu verlieren, und da mir die Zeitung unzugänglich war, da ich nicht einmal wußte, worauf dieses Lesen beruhte, verband ich mich mit seiner Neugier und vergaß, daß ich nicht lesen konnte.

Wie ich so seinem stummen Lesen, dieser Neugier lauschte, die ihm gleich Tränen aus den Augen troff, hatte ich den Eindruck, daß er mir laut vorlas. Ich glaubte ihn fast zu hören, denn obwohl er in der Stube nicht zu vernehmen war, klang seine Stimme doch in mir wie die Stimme des Pfarrers von der Kanzel, laut und mir, nur mir zugewandt. Dann wieder schien es mir, als läsen wir gemeinsam, ich unter seiner Obhut, seinem Mund, seiner Gedanken folgend, aber fast so gut wie er; er berichtigte mich nicht, trieb mich nicht an, weil ich es ebensogut konnte wie er. Und manchmal kam es mir vor, als läse ich selbst, als läse ich ihm laut vor und er höre nur aufmerksam zu und nicke, höchstens, daß er mich mitunter bei diesem Zuhören ansah, um sich dann wieder voll Vertrauen darin zu vertiefen.

Sein Anblick, wie er las, entfachte in mir Träume, an die ich mich heute nicht mehr erinnern kann, aber ich erinnere mich genau an die kindliche Anhänglichkeit, die ich für jenes sonntägliche Lesen meines Vaters zeigte. Ich fühlte mich so, als könnte dieses Lesen ohne meine stille und fügsame Anwesenheit nicht stattfinden. Denn er las ja nicht umsonst, vielleicht nicht einmal für sich, dann hätte er ja in den Stall, in die Scheune gehen können, wo er keine Zeugen gehabt hätte, aber er wollte offenbar an sich glauben, und sich selbst genügt selten ein Mensch, also wollte er durch meinen Glauben an dieses Lesen sich selbst bestätigt sehen, denn nur aus jemandes Glauben kommt der Glaube an uns selbst, und in meinem Glauben sah er sich so, wie er das wollte – durch meine treue Anwesenheit an jedem sonntäglichen Nachmittag, durch mein gieriges Lauschen, das ihn in der Illusion hielt, in die er sich selbst zu stürzen pflegte.

Ich wartete immer sehnsuchtsvoll auf den Sonntag, und wenn es einmal geschah, daß mein Vater keine Zeitung mitbrachte und nachmittags ins Dorf ging, um zu plaudern, dann war ich ihm böse, und der Sonntag erschien mir alltäglich wie ein gewöhnlicher Tag, alles ringsum war leer, fremd, es trieb einen aus der Stube, und einen gemütlichen Platz konnte man selbst im festlich bevölkerten Dorf schwer finden.

Und es wäre alles glücklich so weitergegangen, hätte uns nicht an einem Sonntag der Schmied besucht. Ich weiß nicht einmal, weshalb er gekommen war, denn er lebte mit meinem Vater keineswegs in bestem Einvernehmen, offenbar wußte er nicht, wohin er gehen sollte, da er zu uns kam. Was aber konnte man vom Schmied anders erwarten als Ärger? Aus seinem Kommen konnte man weissagen wie aus einem Traum vom Pfarrer, aus toten Fischen in einer Pfütze, aus trübem Wasser, aus einem Dieb. Deshalb mochte ihn niemand im Dorf leiden, aber es wagte auch keiner, ihn auszuladen, denn er war der einzige, der im Dorf die Pferde beschlug.

Wie zu allem Unglück kam er nach dem Mittagessen, als mein Vater las. Er schaute hierhin und dorthin, wollte sich nicht setzen, rieb sich nur die Hände, wie im Vorgefühl der Freude, auf die er endlich gestoßen war, schließlich schaute er meinem Vater in dieses Lesen hinein und platzte mit einem solchen Lachen heraus, daß mir ein Schauer über den Rücken lief und die Scheiben im Fenster wimmerten. Er faßte sich an den Bauch, stampfte vor Freude, hüllte sich in sein Lachen, das in der ganzen Stube widerhallte. Dieses Lachen strömte aus ihm wie Wasser aus der Dachrinne, schüttelte ihn wie einen reich tragenden Apfelbaum. Der Schmied reckte sich bei diesem seinem Lachen in die Höhe, dann sank er wieder zusammen, krümmte sich bis zu den Waden, wie vor Schmerz nach dem Genuß schlechten Fleisches, und keiner hatte den Mut zu fragen, weder der Vater noch die Mutter, denn von mir war gar nicht die Rede, worüber er denn so lache, und es wagte auch niemand, ihn zu bitten, daß er wenigstens die Scheiben im Fenster schonen möge, denn der Wind habe gerade erst eine herausgeschlagen. Wir saßen nur niedergeschmettert da, niedergedrückt von diesem großen, unheilverkündenden Lachen, das sich über uns hinwegwälzte, uns in unserer eigenen Stube hin und her schüttelte, sich bis in die Herzen fraß, aber wie konnte man es anders ertragen, da half nur geduldig abwarten, bis er sich satt gelacht, bis er vollends herausgequollen war.

Mein Vater schaute nicht einmal auf dieses Lachen, sondern blickte nur zu Boden, mit erloschenen Augen.

Und der Schmied lachte wie ein Tor beim Anblick von Käse, zog dieses Lachen in sich endlos in die Länge.

Er war abscheulicher in diesem Lachen als dann, wenn er den Pferden die Hufe ansengte. Er rotzte sogar die

Stube voll. Schließlich hatte er dieses Lachen irgendwie überwunden und sagte zum Vater, daß er die Zeitung falsch herum halte, so stehe ja alles kopf.

Dann verstummte er plötzlich, wischte sich die Tränen von diesem seinem Lachen ab, das noch in der Stube hallte, schaute wie verwundert um sich, sah uns erstaunt an, meinen Vater, der dasaß und seine Augen auf den Fußboden gerichtet hielt. Es wurde ihm irgendwie unbehaglich, verdrießlich, und er sagte: »Na, dann werde ich wohl gehen. Ich gehe schon.«

Mir aber tat der Vater so leid, denn selbst nachdem der Schmied gegangen war, starrte er weiter mit erloschenen Augen zu Boden und sagte gegen jenen kein Wort, er tat mir so leid, daß ich, obwohl ich damals selbst kaum zwei Buchstaben zusammenzufügen vermochte, beschloß, ihn einst das Lesen zu lehren. Und vorläufig gestand ich nicht einmal mir selbst ein, daß ich schon alles wußte, denn ich war ja zu klein, um schon zu wissen, daß er, mein Vater, etwas nicht konnte.

Aber als der Sonntag kam und mit ihm der Nachmittag, ging mein Vater ins Dorf plaudern, während mir lediglich die Erinnerung an unsere gemeinsamen Sonntage, an unser Verweilen in dieser Stille sowie der heimliche Wunsch blieb, ihn einst zu lehren, dieser Wunsch, den ich bis zu dem Tag in mir hegte, da mich mein Vater zum Studium in die Stadt begleitete.

Vor der Stadt blieben wir stehen und hockten uns eine Weile in einem kleinen Tal am Ende der Felder hin, weil uns die Nähe der Stadt so überrascht hatte, obwohl wir sie von verschiedenen Aufenthalten her schon kannten und wir ja dorthin gingen und nicht anderswohin, aber dennoch fühlten wir uns gleichsam beschämt, daß sie schon so nahe war, fühlten uns fast betrogen von dem Weg, der lang, die ganze Zeit über vor uns hatte sein sollen, noch weit, so daß es nicht lohnte, ihm durch vorzeitigen Kummer vorauszueilen, und dabei hatte er sich anders erwiesen, als er sonst war, wenn man zum Jahrmarkt ging.

Ratlosigkeit befiel uns, vielleicht sogar Angst, denn mit diesem Auftauchen der Stadt begann ja unsere Trennung, und wir wußten nicht einmal, wie wir uns dazu stellen sollten, ob wir sie beschwichtigen, verfluchen oder uns ihr fügen sollten, denn wir waren bisher stets zusammen gewesen und kannten keine andere Möglichkeit für uns, außer dieser einen, uns vorbestimmten, die wie die Ufer für einen Fluß, das Grün für das Gras notwendig und obendrein ewig war wie wir. Doch vielleicht hatte uns nicht einmal so sehr die Trennung überrascht als vielmehr der Umstand, daß wir keine richtige Einstellung dazu finden konnten.

Wir standen eine Zeitlang dieser nahen Stadt gegenüber, bis schließlich mein Vater, der rings auf die Felder schaute, als suchte er nach einer Rettung, seitlich jenen Talkessel erblickte und sagte: »Steigen wir da hinab.«

Und wir stiegen hinab.

Ich dachte, er wolle mir vielleicht etwas bekennen, wolle mir irgendwelche Ratschläge oder Ermahnungen

auf den Weg mitgeben, wie man das gewöhnlich zum
Schluß tut, und habe mich deshalb in diesen Hasenkes-
sel geführt, aber als wir uns gesetzt hatten, versank er in
Schweigen und sprach kein Wort zu mir, schaute nicht
einmal zu mir herüber, sondern starrte vor sich hin, aber
er schaute gar nicht, und er schwieg wie verhext. Ich
hatte den Eindruck, er habe sich mit diesem Schweigen
wie mit einer Mauer umgeben, sich vor mir versteckt
und vielleicht nicht nur vor mir, sondern auch vor sich
selbst, vor seinen Gedanken, vor dieser unserer Trennung, so als sei er nur des Schweigens sicher, als fände
er nur im Schweigen die Würde für jeden Augenblick.
Aber mir tat das Schweigen weh, ich fühlte mich geradezu verlassen von ihm, verschmäht, als habe er zwischen mir und dem Schweigen gewählt. Dieses Schweigen war schuld daran, daß wir nicht einmal aufaßen,
was uns meine Mutter auf den Weg mitgegeben hatte,
jedoch ich scheute mich, ihn daran zu erinnern, obschon
mir der Hunger die Därme verdrehte. Vielleicht vermochte sich mein Vater nur im Schweigen wiederzufin-
den. Er hatte ja so viel Willen und Mißtrauen, daß er
dazu imstande war, ich jedoch verlor mich im Schweigen, es war, als legte sich ein Kreuz auf mich, als unter-
würfe ich mich, als leistete ich Verzicht, offenbar bin ich
dem Schweigen nie gewachsen gewesen.

Auch damals ermüdete mich sein Schweigen nur und
schien über meine Kräfte zu gehen. Ich sehnte mich nach
Worten, ganz gleich, nach welchen, Hauptsache, es waren Worte, in Worten sah ich die einzige Rettung vor

unserer Trennung, denn nur die Worte, selbst wenn sie gebrechlich sein mochten, konnten uns füreinander erhalten. Und ich sagte, was mir gerade eingefallen war: »Wenn ich wiederkomme, werde ich dich lesen und schreiben lehren.«

Plötzlich erschrak ich jedoch vor diesen Worten, weil sie ihm weh tun konnten. Er aber nahm sie hin und entgegnete: »Nicht nötig, Sohn. Mag es bleiben, wie es ist. So ist es am besten.«

»Ich werde es dir beibringen, du wirst es sehen«, sagte ich kühn.

Darauf blickte er zur Sonne und erwiderte: »Komm, die Zeit drängt.«

Wir sind später nie mehr darauf zurückgekommen, aber wenn ich einen freien Augenblick hatte, habe ich ihm vorgelesen, meist an den Abenden. Er wartete immer auf mich. Schlafen ging er nicht; selbst wenn er spät vom Feld kam, manchmal nachts, abgekämpft, daß er kaum die Schwelle überschreiten konnte, ging er nicht schlafen, sondern setzte sich, wenn er sich gewaschen und etwas gegessen hatte, auf den Schemel am Küchenherd und wartete.

Wenn er mich wenigstens mit einem Wort daran erinnert oder mir auf andere Weise zu verstehen gegeben hätte, daß er auf unser Lesen warte. Nie, er saß nur auf dem Schemel und wartete geduldig. Er hätte auch nur von den Mühen des Tages so dasitzen können, um den Tag vor dem Schlaf noch einmal zu erfassen, denn wenn man nach der Arbeit zusammenklappt, hat man nicht einmal mehr die Kraft aufzustehen, um die paar Schritte zum Bett zu gehen.

Mich trog jedoch weder seine Müdigkeit noch die Gleichgültigkeit, aus der er nur insofern zu erwachen schien, als er zu den summenden Fliegen in die Luft sah, einen Blick in die dunklen Ecken warf, zum Lichtfleck an der Decke schaute und sich nicht geschlagen gab, wenn der Schlaf ihn übermannen wollte. Manchmal nur zündete er sich eine Zigarette an. Und wenn ihm die Lider ohne seinen Willen auf die Augen fielen, riß er sie in der ganzen Breite auf und blickte groß und hell, zum Zeichen, daß er nicht müde sei.

Selten gelang es mir, sein geduldiges Warten durchzustehen, obwohl ich manchmal beschäftigt war, obwohl ich selbst dringend ein Buch lesen mußte und mir wünschte, daß er schlafen ging. Aber ich hielt meinen frommen Wunsch doch nicht bis zum Schluß durch. Mich quälte nicht so sehr sein Warten, denn schließlich konnte ich es als Sitzen nach der Mühsal des Tages ansehen, als vielmehr seine geduldige Anwesenheit, die weder in der Stube noch im Gewissen einen Streif Ruhe übrigließ.

»Na, dann komm«, pflegte ich zu sagen. »Komm.«

Er schlug seine erwachten oder auch dankenden Augen zu mir auf und setzte sich an den Tisch, aber so schüchtern, als befiele ihn Scham oder als erinnerte er sich an einen Schmerz, wie wenn man von fremdem Brot lebt, und er pflegte mich gewöhnlich abzuweisen: »Vielleicht bist du beschäftigt, Sohn, dann verlegen wir es auf einen anderen Zeitpunkt. Verlegen wir es! Es ist schon spät, du bist sicher müde.«

»Nein«, tröstete ich ihn, »ich bin frei. Ich konnte es gar nicht erwarten, bis du vom Feld zurück warst.«

Mit der Zeit gewöhnte ich mich an dieses Lesen, ich war meinem Vater sogar dankbar dafür, daß er mich dazu bewog. Dieses Lesen wurde etwas wie ein Tagesgespräch zwischen uns, denn sonst hatten wir nie Zeit, uns einander mitzuteilen. Er hatte seinen Acker, ich meine Schule, und nur dieses Lesen besaßen wir gemeinsam, wodurch wir abends zueinander zurückkehrten, uns gleichsam in einer Person wiederfanden, in unserer einstigen Person, als verdankte ich meine Stimme lediglich seinem Hören und er dieses Hören nur meiner Stimme, so daß uns nicht einmal die Zeit trennen konnte. Dieses Lesen wurde ein Ritus unserer Gegenseitigkeit, eine Erfüllung der durch den Tag in uns gewachsenen Sehnsucht nacheinander, gewissermaßen eine Tageszeit, und wenn es sich fügte, daß er spät nach Hause kam und mich der Schlaf vorher übermannt hatte oder mich etwas hinderte und er es nicht erwarten konnte, dann hatte ich später Gewissensbisse, daß wir wie Tiere schlafen gegangen seien.

Ich las ihm auch dann vor, als das Unglück so hart mit ihm umgegangen war. Ich weiß nicht, ob er mir zuhörte, doch wenn ich nach Hause kam, saß er gewöhnlich auf dem Schemel am Küchenherd, als wartete er auf mich. Ich las ihm mit lauter Stimme vor, aber er brauchte sich nicht an den Tisch zu setzen, er hörte mich auch gut

dort, wo er saß. Fast jeden Abend, manchmal lange in
die Nacht hinein, bis er selbst ging, mich mitten im Lesen verließ, was ich ihm übrigens nicht übelnahm, denn
es handelte sich ja nicht so sehr um dieses Lesen als vielmehr darum, ihm Treue zu bewahren, damit er nicht
spürte, daß er allein in seinem Unglück geblieben sei,
und nur meine Treue war seine verlorene Welt, die einzige Erinnerung an sich selbst, denn nicht einmal mehr
die Mutter war unter uns, die uns geholfen hätte.

Die Mutter verschwand gleich darauf, als das mit ihm
geschehen war. Sie verschwand eben, sie starb nicht,
denn es ist schwer, von jemandem, der so unbemerkt aus
der Welt scheidet wie sie, zu sagen, er sei gestorben. So
unbemerkt, daß sich selbst die Nächsten nicht wundern,
daß sie nicht mehr da ist. Aber eine Frau kann sich ja
den Tod nicht leisten. Wenn eine Frau aus dem Haus
geht, so will sie höchstens dem Schwein Futter geben,
will die Kuh melken, den Hühnern Körner hinschütten
oder Wäsche am Fluß waschen. Deshalb vertraut man
ihrer Anwesenheit wie ihr selbst.

Genauso ist meine Mutter gestorben, als sei sie zu den
Hühnern gegangen, um ihnen Körner hinzuschütten,
und sei noch nicht zurückgekehrt. Zuerst ging sie irgendwo hinters Haus weinen; einmal habe ich sie am
Fluß beim Waschen ihrer Tücher angetroffen, ein andermal im Holunder, dann begann sie zu dorren, bis sie
trocken wie ein Holzscheit geworden war, wie ein Holz-
span, bis sie ganz aus dieser Welt weggedorrt war.

Selbst mein Vater erinnerte sich nicht, daß sie gestorben war. Ihre Abwesenheit quälte ihn nie. Diese Abwesenheit bildete in gewisser Weise einen Teil meiner Mutter, wie ihr abendlicher Rosenkranz, wie das Kämmen der Haare, das Rascheln der Röcke, der warme Geruch der Milch nach dem abendlichen Melken. So vertraute offenbar mein Vater dieser Abwesenheit, wie er auch ihr fast das ganze Leben hindurch vertraut hatte. Und nach ihm gewöhnte auch ich mich daran, daß sie nur weggegangen war, aber zurückkehren würde, und wenn sie zurückgekehrt war, würde sie sicherlich gleich aufbegehren, daß wir nicht einmal gegessen hätten, sobald sie einmal nicht dagewesen sei, und sie wolle uns die Lampe anzünden.

Einmal nur, als wir gegen Abend dasaßen, er am Küchenherd, ich am dunkleren Fenster, auf die Nacht warteten, schien er plötzlich zu erwachen und fragte: »Und wo ist Mutter?«

»Ich weiß es nicht«, erwiderte ich, aber gleich darauf wurde mir bewußt, daß sie ja gestorben war, und ich spürte diesen Tod so, als fehle die Mutter erst in diesem Augenblick, als habe mein Vater diesen Tod erst durch seine Frage ausgelöst, ihn zwischen uns entdeckt, so daß er mir im ersten Moment noch unwirklich erschien, wie ein böser Kunde, aber ich spürte in mir auch eine sonderbare Angst, als hätte ich durch das Fenster den Schatten meiner Mutter wahrgenommen, wie sie die Dämmerung in den Hühnerstall trieb. Dieser Augenblick ungeheuchelten Erschreckens erwies sich jedoch als meine Rettung. Mir fiel plötzlich etwas ein, fast hätte ich mir vor Erleuchtung an die Stirn geschlagen, und ich sagte: »Bestimmt ist sie wieder die weiße Henne suchen gegangen.«

Er hob den Blick nicht zu mir, sondern starrte zum Fenster hinaus.

»Erinnerst du dich an die weiße Henne? Du hast sie Mutter oft gebracht. Wenn du sie aufheitern wolltest, gingst du und wähltest aus der Hühnerschar die weiße Henne oder holtest sie aus dem Stall und brachtest sie ihr. ›Da, ich habe sie gefunden‹, pflegtest du zu sagen, ›sie hat im Holunder gesessen.‹ Ein sonderbares Huhn war das. Immer ging es irgendwo verloren, bevor es Nacht wurde. Andere Hühner kehrten vorbildlich mit der Dämmerung nach Hause zurück, nur wegen dieses einen mußte Mutter in den Obstgarten oder zum Fluß, mußte nachts herumlaufen, weil es von selbst nie zurückkam. Sicherlich ist es auch jetzt verlorengegangen, denn wohin hätte Mutter sonst gehen können. Ein seltsames Huhn, oder aber es hat sich daran gewöhnt, daß es nicht weiß, ob es Zeit ist heimzukommen, wenn Mutter es nicht holen geht. Es kennt weder Tag noch Nacht, nur die Mutter. An Mutter erkennt es, daß es schon Nacht ist.«

»Ein Huhn ist dumm, wenn es die Nacht nicht erkennt. Aber vielleicht kommt die Hühnerpest, wie vergangenes Jahr. Ein Paradies für Hunde.«

Und nach einer Weile erwachte er, oder ihm fiel ein, daß wir von der Mutter gesprochen hatten, und er versetzte, an mich gewandt: »Mutter sollte doch das Linnen hereinholen.«

»Sollte sie, aber ich sage doch, daß die Henne wieder weg ist und daß sie sie sucht. Nur gut, daß es die weiße ist. Eine weiße verschwindet nicht so mit der Nacht, und sie wird sie leichter finden können. Sie weiß ja, wo sie sie suchen muß, obwohl schon Nacht ist. Auch die Nacht hat ihre Pfade, ihren Holunder, vielleicht kann Mutter in der Nacht sehen, wer weiß, vielleicht ist die Nacht durchsichtig. Mutter hat ja so oft in der Nacht herumgestanden, im Obstgarten, an der Scheune oder am Fluß, ist umhergeirrt, hat sich Sorgen gemacht, hat Gebete wie Körner hinter dieser Henne hergestreut, so daß sie sie schon finden wird, sie wird sie finden. Das Huhn wird sich von selbst einstellen, wenn es Mutter sieht. Es wird ahnen, daß Mutter dort irgendwo tiefbekümmert steht, und wird gackern oder wird sich zu ihren Füßen schleppen. Es weiß, daß Mutter es dafür in die Hände nehmen wird. Vielleicht geht es auch deshalb immer verloren. Dabei hätte sie es schon längst schlachten können. Sie könnte es schlachten. Sie verspricht es, wenn sie böse auf das Huhn ist, aber wenn es sich einfindet, vergißt sie, was sie versprochen hat, und drückt es zärtlich an sich, hebt es in den Himmel, daß es ihr bestes Huhn sei, denn ein anderes hätte sich nicht mehr angefunden, ein anderes hätte sich nur satt gefressen, wäre ins Bett gegangen, um Schaden anzurichten, und wäre mit der Dämmerung in den Stall zurückgekehrt.«

»Und hat sie das Kopftuch mitgenommen?«

»Das Kopftuch?«

Ich spürte, wie mich durch die Finsternis, die in der

Stube herrschte, sein mißtrauischer Blick streifte, also bejahte ich: »Sie wird es wohl mitgenommen haben.«

Vielleicht ist es seltsam, aber mich quälte nie das Gewissen, daß ich ihn betrog, habe ich ihn denn überhaupt betrogen? Ich ertappte mich oft selbst dabei, wie auch ich mich der Überzeugung fügte, daß sich eigentlich nichts geändert habe, was hätte sich auch ändern können, wenn wir nicht einmal meiner Mutter erlaubten, uns zu verlassen, es sei denn, daß sie das weiße Huhn suchte, weil ja alle Abwesenheiten einander gleichen, so daß sie sich wie die Eier unter einem Huhn austauschen lassen, also fiel es nicht schwer, auch dieser Abwesenheit zu glauben, und ich glaubte fast, daß sich nichts geändert habe, weder in ihm noch von ihm in mir, also in uns und rings um uns, denn was konnte sich schon ändern, da wir füreinander die gleichen geblieben waren, genauso wie immer. Übrigens mußte ich glauben, damit er mir nichts anmerkte, damit sich sein Unglück in mir nie widerspiegelte, das er ja selbst nicht wahrnahm, nicht fühlte, da er eingeschlossen darin war bis an die Grenzen des Ahnens, damit er sich nicht in mir wie in sich selbst erkannte, bis ich schließlich tatsächlich glaubte; ich gewöhnte mich an diesen meinen Glauben wie an das Aufstehen in der Frühe. Denn nur dieser Glaube konnte uns jetzt noch füreinander bewahren, dieser Glaube wurde der einzige Zufluchtsort unserer Gegenseitigkeit, ich fand ihn darin wieder, wie ich ihn jetzt in der Erinnerung wiederfinde, in der ständigen Sehnsucht nach ihm, vielleicht brauchte ich ihn also mehr als er. Ich fand darin einen eigentümlichen, obschon falschen Trost, vielleicht rettete mich dieser Glaube sogar, denn ich blieb allein, mutterseelenallein, um so mehr, als er vor meinen Augen in dieses Unglück eingehüllt, von mir, von der Welt entfernt war, durch dieses Unglück getrennt von sich selbst. Und auch ihm wollte ich nicht zu erkennen geben, denn ich glaubte nicht mehr daran, daß durch sein Unglück nicht meine Treue sickern könnte wie Licht durch Ritzen und Spalte, also wollte ich auch ihm nicht zu erkennen geben, daß er allein geblieben war, zwar mit mir, aber außerhalb meiner, außerhalb von allem, allein in seinem Unglück. Übrigens muß ich ehrlich gestehen, daß ich ihn oft um dieses Unglück beneidete, ganz gleich, ob zu Recht oder zu Unrecht, jedenfalls habe ich ihn darum beneidet. Ich wünschte mir sogar, mit ihm zusammen in diesem Unglück zu sein, in seiner vornehmlich von mir getrennten Welt, ich wollte einen Schritt über diese Grenze tun, die mich von ihm schied. Es genügte doch ein Schritt, wie über einen Feldrain, um ebenso unglücklich zu werden wie er, um außerhalb aller Dinge zu stehen, sogar außerhalb der eigenen Erinnerung, aber zusammen mit ihm. Denn ich konnte mir nicht vorstellen, daß ich anders mit ihm zusammensein könnte als sonst, in seinem Leben, in einem Leben mit ihm als dem unseren, da ich mir ein eigenes nicht leisten konnte und stets eine gewisse Angst vor dem meinen spürte. Außerhalb seines Lebens gab es für mich keinen Platz und keine Hoffnung. Offenbar jedoch wünschte ich es mir nicht genug, oder aber mein

Wunsch war zu taubenhaft bescheiden, um in Erfüllung zu gehen, ich war zu sehr an meine Gewöhnlichkeit gebunden, um mich von ihr trennen zu können.

Deshalb war auch dieses Lesen meinerseits nichts anderes als ein Bemühen, ihm die Treue zu bewahren, denn in Wirklichkeit war uns nur dieses gemeinsame Lesen geblieben. Es war unsere einzige gemeinsame Erinnerung, unser einziges Verlangen nach uns, die einzige Gemeinsamkeit. Ich ließ fast keinen Abend aus, und da wir genug zu lesen hatten, überlegte ich nicht einmal, was mit uns geschehen würde, als garantierte uns dieses Lesen eine gemeinsame, ruhige Ewigkeit.

Als hier das Gut aufgeteilt wurde, brachte ich mir einige Bücher von dort mit, obwohl ich mich deshalb nicht wenig schämte. Nicht, weil ich die Bücher genommen hatte, denn damals nahm jeder, was er konnte, Möbel, Teppiche, Spiegel, sogar die Dielenbretter aus den Fußböden, die Kacheln aus den Öfen, vor allem aber Land. Für Land war endlich die Zeit gekommen, so daß nur das Land einen richtigen Preis hatte. Nur der nahm wirklich, der Land nahm. Was also konnten schon Bücher gegenüber dem Land bedeuten? Es war niemand da, der sie hätte nehmen können, außer mir, ich war der einzige von dieser Sorte, obwohl ich mich deshalb sehr geschämt habe, was ich wohl am besten weiß. Die Leute schüttelten über mich den Kopf, bedauerten mich, die freundlicheren von ihnen trieben mich an: »Es ist an der Zeit, Herr Lehrer, Land zu nehmen und nicht Bücher.«

Um so mehr schämte ich mich, denn mir war klar, daß die Leute nicht mich bemitleideten, sondern meine Lächerlichkeit, die einen aufrichtig, die anderen, weil es ihnen Spaß machte, und alle zusammen, weil ich so komisch war, nicht etwa deshalb, weil der Sack Bücher auf meinem Rücken nicht zu mir gepaßt hätte, sondern weil die Zeit mich überholte, hinter meinem Rücken vorüberging, während ich es nicht einmal vermutete, sie nicht wahrnahm, als wären mir die Augen zugebunden, was also konnte ich sonst sein, wenn nicht lächerlich. Manch einer hat sich vielleicht damals seine Vorstellung von mir, seine Erinnerungen für die künftigen Jahre gebildet. Aber vielleicht wird die einzige Erinnerung, die von mir überhaupt bleiben wird, eben meine damalige Lächerlichkeit sein. Am leichtesten und am bleibendsten gerät man ja durch Lächerlichkeit in die Erinnerung der Menschen.

Konnte ich jedoch anders handeln, da ich wußte, daß diese Bücher dort auf mich warteten, auf mich allein zählten? Wozu hätte mein Studium getaugt, wenn ich sie nicht genommen hätte, als sie niemandem mehr gehörten? Obwohl sie in mir mehr Angst erweckten als Liebe, mehr Haß als Verlangen. Ich liebte sie nicht, wie es hätte scheinen mögen, vielleicht einst, in der Schule, oder früher, als ich noch nicht lesen konnte, und wenn ich es vermocht hätte, würde ich um meiner Ruhe willen das glauben, was meine Mutter so manches Mal sagte, nämlich, daß es nur ein Buch auf der Welt gibt, das Gesangbuch.

Manche reden von Büchern wie von einer verzauberten Welt, erzählen, wieviel sie den Büchern in ihrem Leben verdanken, erinnern sich, wie sie sie mitunter heimlich, nicht bei Licht, sondern bei Mondschein, nicht am Tisch, sondern irgendwo auf einem Baum im Laub gelesen haben, ich indessen quälte mich mit ihnen Tag für Tag, ganz gleich, ob es Feiertag war oder nicht, und ich habe nichts Gutes außer Zweifeln erfahren. Dabei habe ich ihnen lange vertraut, solange ich noch die Hoffnung hegte, mit dieser großen Bibliothek einst fertig zu werden. Ich machte mir nichts daraus, daß sie mich verhöhnte in ihrer Unzugänglichkeit und in ihrer überheblichen Gewißheit, daß sie jeden besiegen könne, der sich mit ihr messen würde, und schon ganz bestimmt mich, aber ich glaubte, daß der Tag kommen werde, da ich das letzte Buch in die Hand nehmen und eine große Erleichterung fühlen würde, von der ich geträumt hatte, keine befriedigte Rachsucht, sondern eben Erleichterung. Woher sollte ich wissen, daß die Bücher nicht tot sind, sondern pervers, heimtückisch, unfreundlich wie lebende Wesen, denn wenn sie dich nicht durch Angst niederwerfen können, dann locken sie dich, versprechen mehr, als sie vermögen, machen dir Mut, dabei verführen sie dich, ziehen dich in diese ihre Weisheit hinein, die scheinbar klar ist, geräumig wie die Zimmer der Herrschaften, doch wenn man sich darin gut umsieht, erkennt man, daß man von Zweifeln gefesselt ist. Sie gestatten einem sogar, zu glauben, man sei der Weisheit schon nahegekommen, obwohl man sich nur von

235

seiner einfachen Ruhe entfernt hat. Man sucht Klarheit, dabei hat die Weisheit viele Gesichter.

Manchmal habe ich sogar gedacht, ob es nicht besser wäre, nichts zu wissen, nichts auf dieser Welt zu sehen, und habe in meinem Unglück meinen Vater um sein kluges Nichtwissen beneidet, um diese gewissermaßen angeborene Weisheit, diese einzige anständige Weisheit, die sich ein Mensch leisten kann. Und ich habe diesen Büchern Böses gewünscht. Manchmal wünschte ich, obwohl ich mich vielleicht dazu nicht bekennen sollte, daß sich wenigstens ein dummer Zufall meiner annähme und mich von ihnen befreite, von dieser meiner Demut oder auch Schuld ihnen gegenüber, die ich selbst nicht loszuwerden verstand. Und als der Krieg in unser Dorf einzog, nährte ich die stille Hoffnung, daß es vielleicht der Krieg sein würde.

Ich stieg gegen Abend aus dem Keller, obwohl von allen Seiten die Kugeln flogen, um mich umzusehen, ob es nicht irgendwo brannte, ich war sogar bereit, bitter zu bedauern, wenn sich herausstellen sollte, daß der Gutshof brennt, mich so feierlich wie nur möglich zu betrüben, daß dies Bücher seien, die da brannten, denn nur Bücher brennen so, nur von Büchern kann die Flamme bis zum Himmel lodern, und wenn es die Bücher waren, dann würde man den Brand nicht mehr löschen können, und ich fühlte mich gar nicht falsch und verlogen in dieser Kummerbereitschaft, ich hätte es mit Sicherheit wirklich bedauert, wenn der Gutshof gebrannt hätte, aber gewöhnlich brannten die Bauernhäuser, die Scheunen, die Strohschober, das Getreide am Halm, und der Anblick dieser Brände weckte in mir eine gewisse Enttäuschung.

Wozu also wäre mein Studium nützlich gewesen, in das mein Vater seine ganze Hoffnung gelegt hatte, wenn ich die Bücher nicht holen ging, da sie ja den Krieg und auch meinen heimlichen Haß überdauert hatten.

Heute übrigens erinnert sich kaum jemand, daß ich einst für einen gelehrten Mann gegolten habe, heute sieht man mich nur noch als einen Sonderling an, ein wenig als Menschenfeind, und meist wundert man sich, daß ich noch lebe. Doch was war ich schon für ein Gelehrter, ich war ein Lehrer, ein gewöhnlicher Lehrer, und wenn mir jemand mit dieser Gelehrsamkeit schmeichelte, dann wurde ich nur scheu, fühlte mich wie auf frischer Tat ertappt, so daß ich nicht einmal widersprechen konnte, sondern nur reagierte wie ein Pfarrer, wenn ihm die alten Frauen die Hand küssen: »Nicht nötig. Nicht nötig.«

Ich will nicht sagen, daß mich das nicht angenehm gekitzelt hätte, vielleicht ließ ich mich von der Schmeichelei der Leute verführen, obwohl auch mein Vater hier nicht ohne Schuld war, der zu sehr an mich glaubte; er hatte sich mich ausgedacht, um seinen Wünschen zu genügen, und ich glaubte an diesen seinen Glauben, der mir übrigens so freundlich war, behaglich wie ein Federbett für den Körper, wie der Schatten für die Müdigkeit, die Stille für das Leben, ich gewöhnte mich so an ihn, daß ich mich anders gar nicht kennen wollte, nur als jenen in Vaters Glaube erschien mir bisweilen wahrhaftiger als ich selbst, ich fühlte mich als dessen klägliches Abbild. Aber ich fühlte mich wohl dabei.

Als ich noch ein Kind war, machte sich mein Vater ständig Sorgen, daß ich so schwächlich sei, der erste beste Wind würfe mich um, ich sei nicht wie andere Kinder, weil mir auch die Sonne nicht behage, und wenn mir die Kuh weglaufe, dann setze ich mich hin und weine. Obwohl ich mich keineswegs daran erinnern kann, daß ich meinen Altersgenossen in etwas nachgestanden hätte. Ich war immer groß für mein Alter, und ich trieb Schabernack nicht weniger gern als andere, in fremde Äpfel ging ich als erster, und ich war der erste im Peitschenknallen, was mir nicht wenig aufrichtige Anerkennung eintrug, ehrlichere als meine spätere Gelehrsamkeit. Und ich habe sie nicht irgendwo, sondern auf der Viehweide errungen, wo jeder die gleiche Peitsche hatte und wo die Gesetze strenger, aber auch gerechter waren als im Dorf, weil da niemand einem den ersten Rang ohne Sieg zuerkannte.

Um diesen Rang kämpften wir bereits seit den ersten Frühlingstagen bis zu den ersten Frösten, bis das Gras auf den Wiesen abgestorben war. Wir vergaßen die Kühe, die sich von den Wiesen befreiten und irgendwo Schaden anrichten gingen, in den Wicken, auf den Getreideflächen, in den Rüben, im Kartoffelkraut, denn wer hätte an die Kühe gedacht, wo jeder davon träumte, Erster zu werden. Und unser Heiliger war der alte Schafhirte vom Gut. Vielleicht verlieh ihm auch der Umstand,

238

daß er nicht mit uns hütete, sondern alle Gutshügel, An-
höhen, Kahlflächen, fast die ganze Gegend für sich und
seine Schafe hatte, die ganze Aussicht, wo unsere Kühe
keinen Zutritt hatten, vielleicht verlieh auch dies ihm
Ruhm in unseren Augen und nicht nur seine Peitsche. Er
erschien uns stets irgendwo weit oben, wie er da mit den
Schafen von Hügel zu Hügel wechselte, vielleicht verlie-
hen ihm also auch diese Berge Größe. Neidisch blickten
wir von unseren tiefgelegenen Wiesen zu ihm auf. Stundenlang lag er unter einem Busch, und wenn er sich erhob, schwang er lässig die Peitsche, man würde sagen,
er hob die Braue, und die Schafe befiel Angst, sie flogen
von allen Seiten heran, schmiegten sich an seine Beine
und gingen dann unterwürfig, wohin er wollte.

Wir waren seine Untergebenen. Wir brachten ihm
Birnen, Äpfel, Tabak, den wir den Vätern stahlen, dabei
gab er uns nichts dafür, er stand höchstens auf und
knallte einmal für alle unsere Gaben und heißen Bitten
mit der Peitsche, doch erlaubte er niemandem, sie in die
Hand zu nehmen.

Insgeheim träumte ich davon, mich einmal mit dem
Schafhirten im Peitschenknallen zu messen, und die Erinnerung an diesen kindlichen Traum hat in mir bis auf
den heutigen Tag als einzige Erinnerung an mich überdauert. Ich fühle mich in diesem Ereignis, das vielleicht
der Erinnerung unwert ist, mir irgendwie nahe, vor
allem aber wahrhaftiger als jemals sonst, obwohl dem
Alter noch weit entfernt. Vielleicht habe ich mich sogar
nie so eng mit meiner Kindheit verwandt gefühlt, die

mir aus der Entfernung häufig so erscheint, als sei sie nicht die meine, da ich sie ängstlich aufsuche, mich nie so innig mit ihr verbunden gefühlt wie in diesem einen Fall, auch wenn mir heute der Schafhirte ein wenig leid tut.

Ich brachte ihm weder Äpfel noch Tabak, ich kam nur mit der Peitsche, erfüllt von Haß wie von erhabener Freude, weil ich ihm das Ende seiner Heiligkeit verkündete, obwohl er mir nichts schuldete, außer daß er wie kein anderer mit der Peitsche zu knallen verstand und die Schafe ihm gehorchten. Als ich den Hügel erklommen hatte, sah ich, wie er unter einem Hagebuttenstrauch lag. Ich rief von weitem: »He! Du großer Heiliger! Knallen wir um die Wette!«

Er stand nicht gleich auf, zuerst steckte er den Kopf unter der Joppe hervor und betrachtete mich lange und durchdringend. Vielleicht spürte er sein Ende nahen, denn er lachte nicht, spottete nicht, obwohl ich befürchtet hatte, daß er mich mit Gelächter empfangen würde, mit einem Gelächter, das von den Bergen und Tälern, die ihm wie die Schafe gehorchten, vervielfacht werden würde, ich wartete auf dieses höhnische Gelächter und tröstete mich lediglich damit, daß er es bitter bereuen würde. Aber er war umsichtig, er lachte nicht, er gähnte nur, und dann wurde er traurig, wer weiß – vielleicht weil er um seine Heiligkeit bangte oder weil ihm die Wärme leid tat, die er sich unter die Joppe gehaucht hatte, oder vielleicht überlegte er, ob es nicht besser sei, mich mit einer Handvoll erfrorener Schlehen, mit ein

paar Nüssen, Brombeeren oder Hagebutten zu beste-
chen und weiterzuschlafen. Schließlich kroch er unwillig unter der Joppe hervor, deutete auf den gegenüber-
liegenden Hügel und sagte: »Dann stell dich auf. Aber
dort. Damit sich unsere Peitschen nicht verheddern.
Und die Schafe sollen Richter zwischen uns sein.«

Er knallte als erster. Lässig schwang er die Peitsche,
warf den Riemen vor sich, in die Ferne, als wollte er ihn
vom Stiel losschütteln, aber ein Donnerschlag krachte
über der Gegend. Er rollte dann noch lange über
uns, schwang sich hoch, fiel herab, wand sich wie eine
Natter, der man den Kopf abgeschnitten hat, biß vor
Schmerz den Himmel, heiterte sich schließlich auf,
nahm den gesetzten Flug des Habichts an und entflog zu
den Niederungen. Gleich danach ebnete sich der Himmel. Aber ich konnte meinen Blick von diesem Himmel
nicht abwenden, und erst die ruhige Stimme des Schä-
fers weckte mich, die unter der Erde hervorzudringen
schien: »So, jetzt bist du dran.«

Er stand inmitten seiner Schafe, die auf das Peitschenknallen hin von allen Seiten zusammengelaufen waren und sich an seine Beine schmiegten, während er wie
in einem großen Ameisenhaufen stand und den Tieren
ringsum das Fell streichelte, indes sein Gesicht rot
strahlte.

»So, jetzt bist du dran«, wiederholte er. »Es soll gerecht zugehen.«

Ich begann schüchtern die Peitsche über mir zu
schwingen, zog lange und ruhige Kreise, immer breitere,

bis ich den Himmel in Bewegung gesetzt hatte, und als ich dann knallte, hörte ich in den Ohren lediglich ein Läuten. Ich erkannte, daß der Knall gewaltig gewesen sein mußte, denn auch das Peitschenende brannte wie ein glühender Draht, und der Schäfer lauschte wie gebannt, fürchtete sich sogar, zum Himmel zu schauen, und wandte den Blick zur Erde, als ehrte er voller Demut meinen Schuß. In die Schafe war Unruhe gefahren, sie drehten sich, knabberten sich gegenseitig in der Wolle, die sie mit Gras verwechselten, sprangen aufeinander und verließen blökend eins nach dem andern den Hirten, indem sie sich mir zuwandten. Er schaute ihnen nach und wurde traurig, wurde mit jedem Schaf trauriger, dann richtete er den Blick auf mich und sagte: »Freu dich nicht zu früh. Das ist noch nicht das Ende.«

»Jetzt bist du dran«, sagte ich.

»Freu dich nicht zu früh«, entgegnete er.

Er drehte die Peitsche, schwang sie ruhig und weit ausholend, schwang nicht nur die Peitsche, sondern den ganzen Körper, stellte sich auf die Zehenspitzen, als wollte er mit diesem Schlag den Himmel erreichen, konnte sich aber lange nicht zum Knallen entschließen. Und als er es schließlich tat, war es nicht so, wie er es gewollt hatte, nicht so. Es krachte kurz und verlosch. Die Schafe blieben auf halbem Wege stehen, die klügeren begannen Gras zu rupfen, andere ballten sich zusammen, wandten sich zu ihm, aber ohne Hast.

Dann knallte ich. Es donnerte nicht schlechter als beim erstenmal. Ich fühlte, daß ich mit dem Riemenende

242

das in der Luft berührt hatte, was das menschliche Auge nicht sehen kann und was man mit der Peitsche nur selten zu treffen vermag.

Der Schäfer hielt meinen Schuß nicht aus, er wartete nicht einmal, bis er verhallt war. Er knallte gleich nach mir, als wollte er damit auch das Echo abschneiden, das über uns am Himmel rollte. Aber er erreichte meinen Schuß nicht, sein Schuß erklomm kaum die Höhe einer Schwalbe vor dem Gewitter und stürzte irgendwo in die Büsche zu Füßen des Hügels.

Die Schafe, selbst jene, die bereits zu ihm zurückgekehrt waren und sich wie verloren an seinen Beinen rieben, selbst jene verließen ihn nacheinander wieder. Er streckte die Hände nach ihnen aus, und dann lief er einen Schritt vor und knallte wütend über dem Vlies, daß die Wolle hochwirbelte. Sie zögerten, sahen sich ängstlich um, blökten. Er schoß noch einmal und noch einmal, obwohl er gar nicht an der Reihe war, aber ich sah es ihm nach.

Ich brachte in aller Ruhe die Peitsche in Schwung und schnitt mit einem Knall all seine Schüsse wie Blätter von einem Zweig. Er kam zur Besinnung, schaute mich vorwurfsvoll an und wandte sich wortlos zu seinem vorherigen Platz. Die Schafe waren jetzt vollends verblödet, sprangen aufeinander, Schaf auf Schaf, die Lämmer auf die Mütter, es trieb sie in entgegengesetzte Richtungen, aufeinander, gegeneinander. Und wir knallten immer verbissener, ohne auf die Reihenfolge zu achten, es kam sogar vor, daß es nicht nacheinander, sondern gleichzeitig geschah, denn jeder wollte die Herde aus ihrer Verdummung zum Gehorsam zwingen.

Der Schäfer wischte sich die Stirn, stellte sich jedesmal fester auf die Beine, als drückte ihm bereits die Erde gegen die Füße. Seine Ermüdung verlieh mir Kraft, obwohl ich schon meine Hand steif werden fühlte. Aber Jugend hatte ich noch genug und genügend heimlichen Haß auf den Schäfer. Schließlich gelang mir ein Schuß, der so laut war, daß ich wider Willen darunter zusammenzuckte. Ich schaute ängstlich zum Himmel, dann wandte ich meinen Blick zum Schäfer und erwartete, daß er genauso mit gerecktem Kopf dastünde und mir Gerechtigkeit widerfahren ließe, er aber stand mit gesenkter Peitsche und schaute auf die Schafe, die in ganzer Herde, zusammengeballt, in meine Richtung liefen. Er blickte hilflos wie ein Kind. Dann folgte er ihnen fast unbewußt und lief nach ein paar Schritten los, um ihnen den Weg abzuschneiden. Er stellte sich quer, breitete die Arme aus, schrie und flehte: »Wohin? Wohin?«

Die Schafe erwiesen sich jedoch als über die Maßen gerecht, sie begriffen weder seine Wut noch seine Verzweiflung, sondern folgten der Stimme der Peitsche und wichen dem Schäfer wie einem Baum auf ihrem Weg aus. Er stürzte sich nunmehr auf sie, bemüht, sie von dem Trieb, der sie mitriß, abzubringen. Er bekam ein paar zu fassen und drängte sie mit dem Körper zurück, aber es war so, als wollte er einen Fluß zurückfließen lassen. Sie bogen nach den Seiten ab, glitten ihm zwischen den Händen hindurch, sprangen über die ausge-

breiteten Arme wie über Stangen. Er packte wütend das
erste beste Lamm am Kopf und warf es mitten in die
Herde zurück, auf die zusammengeballten Rücken, zwei
Schafe packte er an den Zotteln, aber sie ließen ihm
etwas Wolle in den Händen und etwas Geblöke.

Dieser wimmelnde Schafhaufen schloß ihn ein, er befand sich plötzlich mittendrin, und wehrte sich nur noch
vor ihnen, mit den Armen fuchtelnd, als wollte er sie
abschrecken, obwohl sie ihm nichts taten, sie umflossen
ihn sanft wie ein Fluß einen Stein und trotteten zu mir.

Ich saß im Gras und hielt das noch nicht abgekühlte
Peitschenende in den Händen, und der Schäfer kam mir
schon ganz fern vor, so daß er mir nicht einmal mehr
leid tat, obwohl er in der Nähe stand, von seinen Schafen verlassen, die sich wie Wolken um mich scharten,
mich mit ihrer Wolle, ihrer warmen, trägen Wolle um-
gaben und mir den Blick auf die Welt, den Hügel und
den Schäfer nahmen, der immer noch dastand, aber von
mir nicht gesehen wurde, und der endlos klagte: »Ich
war doch gut zu euch. Ich war doch nicht so schlecht.
Nie habe ich euch auf kahlem Boden geweidet, sondern
immer dort, wo Gras wuchs. Und den Hund habe ich
auch nie auf euch gehetzt.«

Dann warf er mir seine Peitsche hin. »He, du! Hast
die Schafe genommen, nimm auch die Peitsche!«

Nur mein Vater kam jedesmal, wenn er mein Peitschenknallen auf dem Hof hörte, aus der Stube, setzte
sich auf die Schwelle und spottete: »Die Peitsche paßt
nicht zu dir, Sohn.«

Dann wartete er, bis ich mich beruhigte, und wiederholte: »Wenn das einer sieht, wird er dich auslachen.«

Aber damit spornte er mich nur an. Ich stellte mich breitbeinig hin und knallte aus ganzer Kraft, daß die Luft stöhnte und eine gute Weile nicht verstummte. Der Vater ließ sich jedoch nie davon überzeugen, daß ich richtig mit der Peitsche knallen konnte. Manchmal geriet ich in Verzweiflung, in eine solche Wut, daß es mir schwerfiel, ruhig zu bleiben, um mich zu sammeln und ein paar anständige Kreise über dem Kopf zu ziehen, denn nur aus der Ruhe heraus konnte ein richtiger Schuß gelingen, ich indes warf mich nach vorn und knallte blindlings, wohin es gerade kam, vor mich, über mich, aber der Riemen wurde in der Leere meist weich und streute nur dichte Flocken. Mein Vater ertrug jedoch diese stürmische Wut mit Ruhe, er wurde sogar sanfter, gutmütiger, man hätte meinen können, er neckte mich lediglich, hetze mich auf, und es kam auch vor, daß er lachte, zwar irgendwie unecht, dafür aber ganz laut: »Man muß mit der Peitsche unterm Kopf schlafen, dann wird sie auch folgsamer.«

Manchmal war ich erhitzt wie eine Maus, erschöpft, spürte Schwäche in der Hand, der Riemen wurde mir zu lang, verstrickte sich bei jedem Schwingen, aber ich gab nicht nach, hatte genügend Wut und Groll in mir, obwohl aus dem Groll und der Wut am häufigsten nichts Rechtes wurde. Dann warf ich ihm die Peitsche vor die Füße und floh zur Scheune, wo ich das Gesicht an die Bretter schmiegte und in ein echtes Kinderweinen ausbrach. Nicht der Umstand, daß er mir unrecht tat, schmerzte mich so sehr, sondern daß ich es ihm nicht mit gleicher Münze heimzahlen konnte. Und wenn ich ihm auch Böses wünschte, Hagelschlag, Hochwasser, Krankheit, Tod mir und ihm, so brachte mir das keine Erleichterung, nicht einmal, daß ich ihn im Alter im Stall einschließen und ihm das Essen in der Hundeschüssel reichen wollte, ich brach nur in Tränen aus.

Er schlich sich heimlich an mich heran, so daß ich ihn nie hörte, oder aber ich war taub vor lauter Weinen. Er legte mir die Hand auf die Schulter, drehte mich zu sich herum, wischte mir die Tränen und die Nase mit den Fingern ab und sagte: »Du hast dich selbst überzeugt. Siehst du, du hast dich selbst überzeugt.«

Mitunter kam mir der Verdacht, mein Vater habe mich allein gelassen, habe mich und sich selbst irregeführt, nachdem er begriffen hatte, daß er sich in seinem Verlangen, in seinem Wunsch getäuscht hatte, und er habe sich in seinem Unglück versteckt, um die Erinnerung an alles zu verlieren, um das Gewissen loszuwerden, sogar um sich selbst und auch mich mit allem vergessen zu können. Und dort, wo er sich versteckt hielt, hatte ich keinen Zutritt mehr. Vielleicht hing ich zu sehr an meiner Leichtgläubigkeit, um ihm folgen zu können, übrigens – konnte ich mir das leisten? Nur nahm er offenbar nicht an, daß ein anderer das Leben durchlebt haben mußte, damit er so frei werden konnte, wie er es geworden war. Und eben mir war dieses Schicksal zuteil geworden, daß ich unser ganzes gemeinsames Leben, das wir geführt hatten, zu Ende ertragen mußte und das zu ertragen hatte, was unser Leben ebenso nötig brauchte wie die Erde den Regen. Denn das Leben allein, ohne Verständnis, ist noch nichts, es bedarf jemandes Erinnerung, jemandes Zeugnis und bisweilen auch jener freundlichen Leichtgläubigkeit, die es zähmt, bedarf so manchen Zukneifens der Augen, des Verzeihens, denn es ist so, wie man ihm vertraut, und es bedarf auch der Wärme, vor allem aber eines guten Wortes, selbst eines täuschenden, und nicht nur des Tadels.

Vielleicht aber floh mein Vater vor meiner Nichterfüllung, die ja schließlich so offensichtlich und schmerzlich geworden war, daß sie ihn zu verfolgen und selbst in Gedanken heimzusuchen, zu höhnen, zu spotten begann, einerlei, ob er unter Menschen war, ob allein auf freiem Feld, im Schlaf oder im Wachzustand, daß er nichts anderes dagegen tun konnte, als in die Nichterinnerung zu fliehen. Und das schmerzt mich am meisten, daß ich ihn so schrecklich enttäuscht habe, aber wieviel Schuld hatte ich daran?

Übrigens vermutete ich schon lange, daß er vor etwas floh. So ging er plötzlich gegen Abend aufs Feld, dann wieder in ein anderes Dorf zu Verwandten, oder ich traf ihn in der Scheune an, wie er untätig dasaß, statt zu dreschen. Ich sah, daß dies auch die Mutter beunruhigte, weil sie manchmal herauskam, um nach ihm zu sehen, ob er wirklich dorthin gegangen war, wohin er hatte gehen wollen. Jedoch wir verbargen diese unsere Besorgnis voreinander.

Bis er schließlich eines Tages, gleich am frühen Morgen, irgendwohin verschwand, bevor wir aufgestanden waren. Es schien, als sei er nur auf den Hof hinausgegangen, um seine Notdurft zu verrichten, oder aber, um nach dem Vieh zu sehen, denn die Jacke hing am Stuhl und die Fußlappen lagen dort auf dem Boden herum, wo er sie am Abend hingeworfen hatte, ein Zeichen, daß er die Stiefel barfuß angezogen hatte. Er liebte es übrigens, manchmal so vor allen anderen aufzustehen und sich bis zum Frühstück auf dem Gehöft oder im Obstgarten herumzutreiben oder vor dem Haus auf jemanden zu warten, der ebenso früh auf war wie er, und zum Tagesbeginn eine Selbstgedrehte zu rauchen.

Als aber die Suppe schon fertig war und er noch immer nicht erschien, begann meine Mutter zu jammern und das Schlimmste zu befürchten, alles glitt ihr aus den Händen, und mich erfaßte ebenfalls Unruhe, aber ich sagte, um sie zu trösten: »Mach dir keine Sorgen, bestimmt ist er nicht weit weg. Er plaudert mit jemandem, oder er steht im Garten und lauert einem Maulwurf auf. Am Morgen ist die Erde still, da kriechen auch die Maulwürfe an der Erdoberfläche herum. Du brauchst nur frühmorgens herauszugehen, dann kannst du sehen, wie sich die Hügel bewegen. Er steht bestimmt mit einem Stock da und lauert. Und man muß manchmal lange warten, bevor ein Maulwurf aus der Erde kriecht.«

Ich fühlte jedoch, daß ich vor allem mich selbst zu überzeugen versuchte. Nicht deshalb, weil ich keine Lust gehabt hätte, meinen Vater zu suchen, sondern weil ich etwas fürchtete, und ich wollte diese Angst nicht aus mir hervorzerren. Ich war der Meinung, daß wir es irgendwie ertragen sollten, selbst wenn er bis zum Abend nicht kam, und wir sollten auch die Nachbarn ertragen, sofern sie fragten, wo er steckte, wenn er nur selbst zurückkam, und sollten wortlos hinnehmen, daß er zurückgekehrt war. Aber ich vermochte weder mich und erst recht nicht meine Mutter zu überzeugen, die endlos lamentierte: »Geh nachsehen! Geh schon irgendwo nachsehen! Ich habe gestern von trübem Wasser geträumt. Bestimmt habe ich das nicht umsonst geträumt.«

Ich ging, obwohl unwillig, als hätte ich nicht die leiseste Hoffnung, ihn zu finden. Ich schaute auf die Straße, sah hierhin und dorthin, suchte überall im Gehöft, sah in den Stall, stand in der Scheune herum, rief nach ihm ohne Erfolg auf den Feldern: »Bist du da? Vielleicht bist du hier?«

Von Anfang an sagte mir jedoch etwas, ich solle in den Obstgarten gehen, dort würde ich ihn am sichersten finden, zugleich aber fühlte ich eine gewisse Angst, ihn zu finden, als sei sein Verschwinden sein ausschließliches Geheimnis, das niemand zu lüften das Recht habe. Und als ich am Rande des Obstgartens stand, zögerte ich, ob ich nicht umkehren und ihn in Ruhe lassen sollte, einerlei, wo er sich befand, denn vielleicht war er wirklich dort, kauerte hinter einem Baumstamm am Fluß, vielleicht lauerte er wirklich einem Maulwurf auf, obschon man den Garten mit einem Blick erfassen konnte.

Der Garten war nicht groß. Einige Apfelbäume, ein paar Birnbäume, etliche Pflaumenbäumchen, verwilderte Kirschen und Holunder ringsherum, anstelle eines Zauns. Selbst der alte Birnbaum, der groß wie ein Kirchturm gewesen war, stand nicht mehr darin, eines Winters war er erfroren, und nur die Erinnerung an ihn war geblieben, denn nicht einmal ein Pfropfreis hatte man an seine Stelle gepflanzt. Und in seiner herbstlichen, morgendlichen Nacktheit mutete der Garten noch ärmlicher an, als er war, geradezu weiß von den durchscheinenden Sonnenstrahlen oder von dem morgendlichen Nebel, dessen Reste noch an den Ästen und Zweigen hingen oder am Boden schwebten.

Doch plötzlich schloß der Obstgarten gewissermaßen seine Tore vor mir auf. Er hatte sich um alle Gärten aus der Umgebung erweitert, um die Felder hinter dem Fluß, um die Unsichtbarkeit, um die fernen Nebel. Es war nicht mehr der Garten, den meine Anhänglichkeit hütete, sondern eine herbstliche Einheit des Landes. Die Hoffnung befiel mich, daß mein Vater nur hier sein könne, ich ihn also nur hier finden könne, in diesem grenzenlosen herbstlichen Garten, der noch nicht aus der Nacht aufgewacht war, in dieser Leere, die mit Baumstämmen wie mit Erinnerungen vollgestopft war, oder daß ich zumindest hier seine Gegenwart spüren könne.

Dieser nackte Garten hatte Verständnis für die Unruhe, mit der ich gekommen war. Er hatte sich mit Schatten bevölkert, die hier oder dort über dem Boden lauerten, wie in einem vergeblichen Warten auf den

Maulwurf, und jeder dieser Schatten konnte mein Vater sein, den ich suchte. Die Bäume waren dichter geworden, bildeten Verstecke, Winkel, Nester, in denen sich leicht ein Mensch verbergen konnte, selbst einer, den meine Hoffnung so vervielfachte, wie mein Vater. Die Äste hatten sich in krüppelhaften Umarmungen ineinander verstrickt und enthüllten ihr Alter, das im Sommer so geschickt im Laub versteckt gewesen war, daß es gar verlockend schien, und die Sichtbarkeit des Gartens, diese weiße Sichtbarkeit, in der nicht einmal ein Huhn verschwinden würde, diese helle Sichtbarkeit ringsum, die nicht einmal die Holunderbüsche aufhalten konnten, täuschte wie Nebel.

Der Obstgarten war der einzige Ort, wo mein Vater verschwinden konnte. Wo sonst hätte er in einem solchen Augenblick stecken sollen, während meiner Mutter alles aus den Händen fiel und sie das Schlimmste vermutete und dieses plötzliche Verschwinden auch mich mit Unruhe erfüllte, da es doch unseren Ahnungen und Ängsten entsprechen mußte. Wo sonst, wenn nicht in diesem Obstgarten, der sich in einen Wald verwandelte, wenn mein Vater sich in einem Wald verbergen wollte, damit niemand seinen Zweifel beobachtete. Nur dieser graue Garten, der unanständig, geradezu schamlos nackt war, seiner Blätter, der menschlichen Erholung beraubt, nur dieser Garten konnte jetzt meinen verschwundenen Vater beherbergen.

Ich ging von Baum zu Baum, vorsichtig, um die Stille nicht zu trüben, die mir als Stille seiner Gegenwart erschien, diese Stille allein bezeugte, daß mein Vater hier irgendwo war. Auf den Spuren dieser Stille schritt ich, erfüllt von wachsender Angst, da ich ihn weder in den Schatten noch hinter den Stämmen und auch nicht in meiner Hoffnung fand. Aber vielleicht ängstigte mich diese unbehagliche, kalte Sichtbarkeit ringsum, in der sich nichts vor meinen Augen verstecken konnte, der ich eben nicht glauben wollte. Ich fühlte mich selbst durchsichtig in diesem Garten, erkannte in meiner Angst, die die einzige Stimme war, die ringsum ertönte.

Hinter jedem Zweig, auf den ich trat, blieb ich voller Hoffnung stehen, daß er so laut aufgetreten sei, irgendwo ganz in der Nähe. Ich glaubte nicht einmal mehr den Bäumen, ich berührte ihre schlüpfrige Rinde, ging um sie herum, schaute ins Geäst, erwartete ihn überall, hinter meinem Rücken, hinter den Baumstämmen, im Holunder, überall, sogar dort, wo ich ihn nicht sehen konnte. Ich kehrte mehrmals zu denselben Bäumen zurück, denn es gab ihrer ja nicht so viele, daß sie für meine Unruhe ausgereicht hätten. Dort schaute mein Vater, an einem Stamm lehnend, zum bewölkten Himmel, zu diesem Himmel, der der Erde so nah war, daß man ihn mit der Hand erreichen konnte. Unter einem anderen saß er, den Kopf in die Hände gestützt, von jenem wieder bröckelte er ein Stück trockne Rinde ab, denn ich hörte stets dieses Bröckeln. Er verschwand jedoch, sobald ich näher kam, versteckte sich hinter einem anderen Stamm, zerfloß, obwohl ich meinen Kopf dafür gegeben hätte, daß er vor einer Weile dagewesen war, ich

253

erkannte die Spuren seiner Schritte im feuchten Boden, und die Rindenstückchen, auf die ich unter den Stämmen stieß, ließen mich an seine Hände denken. Ich sammelte sie auf, fühlte noch die Wärme, die Wärme seiner Finger, die mich nicht täuschen konnte.

Diese Rindenstücke erfüllten mich mit der größten Hoffnung, daß mein Vater hier irgendwo stecken müsse, und sollte ich ihn auch nur in meinem Mich-nicht-Abfinden entdecken. Er liebte ja so den Garten. Er liebte es, zu kommen und zu schauen, ob ihm nicht ein Stück Flußufer zugefallen sei. Mit diesem Fluß hatte er jahrelang Zahn um Zahn gekämpft, hatte ihn mit Stöcken versperrt, hatte Pfosten eingeschlagen, Steine hineingeworfen; so landete jeder gefundene oder ausgepflügte Stein in dem Fluß, er warf alte Eimer hinein, und das Ufer bepflanzte er mit Weiden. Und wenn ein Streifen Land hinzugekommen war, freute er sich wie ein Kind.

Vielleicht vermutete er übrigens selbst, daß ich ihn suchte, und versteckte sich deshalb so gut. Womöglich wollte er sich von seinen vergeblichen Wünschen losreißen, deren unterwürfiger Diener er letztlich geworden war, und auch von mir, von unserer Einheit, in der er ja nichts Besonderes erfahren hatte. Wohin also konnte er gehen, wenn nicht in den Garten, an den Fluß, um zu schauen, ob nicht wieder ein Stück Ufer hinzugekommen war.

Ich fühlte, wie mir die Angst immer bedrohlicher Ahnungen aufdrängte. Ich sah ihn fast, wie er am Fluß saß und an diesem Ufer weinte, an dem er plötzlich zwei-

felte, von dem er nicht wußte, ob es ihm wirklich zugefallen war oder ob es ihn nur täuschte. Ich war mir nicht
sicher, ob dies der richtige Augenblick war, ihn zu finden, wenn er weinte, aber sein Weinen bereitete mir Erleichterung, dieses vorgestellte Weinen fesselte mich an
ihn. Nicht im Wiederfinden, sondern erst in diesem Weinen fand ich ihn wirklich wieder. Aber es war nur das
Wasser, das zu meinen Füßen so raunte, denn auch am
Fluß war er nicht und auch in keinem Schatten, obwohl
ich sie alle abgesucht hatte, auch nicht oben in den Bäumen, denn auch dort glaubte ich ihn schließlich finden
zu können.

Wie tief hatte mich dieser herbstliche Garten enttäuscht!

Ich ging zurück und wußte nicht, was ich meiner
Mutter sagen sollte, und noch mehr quälte mich, daß
ich mir sein Verschwinden selbst nicht erklären konnte,
und ich konnte mir auch nichts mehr vorlügen. Sogar
die schlimmsten Ahnungen vermochten mir nicht mehr
viel zu helfen, so daß mir nur noch übrigblieb, mich damit abzufinden, daß er nicht da war. Ich fühlte, wie mich
eine Schläfrigkeit befiel und ich mich am liebsten unter
einen Baum gesetzt und mich seiner Gleichgültigkeit an-
geschlossen hätte, denn vielleicht ist Schläfrigkeit nur,
wenn man den Schmerz überschritten hat, wenn man
sich durch das Abfinden bezähmt hat.

Und da erblickte ich den Vater, wie er auf den Garten
zuschritt, ganz gewöhnlich, durch den Hof, er kam mir
entgegen, so wie er am Morgen verschwunden war, im

Hemd nur, zerzaust, barfuß in Stiefeln, und als er mich erblickte, wunderte er sich nicht einmal, als habe er gewußt, daß er mir begegnen würde, während ich aus dem Garten komme. Und vielleicht bewirkte der Umstand, daß ich ihn so plötzlich traf, nicht irgendwo im Schatten und nicht, wo es mir meine Ahnungen gesagt hatten, sondern auf dem Hof, als sei er hinausgegangen, um nach den Kühen zu sehen, ihn so ganz gewöhnlich und unerwartet traf, als mich bereits die letzte Hoffnung verlassen hatte, als ich bereits einen Augenblick lang nur noch von der Erinnerung an ihn gelebt hatte, vielleicht bewirkte also dies, daß ich mich nicht freute, sondern gewissermaßen eine Enttäuschung verspürte, so daß ich, hätte ich es vermocht, seinen Anblick von meinen Augen gewischt hätte und am liebsten in den Obstgarten zurückgekehrt wäre, zurück zu meiner Unruhe über sein Verschwinden und zu meiner Hoffnung.

»Komm essen, Sohn«, sagte er und hielt inne. »Es wird alles kalt.«

»Ich habe dich gesucht«, sagte ich vorwurfsvoll.

Er sah mich an, als wollte er mir eine Weile nicht glauben.

»Ich habe dich wirklich gesucht.«

»Wolltest du etwas?«

»Nein, nichts«, erwiderte ich schüchtern, plötzlich scheu geworden durch seine Frage, die nicht einmal Platz für Mißtrauen ließ. »Ich wollte nur sehen, ob du da bist.«